Martine (

tu devrais le lire Kathi

une belle histoire d'Amour

comme t'aime

LE CHOIX
D'UNE VIE

Du même auteur

Tragédie et Lumière, roman. 1997

LE CHOIX D'UNE VIE

Jacqueline Boyé

Roman

Éditions Guzzi

Édition
Éditions Guzzi
690, rue Laflamme
Ste-Dorothée (Québec)
H7X 1Y9

Diffusion
Tél. et Téléc.: (450) 689-0516
Courriel: editionsguzzi@sympatico.ca

Maquette intérieure
Transaction

Dépôt légal
Bibliothèque nationale du Québec
Bibliothèque nationale du Canada
Bibliothèque Nationale de France
2e trimestre 1999

ISBN: 2-922419-04-5

1 2 3 4 5 -99- 03 02 01 00 99

Imprimé au Canada

Je dédie ce livre :

À toi, chère maman,

À toi, André (Dédé), mon grand frère, qui m'en a fait voir de «toutes les couleurs» lorsque j'étais enfant !

À toi, ma sœur Monique, qui ne voulait pas la petite Jacotte pour jouer avec elle !

À tous leurs enfants qui sont venus, un jour, agrandir, égayer et émerveiller la famille :

Jean,

Yvan,

Marc et Sylvie,

Anne,

Patricia,

Claire

Charlotte,

Julie,

Puisse ce livre leur dire combien je les aime TOUS.

Dieu écrit droit avec des lignes courbes.
(proverbe Portugais)

CHAPITRE 1

Samedi 16 juin.

Claire a 28 ans.

Bon anniversaire, Claire !

Thierry de Coudray, l'œil brillant, la tient amoureusement serrée contre lui. La musique éclate dans le salon ; de tous côtés des couples se déhanchent sur un rythme endiablé et les bouteilles de champagne, sitôt débouchées, se vident à un rythme accéléré. La fête bat son plein.

M. et Mme Avrilliers, accoudés à la balustrade de leur terrasse, regardent le spectacle, amusés, en pensant à leur jeunesse :

— Que le temps passe ! dit celle-ci en inclinant légèrement la tête vers son mari.

— Oui, répond-il en passant un bras autour de ses épaules, notre fille est une femme à présent. Je crois que nous n'allons pas la garder longtemps. Elle est très éprise de ce jeune homme, qui me plaît beaucoup. Elle est belle. Regarde-là ; nous avons fait une fille splendide, Ninou.

— Nous ne l'avons pas fait exprès !

Ils rient et s'embrassent.

— Il ne lui reste plus qu'à nous faire des petits enfants, dit encore Louis Avrilliers, en étreignant les épaules de sa femme.

— Mais mon chéri, c'est à elle de choisir !

Ils rient encore et se serrent davantage. Ils ressemblent à de jeunes mariés : heureux, pleins d'espoir, d'enthousiasme et de projets. En réalité, pensent-ils vraiment à l'avenir de leur fille ou au leur ?

Claire et Thierry sont à la croisée des chemins et la vie leur sourit, pleine de promesses et d'amour. Ils ne se doutent pas que près d'eux les parents de Claire les regardent tendrement en formulant des vœux de bonheur, de réussite et de joie.

— Laissons les jeunes avec les jeunes, dit Ninou Avrilliers en abandonnant la balustrade de la terrasse et rentrons chez nous.

Louis regarde l'heure à sa montre

— 21 heures. Nous serons à l'appartement dans une heure, ça te va ?

— Mais oui, mon chéri, je sais bien qu'avec toi il n'y a jamais de problèmes...

Le soir tombe doucement sur une campagne assoiffée de pluie. Une légère brume de chaleur fait vibrer la longue rangée de peupliers immobiles, bercés par la brise. Les étoiles, une à une, émaillent le ciel et laissent présager de merveilleuses journées ensoleillées pour le lendemain et les jours suivants.

L'argent... les vacances... l'amour... le soleil et sa chaleur... Que désirer de plus pour être comblé?

* * *

Les 28 bougies viennent d'être éteintes par le souffle de Claire. Le gâteau, artistement enrobé de crème à la vanille et au chocolat, se dresse, insolent, au milieu de la table, provocation à l'appétit et à la gourmandise. Le champagne coule à flots.

Thierry danse avec Claire. Le rythme est lent, langoureux, propice à tous les émois. Il tend ses lèvres pour l'embrasser mais, à son grand étonnement, elle tourne la tête et se dérobe à son baiser.

— Que se passe-t-il ma puce ? lui murmure-t-il au creux de l'oreille, tu ne te sens pas bien ?

— Oui, je crois que j'ai trop bu. Laisse-moi.

— Mais... attends... ne pars pas... Reste encore...

Depuis leur rencontre, c'est la première fois qu'elle lui refuse un baiser et se détache de ses bras, l'air absent. Il est stupéfait. L'obscurité du salon masque leurs gestes et le bruit de la musique couvre leurs paroles. Personne ne s'aperçoit de ce léger désaccord. Le slow prend fin et immédiatement éclate une impétueuse musique Rock. Sous l'effet du bruit, le parquet et le plafond du salon se mettent à trembler.

— Moins fort ! crie Thierry, qui sent un léger malaise au creux de l'estomac, vous êtes fous !

— Pourquoi ? il n'y a pas de voisins, on ne gêne personne !

— Oui, hurle Claire qui vient de se retourner, aujourd'hui c'est la fête! Allez, allez, tout le monde danse !

Les couples s'enlacent à nouveau et se retrouvent au centre de la piste. Thierry n'en croit ni ses yeux, ni ses oreilles. Le changement d'attitude de Claire le désarme soudain. Il s'avance vers elle, la prend par le bras et l'attire brusquement vers la terrasse.

— Enfin Claire ! qu'est-ce que cela signifie ? tu perds la tête ?

— Peut-être, répond-elle simplement, sans se débattre.

Sa stupéfaction est à son comble. Son estomac, cette fois, se crispe. La douleur sourde du début se transforme en une douleur aiguë qui le fait grimacer.

— Tu n'es pas dans ton état normal, laisse danser les autres et viens t'allonger sur un lit. Demain, tu verras, tout ira mieux.

— Non Thierry! il n'y aura jamais plus de demain! Ce soir, je te quitte !

— Quoi ? Que dis-tu ?

— Je te quitte. Pardonne-moi...

Ces mots le laissent sans voix. Sa main, machinalement, relâche son étreinte et délivre Claire qui va aussitôt se mêler aux danseurs. Il ne comprend pas cette réaction : Elle vient de lui faire comprendre qu'un abus d'alcool lui procure un certain malaise, et qu'elle veut le quitter. Voilà que, subitement, elle se met à danser... seule ! Quelque chose de bizarre vient de se passer, mais... quoi ? vraiment, il ne comprend rien. Et moins encore lorsqu'il la voit pénétrer au milieu du cercle, sûre d'elle, les mains posées sur les hanches et la jupe relevée au-dessus des genoux. Le rythme habite son corps qui se trémousse, ses cheveux blonds se délient et tombent en tressautant sur ses épaules. À sa vue, tous les convives, ravis, scandent le tempo en frappant dans leurs mains, et suivent, l'air admiratif, l'ondulation de ce corps svelte qui se meut devant eux.

— Bravo Claire ! encore ! continue ! c'est formidable !

Tous sont amoureux d'elle, tous l'encerclent, tous la boivent des yeux. Même Thierry ne peut s'empêcher de s'avancer et de la regarder. Il découvre une Claire déchaînée, débordante de vie, à la limite de l'hystérie. Il a peur. Cette attitude n'est pas normale.

— Allez... continue... danse... danse encore...

L'ambiance grisante incite à la frénésie collective. Le bruit de la musique s'intensifie et Claire se déhanche à n'en plus finir. Thierry surprend plusieurs fois des regards curieux à son endroit et fait semblant de ne pas les remarquer. Gêné, humilié d'assister à un tel spectacle, il reste figé, incapable d'intervenir. À la fin de la musique, épuisée, Claire fait une délicieuse arabesque, jette un regard étrange autour d'elle et se laisse choir avec grâce sur le parquet ciré.

— Ça alors ! elle nous avait caché ses talents de danseuse ; elle est vraiment extraordinaire. Pas vrai Thierry ?

Abasourdi, celui-ci garde le silence. Tout son corps lui fait mal.

— Qu'est-ce que tu as ? C'est Claire qui te met dans cet état ? Ça ne va plus entre vous ?

— Petit con, répond Thierry, mêle-toi de tes affaires et fous-moi la paix !

Dehors, le jet d'eau de la fontaine jaillit par saccades et de fines gouttelettes aspergent les feuilles des arbres, les murs et les fenêtres de la villa. Il s'avance vers la terrasse. La fraîcheur lui fait du bien.

À son tour, Claire, doucement, vient s'accouder à la balustrade. Tous deux ne font aucun geste pour se prendre la main, mais leur attitude trahit une intense émotion. Des larmes coulent sur les joues de Claire.

— Je n'y comprends plus rien, dit-il.

— Moi non plus, répond-elle.

— Comment ? Tu viens de m'avouer que tu ne m'aimais plus et tu ne sais pas pourquoi ? Tu m'épateras toujours ma puce. Finalement, tu ne sais pas ce que tu veux !

— Je sais ce que je ne veux pas.

Devant eux, au loin, s'écoule dans la nuit claire de l'été, le flot ininterrompu de la Garonne qui vient s'écraser contre la berge, bordée de peupliers. Ce bruit se répète en échos et vient mourir au pied de la terrasse.

— Et alors ? qu'est-ce que tu ne veux pas Claire ?

— Me marier avec toi, ni avec personne. Je ne suis pas faite pour vivre une vie familiale. Je le sais. Je le sens depuis longtemps.

— Ça ne t'a pas empêchée de vivre avec moi ces derniers temps, ni de me ridiculiser tout à l'heure, en dansant comme une folle, au milieu de tes stupides amis !

Les mots incroyables qu'il vient d'entendre de la bouche même de Claire lui ont fait un mal indicible et l'incitent à la blesser. L'avenir, si merveilleux quelques instants auparavant, lui apparaît soudain d'une tristesse insoutenable. Ce vase, ce beau vase transparent en cristal qui représentait leur couple vient d'un seul coup de se briser. Trop tard désormais pour recoller les morceaux.

— Que comptes-tu faire alors ? partir ? travailler à l'étranger ? faire la pute ? Tiens ! j'ai trouvé : tu vas entrer au couvent. La vocation te va comme un gant ! Ah ! je vois d'ici la réaction de tes parents, de ton père surtout. Sa fille unique, sa douce Claire est entrée au couvent, vous ne le saviez pas ?

La pente est glissante. Thierry prononce des paroles acerbes, grossières, injurieuses, sans se rendre compte que les amis se sont rassemblés autour d'eux et écoutent, bouche bée, leur conversation intime.

— Quelle heure est-il ? dit quelqu'un qui vient de comprendre le dramatique de la situation. Quatre heures ? Il est temps que chacun rentre chez soi. On y va ?

Très vite, ils saluent Thierry, embrassent Claire en larmes et regagnent leur voiture. L'alcool et la danse les ayant quelque peu excités, ils essayent d'être très prudents.

— On aurait mieux fait de ne pas accepter l'invitation, dit l'un d'eux.

— Ce sont des choses qui arrivent, dit un autre.

— Dommage. Ils allaient bien ensemble concluent-ils tous d'un commun accord. Allez, salut ! À bientôt les copains !

—Tu sais Thierry, ce n'est ni la fête, ni l'argent, ni les relations qui donnent goût à la vie. C'est autre chose de plus profond, de plus vrai, de plus subtil. La danse n'est qu'une échappatoire et moi, je ne suis que le jouet d'une illusion. Si j'ai dansé de cette façon, c'est pour échapper à l'angoisse et à la peur qui me hantent.

— Qu'est-ce que tu racontes ? Tu dis n'importe quoi ! Tu divagues, ma puce. Va dormir, tu verras que demain tout ira mieux.

— Pour nous, c'est fini, Thierry. Je te l'ai dit : il n'y aura plus de lendemain.

— Pourquoi ?

— Parce qu'il me manque l'essentiel. Au revoir Thierry, ou plutôt, adieu.

Stupéfaction.

* * *

Claire était fille unique, la seule héritière de tous les biens de ses parents. À leur disparition, l'imposante maison de campagne, l'appartement luxueux du boulevard Saint Jean plus tous les biens acquis et placés dans une banque en Suisse lui appartiendraient. M. Avrilliers, âgé de 70 ans, avait eu une longue conversation avec sa femme à ce sujet. Actes notariés, multiples signatures, dossiers divers : tous les comptes, tous les placements en argent étaient en règle. La vie de Claire serait douce, très confortable, sans aucune entrave matérielle et, par conséquent, sans soucis. N'est-ce pas l'avenir le plus beau que les parents puissent offrir à leurs enfants ?

Mais comment serait-elle, en réalité, cette vie si enviable, si pleine de promesses?

Tout souriait à leur fille : L'amour, l'intelligence, la beauté, l'argent et cependant, depuis quelque temps, sans qu'elle pût l'expliquer, des nuages sombres, doucement, comme un voile léger venu d'une autre planète, avaient obscurci son ciel couleur d'azur. Une obsédante et lancinante pensée résonnait dans sa tête. Elle lui disait : « Pars... sois utile... remplis ta vie... Pars... sois utile... remplis ta vie... »

Elle réfléchissait à cet appel étrange qui la hantait depuis sa plus tendre enfance. Petite fille déjà, elle se posait beaucoup de questions sur la nature, sur ce grand architecte cosmique que les êtres humain appelaient Dieu. Qui était-il ? Comment se manifestait-il? Pourquoi y avait-il souffrance, joie, vie et mort ?

Elle vint s'accouder au rebord de la fenêtre qui donnait sur l'immense parc fleuri. La rupture de ce matin lui faisait très mal et elle avait eu beaucoup de peine à s'endormir. D'ailleurs, elle n'avait presque pas dormi. Des larmes brouillaient ses yeux et son regard se perdait à l'horizon, là-bas, au-delà de la vallée. Ce paysage qui s'offrait dans toute sa splendeur, c'était celui de son enfance, au temps des vacances, de l'insouciance, du bonheur. Aujourd'hui, ce bonheur était un bonheur perdu, inaccessible.

Et toujours cette petite voix intérieure qui labourait son cœur, ses pensées et son âme.

« Pars... sois utile... remplis ta vie... »

Alors, soudain, elle comprit. Ce bonheur-là, simple et tangible, n'était pas celui qu'elle désirait. Elle en souhaitait un autre, plus merveilleux, plus délicat, plus transcendant, celui qui fait avancer l'humanité dans l'échelle de l'évolution spirituelle et qui lui donne une dimension divine.

Non. Elle ne perdait pas la tête.

Elle venait de découvrir ce qu'elle cherchait depuis si longtemps : Un sens à sa vie.

Et cela n'avait pas de prix.

De quelle manière l'acquérir ? Elle possédait beaucoup d'argent, mais elle savait que ce n'était pas cet argent-là qui lui procurerait le bonheur. Elle savait aussi que le hasard n'existait pas. Le hasard, en réalité, était une succession, un enchaînement de pensées, d'actes accomplis dont on recueillait les fruits selon leur nature, à un moment précis. Cette notion de hasard était complexe, difficile à expliquer et, cependant, Claire la ressentait si fort que, à présent, tout son avenir en dépendait.

Là-haut, dans les lieux subtils, des êtres spirituels veillent sur nous, à notre insu et Claire était loin de se douter à quel point sa vie, sagement guidée jusqu'à ce jour, allait d'un seul coup basculer dans un autre univers.

* * *

— C'est inadmissible ! s'exclama Louis Avrilliers en pénétrant dans le hall de l'appartement, Claire s'est séparée de Thierry ! Mais enfin, cela n'a aucun sens !

Il ôta son chapeau trempé de sueur et le plaça sur le portemanteau.

Ninou Avrilliers, les cheveux ruisselants d'eau, sortait à l'instant de la salle de bains, drapée de la tête aux pieds dans une longue serviette. À la vue de son mari, elle s'immobilisa, comme électrisée.

— Oh ! tu m'as fait peur ! Cette chaleur me tue, mon pauvre Louis, j'en suis à ma troisième douche, Mais... que t'arrive-t-il ? Tu as l'air tout retourné !

— On pourrait l'être à moins ! Tu connais la nouvelle ? Une fois encore Claire vient de rompre.

Ninou eut le souffle coupé. Ce qu'elle craignait tant venait de se réaliser. Décidément, leur fille n'arriverait jamais à se stabiliser.

— Pour quelle raison ? La semaine dernière, tiens ! lors de son anniversaire, ils étaient encore ensemble. Souviens-toi, ils avaient l'air si heureux ! Qu'est-ce qui a bien pu se passer entre temps ? Qui t'a fait cette confidence ? En es-tu certain ?

— Évidemment ! c'est Claire elle-même qui vient de me le dire au téléphone. Ses propos étaient absolument incohérents. Je lui ai demandé des explications, et sais-tu ce qu'elle m'a répondu ? Qu'elle était à la recherche de... de l'essentiel !

Louis crut s'étouffer. Ce genre de réflexion le mettait très mal à l'aise et faisait monter en lui le rouge de la colère. Il s'emportait. Il hurlait.

Ninou ferma les grandes baies du salon puis se laissa choir sur le canapé. Les projets d'avenir, les vœux de bonheur formulés à l'intention du nouveau couple, subitement, venaient d'être réduits en cendre. Ce n'était pas tant la rupture qui leur faisait mal, que l'attitude incompréhensible, les remises en questions permanentes, l'hésitation sans cesse renouvelée de leur fille face à l'avenir. Depuis quelques années déjà, elle donnait de légers signes de tristesse, d'accablement, de désenchantement. Aujourd'hui, ces signes, de plus en plus clairs, venaient de révéler, hélas ! la vérité tant redoutée : elle n'était pas heureuse.

— Pourtant la vie l'a comblée, Ninou, que veut-elle de plus ? continuait Louis, hors de lui, elle a voulu faire ses études et connaître la vie estudiantine, soit ! Elle a voulu sa liberté? elle l'a eue. Elle veut partir en voyage au bout du monde ? elle n'a aucun problème. Alors quoi ! Ses réactions sont insensées ! Tu veux que je te dise, Ninou ? Nous l'avons trop gâtée, voilà la vérité !

D'un geste brusque, il dégrafa sa chemise, desserra la ceinture de son pantalon et, à son tour, il se laissa aller de tout son poids sur le canapé.

— Il lui a manqué des claques à cette petite !

Ninou essaya de garder son calme et fit un geste affectueux à son mari, mais ce n'était pas le moment et son geste resta en suspens. Elle se hasarda à dire :

— Écoute, je crois qu'il faut accepter de vivre avec son temps, mon chéri. Maintenant, les femmes ont des enfants sans père, les couples vivent ensemble quelque temps puis se séparent, ou bien ils se marient et divorcent l'année suivante. Parfois même, il faut bien l'avouer, ce sont des homosexuels ! C'est ainsi. Si notre fille ne se marie pas, elle aura toujours la possibilité de gagner sa vie.

—Tu prends sa défense, maintenant? Tu sais très bien que chez les Avrilliers, Ninou, les femmes ne travaillent pas ! Elles se marient et veillent sur leurs enfants !

Pour toute réponse, Ninou se tut. Louis connaissait le lien affectif qui reliait la mère à sa fille, et souvent cette relation l'avait rendu jaloux. Jamais il ne l'avait avoué, mais aujourd'hui, dans un surcroît d'exaspération et de déception, il laissait aller ses pensées et ses paroles sans retenue, sans se rendre compte que sa femme, interdite, découvrait une partie cachée de sa personnalité. Soudain, il s'immobilisa

— Qu'est-ce qu'il y a ? Pourquoi me regardes-tu de cette façon, j'ai tué quelqu'un ?

La réponse le glaça

— Oui. Ta fille !

Elle se leva du canapé, resserra la longue serviette de bain autour de sa taille et, sans se retourner, des larmes plein les yeux, elle se dirigea vers la salle de bains et claqua la porte.

* * *

L'été, insensiblement, touchait à sa fin. Plus de trois mois déjà s'étaient écoulés depuis l'anniversaire de Claire et les amis, déconcertés par la rupture imprévisible, n'avaient plus donné signe de vie. Thierry, revenu chez ses parents, souffrait et sombrait dans une sorte de dépression. Ses affaires personnelles étant restées chez Claire, il espérait peut-être que, lorsqu'il irait les reprendre, celle-ci s'effondrerait et retomberait dans ses bras. Il attendit donc plusieurs semaines puis se décida, à prendre le risque. Un beau jour d'automne, rasant les murs comme un voleur, il fit jouer le double des clés, qu'il avait encore, dans la serrure de l'appartement et ouvrit tout doucement la porte. Claire, assise sur un fauteuil, les pieds surélevés, posés sur un tabouret, regardait calmement la télévision.

— N'aie pas peur, c'est moi, Thierry

Elle crut s'évanouir de surprise.

— Oh ! c'est toi ? Tu aurais pu au moins sonner !

— Mon amour, ma puce, je voulais te faire plaisir. Allons... la comédie a assez duré. Je te pardonne.

— Me pardonner ? mais me pardonner quoi ? qu'est-ce qui te prend de venir chez moi, sans prévenir ?

— Écoute, si tu veux, on se marie demain. Je t'aime, tu sais.

Elle se leva pour lui faire face. L'attitude de Thierry la chavira quelque peu.

— Tu viens chercher tes affaires, je suppose ? J'attendais que tu te manifestes. Elles sont là, dans la chambre.

Elle ouvrit à la hâte deux tiroirs de la commode, la penderie, le placard à chaussures et commença à sortir tous ses vêtements, dont une paire de bottes en caoutchouc encore toutes tachées de boue. Elle se souvint, en effet, qu'au printemps dernier, lors d'une promenade à la campagne, ils s'étaient baladés sous la pluie, à travers champs. La boue inondait le chemin, leur visage ruisselait de pluie, et ils s'embrassaient à chaque pas. Cette image la saisit et, en même temps, lui parut très lointaine. Elle tourna la tête vers Thierry, lui tendit les paires de chaussures et les bottes. Lorsqu'elle regarda son visage, elle vit ses traits tirés et ses joues creuses.

— Pourquoi, murmura-t-il, pourquoi ton silence depuis si longtemps ? Qu'est-ce que je t'ai fait ? s'il faut que je patiente, ma puce, je le ferai, nous ne pouvons pas nous séparer comme ça. Tu m'as dit qu'il te manquait l'essentiel ; j'y ai beaucoup pensé par la suite. qu'est-ce que cela représente pour toi ? Si c'est l'amour, je suis là, moi ! Je t'en prie, ne me donne pas mes affaires comme si j'étais un étranger. Sans toi, je suis perdu.

Claire tremblait. Elle connaissait ses sentiments, redoutait l'explosion de reproches qui, de toute évidence, allait bientôt éclater. Délibérément, elle avait retardé ce moment sans se manifester ni donner d'autres explications, mais, maintenant, il lui fallait agir, parler, donner libre cours à ses pensées. La vie avec Thierry ne lui convenait plus ; quelque part, un appel l'attirait... ailleurs !

— Tu ne va pas me dire que tu entends des voix comme Jeanne d'Arc ? Que Dieu habite ton cœur ? que tu parles avec l'invisible ? que sais-je encore, tiens ! que tu vas devenir la petite sœur des pauvres et que tu vas vivre dans une grotte, loin du monde?

Claire s'attendait à cette réponse, mais elle resta silencieuse. Depuis longtemps déjà, elle ne l'aimait plus ; l'amour n'avait été qu'un feu de paille, un jeu, de l'amour-propre mal placé, une fierté ridicule. Les jeunes femmes l'enviaient parce que Thierry était un jeune homme beau, intelligent et riche. Tout le monde disait, en les voyant ensemble « voilà un couple bien assorti ! » et tous leur souriaient, les jalousaient et peut-être même, les haïssaient. Ninou et Louis Avrilliers avaient été les premiers à croire en leur amour et à souhaiter leur mariage. Leur déception avait été cruelle, et Claire était devenue, à leurs yeux, une jeune femme immature, instable, trop gâtée par la vie.

Elle n'avait plus rien à lui dire, simplement, elle lui souhaita de rencontrer une autre femme. De la comprendre et d'être heureux.

— Tu le regretteras Claire, et à ce moment-là, ce sera trop tard ! Je crois que tu deviens follc !

Le regard vague, elle ne releva pas le défi.

— Attends... j'ai encore d'autres affaires...

Elle revint dans la chambre, fouilla à nouveau dans les tiroirs, jeta un dernier coup d'œil dans la penderie, et vit que des pull-overs étaient restés sur la plus haute étagère. Ne pouvant les saisir, elle se mit sur la pointe des pieds et réussit à les retirer un à un. Par mégarde, une lettre s'échappa de la poche de l'un d'eux. Elle reconnut son écriture, ouvrit l'enveloppe et lut juste le début « Mon Thierry chéri...» Son cœur chavira. Vite, elle froissa le papier, le lança à la volée dans l'armoire et referma le battant. Cette lettre désormais, n'avait plus d'importance et ce n'était pas la peine de la rendre à Thierry. Plus tard, elle la déchirerait et la mettrait au panier.

— Souviens-toi, dit-il, tu auras besoin de moi un jour.

— Je suis une grande fille tu sais !

Elle lui sourit gentiment, ferma doucement la porte à double tour, et le laissa penaud, ses costumes et ses chemises sur les bras, ses pull-overs suspendus à la rampe d'escaliers, et ses chaussures traînant par terre, à ses pieds.

Louis Avrilliers était également venu, quelque temps auparavant, voir sa fille dans son petit appartement afin d'obtenir une explication rationnelle à sa rupture. N'ayant reçu que des réponses vagues, il était reparti, préoccupé, pensant que, décidément, la jeunesse était en pleine crise de désespérance, de lassitude et de mal de vivre. Ces états d'âme le rendaient irritable et le dérangeaient beaucoup. Dans sa jeunesse il ne pensait qu'à ses études et à sa réussite professionnelle. Il n'y avait pas de place pour cette façon d'être qu'il qualifiait d'assistée et de dépravée. Cette inconscience l'exaspérait et le rendait, en même temps, très malheureux. Malheureux parce qu'il aurait aimé être à l'écoute de sa fille, prendre part à ses confidences, partager ses idées ; exaspéré parce que le fossé qui séparait leurs générations était devenu un gouffre et avait provoqué l'effondrement de toutes ses valeurs. Ninou avait raison. Le progrès allait vite, les mœurs changeaient, hommes et femmes vivaient ensemble, l'homosexualité augmentait et devenait normale aux yeux de la société. La télévision, les ordinateurs, tous les médias donnaient des nouvelles du monde et montaient en exergue la drogue, le mal de vivre, le sida et les ravages des guerres. La jeunesse se cherchait, le travail manquait, la famille éclatait... ces événements étalés à la vue de tous n'étaient pas encourageants et rendaient la vie lamentable, vide de sens. Claire, touchée à vif dans sa sensibilité ressentait comme une blessure l'agression du monde dans lequel elle vivait et ne pouvait donc pas être heureuse. Cependant, la recherche d'une certaine vérité, d'un certain bonheur pressentis depuis quelque temps l'incitait à réagir et à croire à l'existence d'une autre vie plus éclairée. L'atteindre lui avait paru longtemps impossible, la volonté lui manquant pour réaliser ce dessein, mais voici que soudain, sans explications, prise par un formidable désir de perfection, elle avait balayé toutes les contraintes sur son passage et commencé par rompre ses fiançailles.

Ninou et Louis étaient frappés de stupeur.

Sur le pas de la porte, avant de quitter sa fille, Louis l'avait prise dans ses bras et embrassée. Au moment où il s'engageait dans l'escalier, il avait entendu :

« Un jour, je le sais, la lumière viendra à moi. »

Il s'était retourné, déconcerté.

La lumière ? Quelle phrase saugrenue !

Il avait fait volte face et l'avait regardée curieusement. Matérialiste dans l'âme, il ne comprenait pas la signification de ces paroles. Pire : il ne cherchait aucunement à l'approfondir. Il avait souri bêtement et pensé que, décidément, sa fille perdait la tête et avait besoin de consulter un psychiatre.

* * *

— Maman ?

— Bonjour ma chérie. Comment vas-tu aujourd'hui ? As-tu passé une bonne journée ?

— Thierry est venu. Il a prit toutes ses affaires. Je n'ai plus rien à faire avec lui à présent.

— Ton père me l'a dit, ma chérie. Je ne t'en ai pas parlé pour ne pas te faire de peine.

Ninou, discrète, avait, en effet, gardé le secret. Elle savait qu'un jour ou l'autre, une entrevue aurait lieu entre sa fille et Thierry de Coudray. La fin de leur belle histoire d'amour, la soulagea quelque peu. Elle soupira.

— Eh bien ! voilà une bonne chose de faite !

Claire ne voulut pas s'appesantir davantage sur le passé. Elle dit simplement :

— J'ai un cours de danse ce soir, à cinq heures. J'ai envie de venir manger avec vous. Papa sera là ?

— Ton père est parti pour la journée à la «Treille» et ne rentrera qu'en fin de soirée.

— Chic ! nous serons seules alors ? j'en profiterai pour te dire bien des choses. Je prendrai aussi mes *rollers* et passerai par la place Clément Marot. Je serai plus à l'aise sans voiture, il y a trop de monde à l'heure de pointe. Quelle idée d'habiter en plein centre de la ville ! À tout à l'heure ma petite Maman.

— Attends ! N'oublie pas de prendre ta belle veste en laine, tu sais, celle que je t'ai offerte pour l'automne. Il commence à faire frais maintenant. Je t'embrasse.

CHAPITRE 2

Dix-neuf heures. La ville grouille de monde en cette fin d'après-midi d'octobre où les bus vont et viennent dans toutes les directions, polluant les poumons, salissant les rues et les trottoirs. D'épais nuages de poussière nauséabonds envahissent l'atmosphère, noircissant tout. Le large boulevard François Mitterrand que Claire emprunte chaque jeudi soir en revenant de son cours de danse mène à la longue avenue du Général De Gaulle et ressemble à une gigantesque fourmilière. Chacun, préoccupé par ses propres soucis rentre chez lui, le pas pressé, le visage tendu, inconscient de la valeur du temps qui passe. Le pont St Jean est surchargé de camions et de voitures ; des coups de Klaxon impatients résonnent dans le quartier et s'ajoutent au bruit infernal des moteurs maintenus en accélération. Le cœur de la ville bat. Le silence et le farniente semblent bien loin à présent !

Claire, perchée sur ses *rollers,* a toutes les peines du monde à se frayer un chemin. Esquivant agilement chaque obstacle placé sur son passage, elle n'a qu'une hâte : arriver vite à la maison, prendre un bain moussant et délasser son corps fatigué des deux heures de danse qu'elle vient de faire.

Doucement le jour baisse et les lumières s'allument sur les grands axes de la ville. Les Galeries Lafayette s'illuminent à leur tour d'un seul coup, juste au moment où elle traverse le carrefour de la place et la voici, s'élançant telle une gazelle sur les larges pavés faciles d'accès. Enfin, elle va pouvoir délier ses longues jambes et rouler à sa guise.

C'est à ce moment précis, moment à jamais gravé dans sa mémoire, que le drame éclata.

Bruit insoutenable, terrifiant, monstrueux. Toute la façade des Galeries Lafayette vole en éclat, le sol s'écroule, s'affaisse et Claire se retrouve par terre, le corps plaqué contre les pavés de la place. La fin du monde vient subitement de s'abattre sur la terre. Une fumée noire s'échappe de toutes les issues, envahissant les rues, et un rideau épais s'élève comme une tornade vers le ciel.

Que vient-il de se passer ? un tremblement de terre ? une catastrophe aérienne ? une fusillade ? un attentat à la bombe ?

Hébétée, elle entend des cris, des hurlements, des galopades effrénées, des sanglots, puis voit des souliers qui l'enjambent et fuient à toute allure en direction du palais de Justice. Le bruit a été si violent que sa tête et ses oreilles semblent anesthésiées. Ne comprenant pas l'ampleur du désastre elle reste là, allongée, figée, incapable de bouger. Coups de sifflet stridents... circulation interrompue... ambulances et voiture de police garées le long des trottoirs... Tout cela se passe si vite !

— Attention ! le feu gagne le premier étage, les blessés sont à l'intérieur !

Claire reprend ses esprits, mais il lui faut encore quelques secondes pour retrouver son équilibre. Voyons... Elle roulait sur la place, insouciante, avide de liberté, ne pensant qu'au bain moussant qui l'attendait... et tout à coup, ce bruit terrifiant dans ses oreilles, le sol qui se dérobe sous ses pieds et la chute, comme une masse, sur les genoux. Est-elle blessée ? paralysée ? Elle commence à bouger ses orteils, ses pieds, ses jambes. Maintenant, elle bouge les mains, les bras, la tête. La douleur l'assaille mais, Dieu merci, elle n'est pas paralysée. Plusieurs voitures de pompiers arrivent, les unes derrière les autres et stoppent devant l'entrée des Galeries Lafayette. La scène se déroule en direct, sous ses yeux effarés. Une vingtaine d'hommes sautent des voitures et se précipitent à l'intérieur. Elle voit leur uniforme, leur masque à oxygène, apprécie leur agilité et leur compétence. En quelques secondes, les tuyaux sont déroulés, les murs aspergés, les échelles dressées. La circulation des deux rues principales est déviée vers le palais de Justice et interdite aux passants. Seules, les ambulances sont autorisées à prendre cette direction. C'est une véritable course contre la montre : les pompiers entrent dans la fournaise, au milieu des flammes, ressortent en courant, un blessé dans les bras. Ils reviennent soutenant un homme ou une femme ahuris, immobilisés par la peur ; parfois ils ramènent un cadavre étendu sur un brancard. Les trottoirs sont envahis de corps allongés, et des flaques de sang s'écoulent lentement le long des rues et des rigoles en pente. Les gens indemnes, courent affolés dans tous les sens, et d'autres, hébétés, regardent paisiblement la scène, un sourire béat au coin des lèvres. Des voix aiguës, désespérées, crient et lancent des S.O.S. pathétiques, puis s'étouffent en sanglots.

L'enfer !

Claire, assise, regarde le terrifiant spectacle sans en connaître encore la véritable cause. Peu à peu l'anesthésie semble s'atténuer, sa tête et ses oreilles recommencent à vibrer, et le monde s'agite autour d'elle. Elle pense aussitôt à ses parents qui ont dû entendre l'explosion. Tout à l'heure elle avait dit à sa mère « Maman, ce soir, après mon cours de danse, je reviendrai par la place Clément Marot, c'est le seul endroit où je puisse rouler librement » Et l'explosion avait eu lieu juste à côté de cette place !

— C'est un attentat à la bombe ! La poubelle est piégée, retirez-vous !

Soudain, elle sent derrière elle une présence et deux bras musclés la soulèvent de terre et la remettent en équilibre sur ses *rollers*. L'homme est grand, fort, et porte sur le nez un masque à oxygène.

— Mademoiselle, je vous observe depuis un moment. Je vois que vous n'êtes pas blessée. Pouvez-vous nous aider ?

— À... à quoi faire ?

— À soigner les gens sur le trottoir.

— Mais monsieur, je ne sais pas !

— Nous avons besoin de renfort, ne serait-ce que pour rester auprès d'eux. Venez, vous allez être utile !

Utile. Ce simple mot jailli du fond de son inconscient la fit tressaillir. Elle allait être utile, donc, elle allait enfin remplir sa vie ! mais... serait-elle capable de supporter ce spectacle horrifiant, tous ces gémissements, tous ces cris ?

— Ne perdons pas de temps mademoiselle, ôtez vos *rollers* et venez avec moi.

Claire fit ce que lui demandait l'inconnu. Tremblante, mais déterminée, elle se dirigea vers la rue pleine de blessés allongés sur le trottoir. Médecins, infirmières, ambulanciers, déjà sur pied de guerre, s'affairaient de tous côtés et donnaient les premiers soins d'urgence. À même le sol, ils plaçaient des transfusions, des perfusions, distribuaient des calmants, des masques à oxygène, parlaient aux uns et aux autres tout en les rassurant et les réconfortant à la fois. Les ambulances allaient et venaient, inlassablement, transportant peu à peu tous ces corps allongés vers les hôpitaux et les cliniques de la ville et des environs.

— Tenez la tête de cet homme, mademoiselle, aidez-le à vomir... oui, comme cela. C'est bien...

Le grand café situé au rond point de la place était déjà submergé de monde et transformé en dortoir. Les lignes téléphoniques, constamment occupées par une succession d'appels angoissés, ne permettaient pas aux blessés de rassurer leur famille. Claire, prise par ce tourbillon oublia de prévenir ses parents. D'ailleurs, même si elle y avait pensé, elle n'aurait eu ni le temps, ni la possibilité de le faire.

Le crépuscule tombait, impitoyable, sur les toits de la ville, et donnait à celui qui se trouvait sur les lieux une vision d'horreur. La veille, à la télévision, une image semblable s'était déroulée sur l'écran et avait relaté un attentat à la bombe dans une ville d'Israël. Cela ne concernait pas les Français, du moins le croyaient-ils ! Ce fut un choc incroyable, inimaginable, invraisemblable, qui les laissa pétrifiés. En France aussi, les mêmes horreurs se déroulaient, à l'improviste, blessant et mutilant des passants anonymes, gratuitement, presque pour le plaisir. Quel cauchemar !

Claire, encore sous le coup de l'émotion, bouleversée, allait à petits pas, des uns aux autres, hésitante. Une femme hagarde se leva brusquement et se précipita dans ses bras. Aucune blessure grave, apparemment, ne gênait ses mouvements, mais un sourire idiot, des yeux fous montraient, sans aucun doute, qu'elle venait de perdre la raison. Ici, un homme étendu, choqué, blafard, laissait apercevoir, à travers la déchirure de son pantalon, une plaie béante de laquelle suintait, sans interruption, un filet de sang noirâtre.

—Tenez son bras, mademoiselle, je vais lui administrer une dose de morphine pour le calmer.

Elle sursauta et se retourna. Un homme en blouse blanche s'adressait à elle et lui demandait de l'aide. Elle s'exécuta mais ne put maîtriser ses propres tremblements. Un malaise serra le creux de son estomac et, sans se dominer, au même moment, elle tourna la tête, se plia et vomit d'un trait sur le trottoir.

— Allons ! du cran ! ce n'est pas de cette manière qu'une infirmière réagit !

— Monsieur... je ne suis pas infirmière.

Le docteur la regarda et vit une jeune femme livide, au bord des sanglots et comprit son erreur.

— Excusez-moi. Nous avons besoin du personnel soignant, mais aussi de tous les volontaires. Le plan ORSEC vient d'être déclenché et je vous ai prise pour une bénévole de la Croix rouge. Votre présence est indispensable.

Le temps était compté pour ce pauvre homme malchanceux, aussi, fallait-il agir vite. Le docteur déchira le pantalon qui était en lambeaux et mit à nue la plaie béante. Il prit de sa trousse un garrot, le plaça en amont de la cuisse et serra très fort. Le sang s'arrêta de couler.

Le blessé, immédiatement soulagé par l'injection de morphine, commençait doucement à émerger de sa léthargie. Il fit signe à Claire de s'approcher près de lui. Il avait du mal à parler.

— Que s'est-il passé ? Où suis-je ?

— Une bombe, monsieur... une bombe cachée dans une poubelle près des Galeries Lafayette vient d'exploser.

— Ah ? Oui, je passais juste à ce moment-là sur le trottoir. Je suis juif. Dans mon pays, c'est tous les jours que des bombes éclatent, toute ma vie, la guerre a été mon lot et, aujourd'hui, me voici victime d'un attentat... en France !

L'homme était digne et ne se plaignait pas.

Elle s'agenouilla et, d'un geste spontané, lui prit la main.

— Nous allons vous transporter à l'hôpital, monsieur, je crois que... que vous serez plus en sécurité. Ne vous inquiétez pas.

— Oui, oui, restez avec moi, mademoiselle, avec vous, je suis bien...

Ces paroles réconfortantes lui firent chaud au cœur et l'encouragèrent à poursuivre sa tâche. Les ambulances continuaient leur va-et-vient incessant ; des gens accouraient de tous côtés, affolés, inquiets de voir l'un des leurs couché par terre. Une voiture de police diffusa un appel, recommandant le calme et la vigilance. Partout du monde, du bruit, des cris et des pleurs.

L'homme fut soulevé par deux ambulanciers, glissé sur un brancard et transporté dans une ambulance. Claire ne put l'accompagner et c'est à peine si elle eut le temps de lui faire un signe. Déjà il s'éloignait, abandonnant sa nouvelle infirmière à regret. Le temps manquait à Claire pour comprendre la terrible catastrophe qui venait de s'abattre sur la ville. Elle agissait d'une manière instinctive, irréfléchie, enjambant les corps affalés, se courbant pour mieux entendre leurs plaintes et répondre aux questions angoissées. Oubliant sa propre fatigue et son mal de vivre, elle se donnait, corps et âme à la souffrance offerte à son regard.

CHAPITRE 3

Louis Avrilliers faisait une dernière fois le tour de sa maison de campagne, vérifiait la fermeture des volets, celle de la porte d'entrée, jetait un coup d'œil fier sur le parc, puis, à pas lents, se dirigeait vers le garage. Il avait hâte de retrouver sa femme et... son match de foot filmé en direct, ce soir, à 21 heures, du stade de Marseille. Deux équipes réputées allaient s'affronter : Marseille contre Toulouse, et pour rien au monde il ne voulait manquer ce spectacle. Sa montre marquait 19 heures. Pour être à l'heure, il décida de prendre l'autoroute.

Il faisait une merveilleuse journée d'automne ; la nature, belle à souhait, coloriée de teintes diverses confondues et contrastées sous un ciel encore rougeoyant, était un enchantement. Roulant à l'aise, il contemplait avec ravissement ce spectacle et pensait que la retraite procurait une qualité de vie exceptionnelle et qu'il avait une chance extraordinaire de pouvoir en profiter.

Songeant à son bonheur, il appuya d'un geste machinal sur le bouton de sa radio.

Bientôt 20 heures : les dernières informations n'allaient pas tarder à être diffusées.

« Nous interrompons «l'Art en Provence» pour annoncer une terrible catastrophe qui s'est produite, à 19 heures, en plein centre de la ville de... X. Une bombe, placée prés d'une poubelle des Galeries Lafayette a explosé, faisant une centaine de blessés et un certain nombre de morts.

— Oh ! Nom de Dieu !!!

« On nous communique à l'instant... pardonnez-moi... oui, on nous communique deux numéros de téléphone pour les personnes concernées, ayant de la famille ou des amis victimes de l'attentat. Une dépêche vient d'arriver... le feu gagne toute la rue St-Louis et le boulevard François Mitterrand vient d'être interdit à la circulation. Le plan ORSEC ayant été déclenché, le ministre de la Santé, averti à l'instant même, se prépare à se rendre sur les lieux. Pompiers, ambulances, médecins et personnel infirmier se trouvent actuellement sur place et la préfecture lance un appel à tous les hôpitaux et cliniques de toutes les villes. Pour l'instant, les pompiers sont mobilisés vers la place Clément Marot et tentent d'éteindre le feu qui s'est propagé aux deux étages des Galeries Lafayette. Ils...

Louis Avrilliers fut stupéfait, puis... terrifié ! Ce fut comme si la bombe avait éclaté dans sa tête, et c'est à peine s'il eut le réflexe de garer sa voiture sur le bas-côté de l'autoroute et de l'immobiliser.

— Bon Dieu ! Ma femme, ma fille, où sont-elles ?

Un tremblement incontrôlé saisit ses mains et son cœur se mit à battre violemment. Assommé par la nouvelle, il voulut composer son propre numéro sur le cadran du téléphone mais il ne se rappelait aucun chiffre. Il baissa la vitre de sa voiture, s'épongea le front et prit une bouffée d'air.

La beauté de l'automne soudain avait disparu, le ciel oranger venait de prendre une teinte grise et toute la nature criait une douleur aiguë qui lui ouvrait les entrailles.

Une sonnerie retentit. Sa femme, affolée, l'appelait au téléphone. Elle était sauve !

— Oh Ninou ! c'est toi ? Tu n'as rien ?

— Louis ? Dieu soit loué, tu es là ! Non... Non... Je n'ai rien ! Je viens d'appeler à la «Treille», j'ai pensé que tu étais sur le chemin du retour. Allô... J'entends mal.. Tu es au courant ? les Galeries Lafayette viennent d'exploser et...

— Je viens de l'apprendre juste à l'instant à la radio. Où est Claire ?

— Je... Je ne sais pas Louis. Justement, ce soir elle vient manger à la maison. Elle sortait de son cours de danse vers 19 heures et devait passer par la place Clément Marot.

— Nom de Dieu !

La nausée au bord des lèvres, Louis se pencha à la portière et eut un haut le cœur. Tout son univers basculait.

— Allô... allô... tu m'entends Louis ? c'est terrible, arrive vite, mon chéri !

Il y eut un petit silence qui les laissèrent chacun sans voix. Puis, Louis se ressaisit.

— Fais quelque chose Bon Dieu ! Es-tu partie à sa recherche ?

— Toutes les rues sont bouchées, même... même à pied il est impossible de passer.

—Téléphone à la police, attends ! non ! je vais le faire. Comment était-elle ? Que portait-elle ? Je veux dire, comment était-elle vêtue ?

Ninou se remémora la dernière conversation téléphonique avec sa fille. Elle lui avait recommandé de prendre sa veste en laine à cause de la fraîcheur de l'automne.

— Eh bien, elle porte certainement un pantalon, puisqu'elle avait décidé de prendre ses *rollers,* un pull-over et une veste en laine, longue et blanche. Oh ! Louis ! viens vite, nous aurons plus de force à nous deux !

— J'arrive !

Pâle, bouleversé, il démarra vite sans regarder dans le rétroviseur. Une voiture le dépassa à vive allure ; le chauffeur lui fit un signe menaçant qu'il ne vit pas, obsédé qu'il était par ses pensées : sa fille aurait-elle été touchée par la bombe et gisait-elle dans la rue, au milieu des cris et des hurlements ? Était-elle morte, ou bien... mutilée ? Souffrait-elle ? L'incertitude le rendait fou d'angoisse. « Oh ! Les salauds, articula-t-il rageusement en avalant ses mots, les salauds ! Déposer une bombe anonymement et la laisser éclater au hasard, quelle saloperie ! quelle honte d'être français ! Qui a fait ça ? Qui donc a fait ça ?

Il accéléra comme un désaxé, sans réfléchir. La vie, en cet instant précis, lui parut insoutenable.

La route droite, sans encombre, lui permit de foncer et d'extérioriser sa hargne contre ces « putains de salauds » qui avaient osé s'attaquer à la France et, peut-être, à... sa fille ?

Au péage, il donna un billet de cent francs, n'attendit pas la monnaie, passa sous la barrière déjà levée, devant l'œil ébahi de la caissière. La tragique nouvelle venait de se répandre dans toute la région. À la vue de cet homme pressé et tourmenté, la caissière comprit que quelque chose de très grave venait de lui arriver.

Le centre de la ville était environ à 5 km, et dans le lointain apparaissait un halo de fumée qui enveloppait tout l'horizon. Une file de voitures, bloquées, barrait le passage ; des policiers nerveux expliquaient à chaque conducteur la cause de cet embouteillage ; les uns, n'étant pas encore au courant, étaient épouvantés ; les autres écrasés d'inquiétude. Ils se demandaient tous si un parent, un ami, n'avait pas succombé à l'explosion et c'est la rage au cœur et fous d'impatience qu'ils attendaient le signal pour avancer. La gendarmerie locale faisait de son mieux pour rétablir la circulation et toutes les conversations tournaient autour de la catastrophe.

L'attente était interminable.

— Vous allez dans quelle direction monsieur ? Où habitez-vous ?

— Avenue du Général de Gaulle

— Empruntez ce passage interdit, soyez sans crainte, ceux qui logent dans ce quartier sont prioritaires...

Louis roula quelques mètres, tourna à l'angle de l'avenue mais ne put aller plus loin. Trottoirs, passages cloutés, magasins, cours intérieures privées, tout était envahi de voitures, de camions et d'ambulances. Il laissa sa voiture sur place, n'importe où et partit à pied rejoindre son appartement. Il marchait, l'air obstiné, le dos voûté, se répétant inlassablement : Où est ma fille ? Où est ma fille ? Où est ma fille ?

— Louis !

Ninou, penchée à la fenêtre, venait d'apercevoir son mari. Elle recula vivement, se précipita dans le hall, descendit en courant les escaliers et se retrouva dans la rue au moment où son mari passait sous le porche d'entrée. Ils tombèrent dans les bras l'un de l'autre.

— Alors... as-tu des nouvelles de Claire, ma chérie ?

— Aucune.

— Je n'ai pas pu avertir la police. Toutes les lignes sont occupées.

La porte de l'appartement étant ouverte, le corridor s'offrait à leur vue. Qu'importait cette étourderie ! Ninou avait relevé les numéros de téléphone transmis par la Télévision, mais aucun interlocuteur n'avait répondu à son appel. La ligne était continuellement occupée... Peut-être Louis aurait-il plus de chance ? il composa le numéro de la police et toujours l'éternelle réponse cruelle : occupé !

— Eh bien, dit-il, allons voir nous-mêmes, sur place.

— Tu n'y penses pas, sur le lieux de l'explosion, au milieu des blessés et... des morts ? personne ne nous laissera passer !

— Allons chercher Claire, Ninou, il faut la retrouver vivante, tu m'entends ? VIVANTE !

— Oui... oui chéri. Attends ! mon manteau !

— Tu n'en as pas besoin !

Il serra les dents, ferma l'appartement à double tour cette fois, prit sa femme par les épaules et l'entraîna avec force vers la sortie.

Les états d'âme et l'instabilité de Claire maintenant ne préoccupaient plus Louis : Thierry était bien loin de ses pensées et il aurait tout donné pour retrouver, saine et sauve, sa chère petite fille. La fortune, les titres en banque, la «Treille», l'appartement, oui, il aurait tout donné, même sa propre vie, s'il l'avait fallu !

Les événements dramatiques de la vie sont intraitables, imprévisibles, inexorables. Il suffit d'une seconde, parfois, pour que tout bascule et prenne des proportions incommensurables. Subitement, il prit conscience de l'importance de son sectarisme, de son autorité et de son étroitesse d'esprit. Relativisant les faits, il éprouva de la honte à l'égard de sa propre intolérance. Si sa fille mourrait, il ne se pardonnerait jamais son incompréhension de père et la vie n'aurait plus d'attraits pour lui.

Et les heures tournaient...

* * *

Claire allait d'un blessé à l'autre, sans répit. Malgré les appels à l'aide, le personnel soignant était réduit, les soins et l'écoute insuffisants, les volontaires écœurés et découragés. Le Centre de Transfusion, débordé, lançait, par tous les moyens, des appels pathétiques à travers la France.

La guerre !

— Voulez-vous vous rendre utile, mademoiselle ?

Et toujours ce mot qui revenait inlassablement à ses oreilles ! Dans le tumulte et la panique, elle n'avait pas eu le temps de réfléchir, simplement, elle se demandait si elle était assez forte pour assumer la tragique situation qui se déroulait, impitoyable, devant ses yeux. Quelqu'un la poussa et l'entraîna par le bras. C'était un pompier, noir de suie, qui cherchait désespérément du secours.

— Suivez-moi de l'autre côté de la rue, mettez ces lunettes et ce masque à oxygène, il faut évacuer les gens qui sont encore à l'intérieur !

Sans lui demander son avis, il l'exhortait à ressembler à un cosmonaute et la bousculait durement. Où allait-il l'entraîner ?

Une pénombre enfumée et irrespirable, cris, gémissements, larmes, corps calcinés gisant sur un carrelage noir de crasse...

— Non ! laissez-moi ! je ne pourrai jamais !

Des brancardiers enlevaient les cadavres, les déposaient dans des ambulances ; celles-ci repartaient aussitôt vers la morgue, puis recommençaient leur va-et-vient interminable. Les pompiers continuaient à manier les tuyaux raides et encombrants, arrosaient les flammes qui s'élançaient goulûment vers les étages et détruisaient planchers et murs endommagés. Claire eut l'impression de jouer une scène atroce et crut sa dernière heure arrivée. Propulsée à l'intérieur, elle ne put que... réagir !

Invisibles à deux mètres à peine, deux enfants serrés l'un contre l'autre étaient étendus par terre, inertes mais... vivants ! Elle se précipita vers eux, les souleva avec une force incroyable et les porta à bout de bras jusqu'à la sortie. Aussitôt, deux infirmières leur placèrent des masques à oxygène sur le nez et les forcèrent à respirer. Emportée par une ardeur soudaine, elle revint à l'intérieur. Un homme, coincé sous un amas de tôles cherchait désespérément à se dégager et toussait à perdre haleine. Il vit Claire et la supplia du regard. Immédiatement, sans réfléchir, elle lui vint en aide, mais ses efforts, insuffisants, ne purent lui porter secours. Comme une folle elle courut dans le hall, appela de toutes ses forces un pompier qui sortait d'une ambulance et lui demanda de la suivre. Il la suivit aussitôt. L'homme, enveloppé d'une épaisse fumée noire, continuait à se débattre et s'asphyxiait de plus en plus. Vite ! De leurs pieds et de leurs mains, ils brisèrent et écartèrent la tôle, tirèrent, traînèrent et portèrent enfin à l'air libre le pauvre homme déjà atone, à la limite du coma. Une fois dehors, un médecin tira sa tête en arrière, plaça un masque sur son nez et pratiqua un massage cardiaque. L'exercice dura longtemps, mais, oh ! bonheur ! l'homme eut un sursaut et revint à la vie. Hagard, il regarda autour de lui, eut un éclair de lucidité dans les yeux, chercha une présence, puis, épuisé, tomba dans le sommeil. Qu'importe ! son cœur battait, sa respiration reprenait un rythme normal, et la vie circulait dans ses veines.

Chancelante, fatiguée, Claire se laissa glisser contre un mur et s'assit. Elle ôta d'un geste d'automate son masque, ses lunettes, respira profondément et regarda autour d'elle comme si elle découvrait la vie pour la première fois. Que lui était-il arrivé ? Distinctement, elle entendit la petite voix intérieure lui dire : « Sois utile... remplis ta vie... » et comprit soudain tout le sens de cette injonction. Une énergie phénoménale, merveilleuse, emplit tout son être et une joie inexprimable déborda de son cœur. C'était la sublime, l'admirable révélation, celle qu'elle avait tant recherchée et qui lui ouvrait toutes grandes les portes à la compréhension humaine. Le sens de la vie ce n'était, ni le paradis de la drogue, ni la richesse matérielle, ni les mensonges, ni la méchanceté, encore moins la satisfaction sexuelle et les coups de cœur fragiles et inconstants ; Elle le savait mieux que quiconque puisque sa petite expérience de vie de couple, loin de lui avoir convenu, l'avait au contraire entraînée vers le malaise !

Les paroles du Christ, apprises lorsqu'elle était enfant, restées longtemps cachées quelque part, au fond de son inconscient, lui revinrent en mémoire, et ces paroles disaient simplement : « Il vaut mieux construire sa maison sur du roc plutôt que sur du sable. » Le sable représentait toute la fragilité, toutes les erreurs commises par l'homme. Un léger coup de vent et toute la maison s'écroule provoquant douleur, souffrance, mal de vivre. Mais... bâtir sa maison sur du roc, c'était autre chose ! Le roc c'était le symbole de la solidité ; elle entrevoyait l'orientation, le chemin pur et clair. Sincérité, compréhension, justice, reconnaissance, honnêteté, respect de la dignité humaine, et surtout l'Amour dans toute sa splendeur et toute sa plénitude, voilà la signification du roc ! voilà le sens de la vie !

Elle sourit et soupira profondément. Un médecin s'approcha, la félicita de son courage et lui offrit une tasse de thé. Un parfum de vanille s'exhala de la tasse et vint chatouiller doucement ses narines : jamais elle n'avait senti ni bu un thé aussi délicieux ! Le portant à ses lèvres, elle vit ses ongles noirs, ses mains crasseuses, sa belle veste en laine recouverte de suie.

Qu'elle importance pensa-t-elle, je suis heureuse. Heureuse à en mourir !

Tout à coup, elle regarda sa montre : 20 heures. Et ses parents qu'elle n'avait pas avertis ! Sa mère, c'était certain, avait entendu l'explosion puisque l'appartement n'était qu'à une centaine de mètres seulement des Galeries Lafayette ! Peut-être l'avenue avait-elle subi des dégradations ? Quelques citadins avaient-ils été blessés ?

Elle demanda au médecin de lui prêter son téléphone portatif. La ligne était libre ! La sonnerie retentit un long moment mais, hélas ! personne n'était au bout du fil. Elle s'inquiéta.

Et dans le brouhaha, suintaient les plaintes...

— Un peu d'eau s'il vous plaît...

— Où suis-je ? aidez-moi, je suis perdu...

— J'ai mal, j'ai peur...

— A-t-on averti ma famille...?

Tracassée, elle revint auprès des blessés et continua à leur venir en aide. Le destin l'avait mise sur la route : sa route ! elle se devait, coûte que coûte, malgré ses angoisses personnelles pour avancer, d'être attentive aux autres, de «remplir sa vie». Ni le sang, ni les plaies, ni les mutilations, ni les cris ne l'arrêtaient.

En quelques secondes, brutalement, sa vie avait basculé.

Dans la nuit hallucinante, Ninou et Louis cherchaient désespérément Claire.

— Avez-vous aperçu une jeune femme en pantalon, portant un pull-over et une longue veste en laine blanche ?

— Avait-elle des *rollers* aux pieds ?

— Oui... oui...

— Je l'ai vue, dit un monsieur d'un certain âge, mais juste avant l'explosion !

Ninou poussa un cri. Louis la serra contre lui.

— Je crois que vous devriez aller voir à la morgue, là-bas, vous obtiendrez plus de renseignements.

Autres cris plus plaintifs de Ninou. S'il avait pu, sans aucun doute Louis aurait fusillé sur place celui qui venait de lui répondre. Un autre homme qui avait entendu le mot *rollers* s'avança et dit à son tour

— Ma femme a, en effet, trouvé une paire de *rollers* au milieu de la place Clément Marot, elle les a rapportés au café, allez-y donc ! mais nous n'avons pas vu la jeune femme.

Claire se trouvait donc là au moment de l'explosion et personne ne voulait le leur avouer.

— Elle est morte ? prononça Louis d'une voix à peine perceptible.

— Non, non, nous ne voulons pas dire cela, simplement, nous... nous ne le savons pas !

Le cauchemar n'en finissait pas. Et toujours, les blessés allongés dans la rue, la sirène des ambulances, les coups de sifflets stridents des policiers, l'angoisse et les interrogations des gens cherchant un des leurs... Une multitude de voitures stationnaient sur la place et empiétaient sur la terrasse du café. À l'intérieur, la télévision diffusait les dernières nouvelles de l'attentat incitant cliniques, hôpitaux et centres de psychiatrie à se tenir en alerte.

— M. Avrilliers !

Dans le tumulte de la foule, Louis entendit son nom et se retourna. Charles, son ancien chauffeur, tapait à la vitre du café et lui faisait de grands signes, mais le bruit assourdissait toute parole.

— Monsieur, que vous arrive-t-il ? Vous avez quelqu'un ici ?

— Comment ?

— Que venez-vous faire ici ?

— Je cherche ma fille, l'avez-vous vue ? nous savons que ses *rollers* ont été déposés au café.

— Oui... oui... quelqu'un les a apportés

— Je m'en fous des *rollers* ! C'est ma fille que je veux !

— Votre quoi ?

— Ma fille Claire !

— Ah ! Attendez un moment s'il vous plaît

Charles disparut derrière la vitre trente secondes, puis il revint, un large sourire aux lèvres.

— Le patron du café l'a vue.

— Quand ? avant ou après l'explosion ?

— Attendez, je vais le lui demander

Que de temps perdu, que d'angoisse, que de doutes ! Il revint une seconde fois, toujours un large sourire aux lèvres.

— Après, M. Avrilliers

Louis et Ninou crurent s'évanouir de joie.

— Où est-elle ?

— Là-bas, aux Galeries !

— Par exemple ! elle est blessée ?

Et ils entendirent cette phrase sublime qui les figèrent sur place.

— Non, elle soigne !

Leur émotion était à son comble. Ils avaient bien entendu les paroles de Charles. Leur fille était vivante ! Louis prit sa femme dans ses bras et la serra jusqu'à l'étouffer. Assistant à cette scène d'amour, les gens, impatients et nerveux, secouaient leur tête d'agacement ; ce bonheur, étalé à la vue de tous, les gênait et les rendait agressifs.

— Viens, chérie, ne restons pas là, ce n'est pas le moment. Allons chercher Claire.

Ils traversèrent rapidement la place et regardèrent attentivement toutes les personnes valides se trouvant à l'écoute des malheureux, assis ou étendus dans la rue. La nuit rendait la vision difficile. Attendre... chercher et encore chercher ! Ils ne voyaient que des ombres, des silhouettes debout ou accroupies, mais aucune ne leur rappelait Claire. Soudain, une exclamation :

— Là-bas... oui... c'est elle... je la vois !

— Où donc ?

— Là-bas je te dis !

Ninou montrait d'un doigt tremblant une jeune femme assise près d'un homme allongé auquel, délicatement, elle donnait un verre d'eau. Il y avait dans ce geste banal toute la tendresse du monde. Rien dans ce comportement ne laissait paraître la répulsion, la peur ou l'émotion.

— Claire ! se mit à crier Ninou, c'est moi, c'est maman !

Claire se retourna et d'un bond se leva. Abandonnant son patient, elle traversa la rue en courant, se précipita dans les bras de sa mère et éclata en sanglots.

— Oh ! maman, papa, vous n'avez rien ?

À son tour, Louis la prit dans ses bras et la serra de toutes ses forces. Ils pleuraient et riaient à la fois. Que c'était bon de sentir sa fille contre son cœur ! Ils se dévisagèrent et remarquèrent qu'ils étaient tous les trois noirs de poussière : Impulsive, Claire avait, non seulement sali les vêtements de ses parents, mais elle avait aussi maquillé leur visage. Et de rire et de pleurer encore...

— Oh ! ta belle veste ! quel dommage ! s'écria Ninou.

— Que d'angoisse ma petite fille, tu es pâle, éreintée, allons ! rentrons à la maison maintenant, nous avons tellement de choses à nous dire.

— Non. Je ne peux pas, il y a des blessés partout ici, ils ont besoin de moi, il faut que j'y aille.

— Que dis-tu ? Mais enfin Claire, tu ne vas pas passer la nuit ici ! Tu es fatiguée, choquée, laisse donc ce travail aux infirmières et aux médecins !

Elle répéta, l'air obstiné

— Non, je ne peux pas.

— Mais... pourquoi ?

— Parce que... c'est ma façon de remercier la providence et puis, aussi, parce que...

La petite voix intérieure continuait à lui murmurer d'être utile, de ne pas lâcher prise, d'aller jusqu'au bout de sa tâche.

— C'est ma vie, ma nouvelle vie qui commence.

Ninou et Louis se regardèrent, stupéfaits. Leur fille, il est vrai, avait eu une énorme chance, de cela ils étaient conscients et reconnaissants à la providence, mais s'entendre dire qu'une nouvelle vie commençait ? Qu'est-ce que cela signifiait ?

— Allons ma fille, tu ne vas pas rester ici, ce spectacle est horrible à voir, ce n'est pas fait pour toi, tout cela !

Encore une fois, Claire, aimablement, insista pour ne pas les suivre. Elle dit :

— Pourquoi les réalités de la vie m'épargneraient-elles? Il y a ici des gens qui souffrent, qui crient, qui perdent leur sang et qui vont peut-être mourir. Vous voyez cet homme là-bas? il est intransportable, il m'appelle, et vous voulez que je rentre à la maison ?

Sa voix était brisée par l'émotion.

— Allons... rentre !

Alors, il se passa un phénomène incroyable. Ils virent leur fille se dresser contre eux, les toiser, et leur dire ces mots invraisemblables :

— Ma voie est ailleurs. Maintenant, je choisis ma vie ! Je ne rentrerai pas à la maison ce soir !

Sans ajouter un mot, elle se tourna, retint ses larmes, et revint auprès des blessés.

Elle ne se retourna pas.

Claire venait de mûrir d'un seul coup.

— J'ai froid, dit soudain Ninou en se serrant contre son mari.

— Oui, dit-il, c'est vrai, tu as oublié ton manteau...

Deux êtres égarés, le pas lent, écrasés par de terribles événements et serrés l'un contre l'autre traversaient la place pour regagner leur domicile. Au moment où ils passèrent devant le café, Charles, toujours placé derrière la vitre les aperçut et les appela. Tenant à la main un paquet, il vint vers eux.

— Tenez, voici les *rollers* de votre fille. Alors, vous l'avez vue ?

— Oui, répondit Louis Avrilliers d'une voix lasse. Elle a décidé de passer la nuit sous les étoiles. Elle va avoir froid...

Sans regarder Charles, il saisit le paquet.

— Merci mon ami.

En arrivant sous le porche de leur résidence, Louis se tourna vers Ninou et dit, dans un élan d'amour mélangé de tristesse :

— Merci à la providence. Nous aurions pu perdre Claire. Hier, nous avions encore une jeune fille. Aujourd'hui, nous venons de rencontrer une femme. Il faudra nous y faire !

* * *

Hôpitaux ou cliniques : endroits remplis de mystère, de magie, de secret et d'obscurité pour le profane ! Que se passe-t-il derrière ces épais murs blancs ? Pourquoi lorsqu'on pénètre dans ces endroits, ressent-on tant de crainte, de doute, de désespoir et... tant d'espoir parfois ! Une atmosphère à part règne dans ces locaux : un monde inconnu, en mal de vivre, souffrant et luttant pour sa survie et, dans la rue, à deux pas, les gens passent, indifférents au malheur, ignorant la détresse. L'égoïsme est le propre de l'être humain qui ne pense qu'à son petit univers, qu'il croit unique. Loin du partage, de la compréhension et de l'amour des autres, il se noie dans ses problèmes, s'égare dans une voie sans issue et crée, par stupidité ou ignorance, sa propre destinée. Et il s'étonne ! Pourtant, il suffirait de si peu de chose pour donner un sens à sa vie et le remettre dans le droit chemin ! Il ne sait pas, le sot, l'ingrat, que, quelque part dans l'invisible, il reçoit des appels au secours, des supplications ou que, simplement, des mains se tendent, qui lui font signe de prendre le temps, de s'arrêter et d'écouter. Les hôpitaux, les cliniques, les centres de psychiatrie ou les maisons de retraite sont remplis de ces êtres assoiffés d'amour et de tendresse.

Claire passait souvent devant ces grandes bâtisses et se posait des questions sur cette humanité mystérieuse oubliée la plupart du temps par la société et qui passait, précisément, le temps à tendre la main au passant pressé et indifférent. Elle y pensait naturellement, elle imaginait un monde étrange, malheureux, malade, voué à la solitude, des gens cloués sur leur lit et en quête de reconnaissance. Mais le bâtiment dépassé, elle oubliait ses préoccupations et se replongeait aussitôt dans sa petite vie confortable. Cependant, ce monde inconnu l'attirait, attisait sa curiosité et mettait son cœur en émoi. La classe sociale à laquelle elle appartenait et l'éducation reçue modéraient ses aspirations, mais sa petite voix intérieure, refoulée bien souvent, revenait, tenace, à l'assaut, la suppliant d'être attentive, de s'arrêter un instant, d'écouter et d'agir.

48 heures venaient de s'écouler depuis la terrible explosion et Claire n'avait donné aucun signe de vie à ses proches. L'image de la jeune fille soumise, riche, comblée, avait soudain laissé place à celle d'une jeune femme volontaire, résolue, courageuse ; La violence du choc avait déclenché certains troubles psychologiques, que trahissait un regard fixe et songeur, mais rien n'arrêtait sa détermination.

Où était-elle ? Que faisait-elle ?

Elle avait, en effet, passé la nuit à la belle étoile, aidant les uns, rassurant les autres, suivant parfois des blessés dans les ambulances ou dans les voitures de pompiers. Au petit matin, accompagnée par un médecin, elle avait aidé les brancardiers à déposer les derniers occupants de la rue dans le hall et les couloirs de l'hôpital de la ville. Des lits de camp avaient été dépliés partout, et la Presse, déjà sur place, envahissait la salle d'attente. Les journalistes interviewaient le corps médical et les accompagnants, prenaient des notes, photographiaient les blessés étendus sur des chariots en attente d'une chambre. Une pluie fine s'était mise à tomber, formant de petites flaques d'eau. La boue s'étalait devant l'entrée des urgences, se collant aux semelles, aux roues des chariots et laissant des traces sales dans tout le bâtiment.

Les blocs opératoires avaient fonctionné toute la nuit, les chirurgiens se succédaient, infirmières et aides-soignantes se remplaçaient. Le bâtiment prenait l'aspect sinistre d'un hôpital en temps de guerre.

Claire avala à la hâte une tasse de café, croqua un biscuit et regarda, à travers les vitres mouillées, le ciel gris qui s'étendait au loin, puis elle se remit à la tâche. Dans son regard voilé passa l'image d'un paysage lumineux où des rangées de peupliers bordant la Garonne, pliaient sous les attaques du vent.

— Mademoiselle, ce n'est pas le moment de rêver. J'ai besoin de vous !

La porte du bloc venait de s'ouvrir et un homme vêtu de blanc, pâle, les traits tirés, l'interpellait brusquement au milieu de sa fugace méditation. Il vit un visage noir de suie, de grands yeux marrons cernés, un long cou gracile émergeant d'un pull-over entrebâillé et il fut... presque séduit !

— Nous venons de terminer la dernière amputation. Pouvez-vous surveiller l'opéré ?

— Que devrais-je faire monsieur ?

— Ce que fait une infirmière dans ce cas-là !

— Dites-le-moi, parce que... je ne suis pas infirmière.

— Mais... qu'est-ce que vous faites ici ? Qui vous a engagée ?

— Personne, monsieur. J'étais sur la place quand la bombe a éclaté. Je me suis retrouvée par terre, indemne. Qu'auriez-vous fait si vous aviez été dans cette situation ? J'ai immédiatement porté secours aux blessés et me voici !

L'aplomb de la jeune femme le surprit. Il était épuisé, mais il n'avait qu'un but : assurer la continuité de la surveillance auprès des patients mutilés. Il s'excusa, avoua sa fatigue et d'un geste las passa la main dans ses cheveux.

— Nous manquons de personnel, voulez-vous vous rendre utile ?

Ce mot revenait dans toutes les questions ! Naturellement qu'elle voulait ! Mais le corps humain a des limites et Claire eut un étourdissement qui la fit chanceler. L'homme en blanc surprit ce déséquilibre. Il la prit par les épaules, la forçant à s'asseoir.

— Vous ne pourrez pas surveiller les malades dans ces conditions, et puis, vous avez le visage couvert de traces noires. Où avez-vous donc attrapé toute cette poussière ?

— C'est vrai, dit-elle en se regardant, ce doit être dans la fournaise.

— Dans la fournaise ? Vous étiez dans la fournaise des Galeries Lafayette ? Mais... qu'y faisiez-vous donc ?

— Je ne sais pas, je ne sais plus monsieur. Je suis si fatiguée...

— Allons... Venez avec moi!

Il l'entraîna dans un studio, au fond du couloir, et lui montra un lit à moitié défait. D'un ton autoritaire, il lui ordonna de s'étendre :

— C'est mon lit, mais vous n'avez pas le choix.

Elle n'eut pas la force de répondre. Sa tête dodelina un instant, elle s'allongea, ferma les yeux et s'endormit instantanément d'un sommeil de plomb.

Cet abandon, cette confiance allèrent droit au cœur du Dr Ramberlain. Cinq minutes auparavant, il ne connaissait pas cette jeune femme, et voilà que, tout à coup, il l'amenait dans sa chambre, lui prêtait son propre lit et la regardait dormir comme un bébé.

« Elle va avoir froid » pensa-t-il avant de fermer la porte.

Il revint près du lit, prit une couverture, lui couvrit les pieds, puis s'en alla.

Curieuse et fortuite rencontre que celle-ci !

Le grand hôpital est en pleine effervescence. Les chambres sont envahies, les lits de camp gênent la circulation dans les couloirs, la presse joue son rôle, et le personnel va et vient, sans relâche. Les infirmières, surchargées, se remplacent à tour de rôle, se donnant verbalement les renseignements, se passant de la main à la main les dossiers de chaque opéré ; chirurgiens, internes et étudiants en médecine se succèdent ; plaintes et gémissements s'élèvent puis finissent en pleurs.

Lieux de souffrance, lieux de partage, lieux d'amour aussi.

Claire n'allait pas tarder à en faire l'apprentissage.

* * *

Le poste de télévision, près de la cheminée, diffusait les dernières nouvelles de la journée. Louis, une tasse de café à la main, regardait distraitement les images sans écouter, et laissait aller ses pensées. Sa fille l'obsédait. Il mangeait peu, se réveillait au milieu de la nuit, tournait et se retournait dans son lit sans pouvoir retrouver le sommeil. Au petit matin, il se levait, agressif, coléreux, hargneux, en voulant à la vie entière. Depuis quelques jours il ne desserrait plus les lèvres et prenait un malin plaisir à ne plus se laver. Déjà sa barbe avait poussé sur son menton volontaire et son beau visage aristocratique, buriné de rides, prenait peu à peu l'aspect de celui d'un vieillard.

Claire n'avait pas donné de ses nouvelles depuis leur mésentente. Il ne comprenait pas ce silence, ce revirement soudain, ces mots glacés dans sa bouche : « Ma voie est ailleurs, je choisis ma vie ! » Elle était partie sans se retourner. Non, ce n'était pas sa fille, cela ne lui ressemblait pas !

Ninou était désespérée.

La télévision commentait l'attentat de ces derniers jours mais laissait la France dans le doute. Un témoin avait vu un homme, plutôt jeune, déposer un paquet près d'une des poubelles des Galeries Lafayette puis s'enfuir à toutes jambes vers le palais de justice. Un portrait robot avait été immédiatement diffusé mais, hélas ! le terroriste courait toujours. Le gouvernement parlait d'intégrisme, de groupes islamiques armées ou du geste d'un déséquilibré, mais rien d'officiel, vraiment, n'était avancé.

Louis gardait toujours son regard vague rivé sur la télévision. Une fulgurante intuition, soudain, pénétra son esprit et il monta le son.

— Nom de Dieu ! je vais leur casser la gueule à ces pourris !

Il avait donc entendu et enregistré l'actualité !

Ninou s'approcha de lui, entoura son cou de ses deux bras et lui murmura doucement au creux de l'oreille :

— Elle est vivante. Elle a choisi. Elle nous reviendra. Quant à ces fous, ils auront ce qu'ils méritent. Crois-moi, on les retrouvera !

Louis exerça une légère pression sur les deux mains entourant son cou et soupira.

— Je sais que tu souffres de cette situation et du silence de ta fille chérie, mais les enfants ne sont jamais comme les parents voudraient qu'ils soient. Elle nous aime, mais elle a autre chose à faire.

— Elle a un sacré caractère tout de même.

— Non chéri, elle n'a que des problèmes à régler et... nous ne sommes pas à sa place. Laissons-lui sa liberté

Il se rappela, avec angoisse, l'effroyable peur qui l'avait étreint dans la voiture, lors de le terrible catastrophe. Il aurait tout donné à ce moment-là, même sa vie, pour voir Claire saine et sauve.

— Je crois, Louis, qu'il faut laisser faire les choses, ne jamais aller à leur encontre. Son âme et son équilibre sont blessés, tu comprends ? Jusqu'à présent, rien ne la motivait et soudain...

— Ah ! tu es bien comme ta fille ! Son âme, qu'est-ce que ça veut dire ? Ce sont des balivernes que vous racontent tous ces bonshommes venus de l'Orient, ces philosophes qui vont chercher midi à quatorze heures ! Ne va pas, toi aussi, te laisser prendre à leur piège et ne va surtout pas me dire que tu es malheureuse, hein ?

À nouveau il se mettait en colère, ses yeux lançaient des éclairs, sa voix et ses gestes trahissaient la déception, l'insomnie, la dépression et, automatiquement, l'ancien schéma recommençait à faire surface : Sa fille avait tout pour être heureuse : elle avait de l'argent donc elle était à l'abri des contingences matérielles et n'avait pas besoin de travailler. Elle se marierait et aurait des enfants. Il ne supportait pas qu'il en fût autrement. Ce n'était pas le moment de l'interrompre, ni de le brusquer, ni de contredire ses idées. Comme le disait si bien Ninou, il fallait laisser faire tout doucement les choses parce que, ce qui doit arriver arrive, inexorablement. La vie est ainsi faite !

Il se replongea dans son mutisme mais, avant, eut envie de prendre un verre de whisky. Ninou refusa, prétextant que l'alcool amplifierait son malaise. Elle aussi était épuisée devant tous ces événements imprévus et terribles ; le comportement de son mari et ses conversations stupides l'exaspéraient malgré tous ses efforts pour lui venir en aide. Il n'était pas le seul à être accablé, éprouvé ! Les hommes sont d'un égoïsme fou, pensait-elle en le regardant agir ainsi, ce n'était pas l'alcool qui lui permettrait de comprendre. S'il continuait à raisonner ainsi, il ne retrouverait jamais plus sa fille !

Le tout tourna en dispute épique et Ninou partit, catastrophée, en lui claquant la porte au nez.

Leur vie de couple, tout à coup, partait à la dérive.

* * *

Claire ouvrit les yeux et regarda autour d'elle. Où suis-je, pensa-t-elle ? L'attentat lui revint en mémoire et, frémissante d'horreur, elle enfouit sa tête sous l'oreiller. Une odeur d'alcool et de cigare la prit à la gorge. Ces effluves qui l'incommodaient beaucoup l'obligèrent à se lever. C'est alors qu'elle se souvint du docteur, particulièrement de la phrase qu'il avait prononcée à la sortie du bloc opératoire : « Nous venons de terminer la dernière amputation, pouvez-vous surveiller ce malade ? » Elle n'avait aucune notion, aucune capacité professionnelle pour exercer la profession d'infirmière. Elle en était désolée, mais il n'y avait aucun doute, elle apprendrait ce métier ; il lui plaisait ; de cela, elle était certaine !

Une porte tapissée de cartes postales et d'un large calendrier attira son attention. Elle s'approcha du calendrier et vit quelques notes griffonnées à la hâte, un cercle rouge marqué à chaque début de semaine dans lequel figurait le nom de Brigitte, puis des croix successives signalant certainement quelques faits importants ; quant aux cartes postales, représentant des paysages enneigés, ou une mer en furie, elles étaient toutes fixées par... un aimant en forme de cœur ! Manifestement, l'homme était amoureux, et Claire fut embarrassée d'avoir été si indiscrète. Sa vie privée ne la regardait pas. Elle ouvrit cependant la porte et découvrit un petit cabinet de toilette, assez coquet. Elle se mira dans la glace placée au-dessus du lavabo. Des traces noires mouchetaient son visage, mais le sommeil lui avait rendu l'éclat de la jeunesse et redonné l'énergie nécessaire pour se jeter à nouveau « dans la bataille ». Un réveil, posé négligemment sur un tabouret, indiquait 18 h 10. Quoi ? elle avait dormi tout ce temps? Vite, elle arrangea sa coiffure, défroissa et épousseta son pantalon, son pull-over, se lava les mains et s'échappa de la chambre.

C'était l'heure du repas et l'hôpital répandait une odeur de soupe qui n'excitait pas l'appétit. Depuis 48 heures, elle n'avait presque rien mangé et son estomac criait famine. Elle but avidement un bol de potage, puis en demanda un autre et encore un autre. L'aide soignante, surprise, lui proposa le repas complet. Elle accepta avec reconnaissance. Elle terminait la dernière bouchée, quand...

— Mademoiselle !

Elle sursauta et se retourna. Un homme d'un certain âge l'interpellait d'un bureau dont la porte, grande ouverte, lui avait laissé le temps d'examiner à loisir cette jeune femme affamée.

— Entrez un instant s'il vous plaît. Asseyez-vous.

La voix de l'homme était grave avec un accent légèrement étranger, d'origine slave. Son regard clair la dévisageait curieusement.

Elle s'exécuta. C'est alors que, subitement, il ouvrit le tiroir du bureau, en sortit la coupure d'un journal et la lui tendit .

— Tenez ! Cette photo a été prise le soir de l'attentat. Elle était en première page du journal local. C'est bien vous n'est-ce pas ?

Stupéfaite, elle prit la photo, la regarda avec de grands yeux étonnés et reconnut sa silhouette, son pantalon, son pull-over et sa veste en laine, noire de suie.

— Vous avez sorti et sauvé deux enfants qui s'asphyxiaient, c'est bien cela ? et ce monsieur avec lequel vous êtes photographiée, oui, là, ici, vous l'avez aussi sorti de la fournaise, n'est-ce pas ?

Où voulait en venir cet homme qui lui parlait librement et qui ne la quittait pas des yeux ?

— Je n'étais pas seule monsieur, les pompiers m'ont aidée à le dégager, il était coincé sous un amas de tôles.

— Oui, mais c'est vous qui les avez appelés !

De plus en plus surprise, elle resta muette.

Ce monsieur était âgé, il s'est agrippé à vous et vous a supplié du regard, vous en souvenez-vous ?

La description était flagrante. En effet, c'était exactement cela et Claire n'avait pas oublié l'intensité de ce regard implorant. Qu'était-il devenu ?

— Je me présente mademoiselle : je suis le professeur Malville. Étienne Malville, et je vous félicite pour votre présence d'esprit et le sang-froid que vous avez su manifester en de telles circonstances, parce que, voyez-vous, ce monsieur que vous avez sauvé des flammes, c'était... C'est mon père !

Stupéfaction !

En effet, M. Malville père, ce jour-là, avait décidé d'aller faire un tour aux Galeries Lafayette. Le choc avait été terrible et il se souvenait parfaitement de la jeune femme courageuse qui l'avait sorti de sa prison. La photo en était une preuve formelle. Ému, le professeur se leva, s'approcha, serra chaleureusement la main de Claire en murmurant « merci » puis revint s'asseoir à son bureau.

— Marc, mon futur associé, vous a reconnue. Vous avez dormi dans sa chambre...

Elle rougit jusqu'à la racine des cheveux et fit un mouvement affirmatif de la tête.

— Maintenant, il dort chez moi. C'est normal, vous lui aviez pris son lit !

Il sourit, puis, subitement, changea de conversation. Les dégâts psychologiques qu'un tel choc pouvait provoquer dans ces cas-là était souvent graves et son rôle était d'en parler à la jeune femme. Il ne fit donc pas d'exception à la règle et Claire se prêta volontiers à cet examen. Oui, elle l'avouait : Elle avait été déséquilibrée quelques heures, mais cela... comme c'était étrange ! cela lui avait permis de prendre une décision, de faire un choix. Cela avait était comme une délivrance, un déclic. Elle avait agi, sans s'en rendre compte, comme un automate. Projetée dans la fournaise, elle avait été obligée d'exécuter un ordre donné.

Il l'écoutait parler attentivement, sans l'interrompre. Cette sincérité lui alla droit au cœur. Claire se libérait d'un poids occulté, qui l'étreignait depuis longtemps. Son entourage familial ne la comprenait plus et lui dictait un chemin qu'elle refusait de prendre ; le choc, dû à l'explosion de la bombe, l'avait d'un seul coup « débridée », transformée, transportée vers un autre destin. Ce choc, tout simplement lui avait permis de s'exprimer, de choisir.

Le professeur étudiait son comportement, son caractère, sa personnalité. Chirurgien compétent et renommé pour son bon sens, il connaissait tous les problèmes psychologiques et ceux-ci, exposés de façon naturelle, lui démontraient un équilibre psychique normal et une réaction saine face aux événements imprévisibles. Au bout d'un moment, il dit simplement :

— Vous avez bien analysé votre comportement. Je veux dire : ce n'est pas souvent qu'un patient fait son propre diagnostic.

Et il ajouta :

— Maintenant, vous savez ce que vous voulez !

En vingt minutes, il avait tout compris.

Le professeur Malville accepta Claire en stage et, sans lui demander son avis, la mit sous la protection du Dr Ramberlain. Beaucoup d'interventions avaient été pratiquées ces temps-ci et le personnel était insuffisant.

Sûr de lui, il ouvrit la porte et disparut dans le couloir, la laissant muette de surprise.

La nouvelle vie de Claire commençait.

Serait-elle assez forte pour assumer tout ce que le destin mettait sur sa route ? Ce n'était pas le hasard qui l'avait amenée ici, mais toute une série d'événements complexes, imprévisibles, qui s'étaient imposés à ses pensées et avaient déterminé ses actes. Une fois le processus enclenché, la synchronicité joue son rôle à la perfection. Consciemment ou inconsciemment, elle avait souhaité leur concrétisation, et ces événements, arrivés à maturité, se déroulaient de la manière la plus juste.

Au fond de son cœur, elle en était ravie.

* * *

M. et Mme Avrilliers se posaient, eux, des questions fondamentales sur l'éducation de leur fille. Qu'avaient-ils fait pour qu'elle soit malheureuse ? Quels avaient donc été les pensées et les actes qui avaient façonné son caractère ? Avaient-ils trop sévi ou pas assez ? Avaient-ils donné trop d'amour ou pas assez ? Avaient-ils été à son écoute ou bien étaient-ils restés indifférents ? Que de questions posées, qui restaient... sans réponse ! Ils en arrivaient à la conclusion que chaque enfant est unique et a son propre destin programmé d'avance. La naissance, contrairement à ce que la plupart des êtres humains pensent, n'offraient pas un nouveau-né « pur » ; déjà, son physique, son caractère, sa personnalité étaient inscrits à l'état de germe dans toutes les cellules de son corps. Autant d'êtres sur terre, autant de diversité entre eux, alors... d'où provenait cette différence ? Des acquis d'une vie déjà vécue ? Si le cas était évident, l'explication de l'existence devenait limpide : chaque individu qui naissait avait donc son propre destin qu'il s'était tracé lui-même dans une vie antérieure. Il en était responsable. À lui donc de réfléchir, de prendre conscience des événements favorables ou dramatiques et de les assumer jusqu'au bout. Les écrits des Tibétains et toutes les religions orientales affirmaient cet état de fait et ouvraient l'esprit par leurs enseignements. Peut-être y avait-il là, une part de vérité ?

Ninou avait souvent discuté avec Claire du problème des inégalités, mais elle n'appréciait pas les enseignements ésotériques. Dans la religion chrétienne, à laquelle elle appartenait, on croyait en Dieu, au Christ, et tout le reste n'était qu'illusion ou supercherie. Alarmée cependant par l'événement tragique qu'ils traversaient et par la proportion que ces interrogations prenaient, Ninou s'était mise à consulter médiums et voyants à l'insu de Louis, lequel lisait en cachette des livres philosophiques et orientaux qui semblaient donner une explication plausible aux circonstances désastreuses du moment. Ni l'un, ni l'autre, n'avouait sa recherche, mais leur comportement démontrait une réelle douleur devant l'absence de leur fille.

CHAPITRE 4

Marc Ramberlain gara sa voiture au parking de l'hôpital, fit jouer son trousseau de clé entre ses mains, et d'un élan propre à la jeunesse, monta les escaliers deux par deux. Quelques heures auparavant, il était épuisé par les nuits consécutives passées en salle d'opération. Ses pas lourds et pesants traînaient dans les couloirs donnant l'image d'un homme à bout de force, mais voici que, tout à coup, comme par magie, le profond et bon sommeil récupérateur venait de lui redonner l'énergie nécessaire pour affronter sa journée. Secrétaires, standardistes et infirmières le virent arriver dans le hall et le saluèrent respectueusement. À peine eut-il revêtu sa blouse blanche que déjà il fut assailli par ses confrères, les malades, le personnel et le professeur Malville en personne. Par qui devait-il commencer ? Sa conscience professionnelle lui dictait de s'intéresser d'abord à ses opérés, mais le respect l'incitait à écouter son professeur. La photo de la jeune femme, prise le jour de l'attentat à côté de M. Malville père, l'avait suffoqué, et cette même jeune femme avait dormi dans son propre lit ! Il n'était pas facile de la reconnaître ; son visage était à moitié dissimulé par des lunettes et un masque, mais le pull-over échancré et l'émergence du cou gracile ne l'avait pas trompé. C'était bien elle ! Il choisit donc d'aller directement dans le bureau du professeur et frappa. N'obtenant pas de réponse, agacé, il revint sur ses pas. La visite au professeur ? eh bien ! il la ferait plus tard ! Son temps était compté.

La nuit tombe vite au mois d'octobre. Déjà les lumières s'allument dans tous les couloirs, les chambres et les bureaux. Des hommes et des femmes vêtus de blouses blanches s'affairent à chaque étage, les uns poussant des chariots, les autres tenant à la main des plateaux, des appareils bizarres, des seringues ou des aiguilles de tous les calibres... Claire regarde vivre ce monde particulier et ouvre de grands yeux curieux.

Le professeur Malville traverse un couloir, le pas rapide, l'air inquiet. Un homme en blanc sort d'une chambre, fronce les sourcils, parle sèchement à une infirmière. L'impolitesse et l'arrogance de son attitude la contrarient et la choquent. Qui est-il pour lui parler ainsi ? Elle reconnaît son visage et son allure. En retrait dans les escaliers, immobile, elle n'ose faire un pas. Dans l'arrière cuisine, une conversation à bâton rompus s'engage, sur la surveillance des opérés puis sur l'ambiance déplaisante qui règne, depuis 48 heures, dans l'hôpital. Paralysée de surprise, elle écoute attentivement ce bavardage agressif et n'en croit pas ses oreilles.

— Pour qui se prend-il ce type? Il se croit tout permis ? Il est de plus en plus pénible. Il ne sait plus parler agréablement. Maintenant, chaque fois qu'il ouvre la bouche c'est pour nous engueuler ! Il est fatigué, soit ! Nous aussi nous le sommes et il ne s'en rend même pas compte !

— Oui, répond une autre voix anonyme, ce n'est pas notre faute si la ville a subi un attentat et si nous manquons de morphine ! Il t'en reste des antalgiques ? Peux-tu me dépanner jusqu'à demain ? Ramberlain n'a rien prescrit, que veux-tu que je fasse ! On ne va tout de même pas attendre le retour du Dr Modrack ! J'ai bien du Dolosal, mais je ne peux pas l'injecter de mon propre chef ! »

— Il n'est pas le seul à vivre sur notre planète. Demande donc aux anesthésistes ou au professeur Malville ce que tu peux faire. En orthopédie, il leur reste encore quelques calmants, mais je crains que ce soit insuffisant. De ma carrière je n'ai jamais vu une attitude pareille. Après tout, il l'a choisie sa profession, non? Alors, qu'il l'assume d'une façon plus agréable !

De quelle personne parlaient donc ces deux inconnues, cachées dans l'arrière cuisine ? Le nom de M. Ramberlain avait été prononcé, mais Claire n'osa penser que ces paroles s'adressaient bien à l'homme qui lui avait laissé son lit ! Elle l'avait vu sortir d'une chambre, bouillonnant d'impatience, l'air furieux, et l'avait entendu donner, d'une voix sévère, des ordres dans le couloir. Si la vie d'un hôpital devait se passer de cette manière, jamais elle n'accepterait de faire ses études !

« Oh ! Les filles, doucement ! dit une troisième inconnue venue se lier aux deux autres, vous ne croyez pas que vous exagérez un peu ? Je ne suis pas d'accord sur votre jugement. Ramberlain est un homme super. Vous avez vu le travail qu'il a fourni ces jours-ci ? S'il parle durement, c'est parce que l'attentat l'a profondément troublé. Et nous aussi d'ailleurs ! Tout le monde est très fatigué, alors... essayez de comprendre s'il vous plaît et ne jugez pas aussi hâtivement...»

Elle découvrait la vie d'un grand hôpital avec ses exigences, ses responsabilités, ses coordinations, ses difficultés de tous ordres et surtout les souffrances qui émanaient des malades. Elle allait enfin le connaître ce monde inaccessible qui l'avait tant hantée ! Elle allait le découvrir dans ses moindres détails, mais ce qu'elle ignorait, c'est qu'elle allait supporter des caractères parfois exigeants, affronter des cadres supérieurs, subir des ordres, toucher la souffrance, la partager et la vivre pleinement, jusqu'à la fin de sa vie.

* * *

Qu'est-ce, au juste, qu'un bloc opératoire? Comment est-ce ? Que s'y passe-t-il exactement? Qu'est-ce que c'est que cette chose étrange, écrasante, qui surgit comme un soleil du centre du plafond et qui éblouit de ses rayons lumineux les tables d'opérations? Univers étrange en vérité ! Un homme, allongé sur une table offre son corps entièrement nu à la lumière éclatante. Il ne sait pas que sa jambe vient d'être amputée. Il ouvre les yeux, pousse un gémissement, veut parler mais ne le peut, gêné par un masque appliqué sur son nez. Le cœur de Claire bat très fort dans sa poitrine.

Le Dr Ramberlain, rencontré à la cafétéria, lui avait donné quelques notions sur la surveillance et lui avait demandé de rester auprés du patient jusqu'à son réveil, ensuite, une infirmière viendrait la rejoindre et toutes deux l'accompagneraient dans sa chambre. Claire redoutait cette surveillance. Elle avait envie de hurler et de partir. Non ! lui cria sa petite voix intérieure, tu ne vas pas laisser cet homme là, tout seul ! Tu as choisi d'être utile, de remplir ta vie. Ton avenir maintenant, c'est cela ! Oui... oui... répondit Claire, tu as raison, mais il y a mille façons de remplir sa vie ! Et alors, répète sa petite voix, n'as-tu pas montré ton courage l'autre jour dans la rue et dans la fournaise ? N'as-tu pas ressenti ce bonheur sublime que seuls connaissent ceux qui foncent et qui se dépassent ? Désires-tu à nouveau éprouver cet état de plénitude ? Eh bien ! Il faut le mériter et accepter ton choix !

Le docteur arriva et recouvrit l'opéré d'un mince drap, puis, après avoir donné les dernières recommandations, s'en alla vers la deuxième salle où l'attendait un autre blessé, déjà endormi. Il avait l'air pressé et ses gestes étaient brusques et rapides. Claire eut le temps de voir des yeux noirs expressifs, des sourcils froncés et crut y percevoir une lueur d'impatience. Elle chassa aussitôt cette pensée et se pencha vers l'opéré qui commençait tout doucement à se réveiller. Isolée, loin du bruit, elle lui prit doucement la main et le regarda. Surtout qu'il ne parle pas ! Répondant à son étreinte il serra à son tour son poignet puis replongea un long moment dans le sommeil.

Claire rêvait et ses pensées vagabondaient : Une enfance heureuse, comblée, un père aux idées austères mais le cœur plein d'amour, une mère adorable, un oncle merveilleux, alors... que lui manquait-il vraiment pour ne pas apprécier ces cadeaux que le ciel lui avait envoyés ? Ce siècle fou la déséquilibrait et l'envie d'être utile devenait une obsession. Auprès de cet homme mutilé, elle sentait un appel, une envie forte de donner de l'amour. Et de l'amour, en effet, elle en avait à revendre. Attendrie, elle serra davantage la main dans la sienne et le contempla longtemps. Au-dessus d'eux, le rond énorme, massif semblait se décrocher du plafond pour les englober tout entiers. Vision impressionnante. Ce n'était pas une chambre mais une salle bizarre, meublée d'appareils sophistiqués qui rappelait étrangement les images d'un film de science fiction, vu dernièrement sur les écrans de la télévision. Quelques minutes s'égrenèrent, puis le patient ouvrit les yeux, posa sa main sur le drap, chercha sa jambe, devina l'horreur, poussa un cri. Au même moment, les alarmes des appareils se mirent en marche et le bocal en verre se renversa et se brisa sur le carrelage. Le Dr Ramberlain terminait à l'instant la deuxième intervention. À peine fut-il sorti du bloc qu'il vit Claire effrayée plaquée contre l'homme. Là, tout alla très vite. Il se précipita et dit d'un ton sec au blessé :

— Je ne pouvais agir autrement ! Qu'auriez-vous fait à ma place ? Qu'est-ce qu'il y a de plus important si ce n'est la vie elle-même ?

Comment était-il possible qu'un docteur puisse parler de la sorte ?

Les infirmières arrivèrent et par leur gestes spontanés, nets, précis, rebranchèrent les appareils et remplacèrent le bocal brisé. Aucune parole ne fut prononcée. Elles agissaient machinalement, regardaient Claire, étonnées de son incompétence et de sa présence, puis, sur l'ordre reçu, amenèrent un chariot et transportèrent l'homme jusque dans sa chambre.

— Calmez-le ! Faites-lui une injection de morphine. Allons... ne perdons pas de temps, continuons...

Le téléphone sonna dans un bureau. On appelait d'urgence Marc Ramberlain.

— Suivez-moi, ordonna-t-il à Claire.

Stupéfaite, outragée par le ton de la voix, elle se cabra et le regarda fixement. Aucun mot ne fut prononcé, mais l'interne perçut le malaise. Il ajouta :

— S'il vous plaît ...

Dans la salle d'attente, soutenue par son mari, une femme pâle, moite, attendait avec impatience l'arrivée d'un médecin. La crispation de son visage et la position de son dos dénotaient une grande souffrance. Une infirmière insista pour la faire asseoir mais elle refusa : Depuis 48 heures, expliqua-t-elle, une douleur discrète l'avait peu à peu saisie au niveau des membres entraînant une diminution de ses forces, une pesanteur dans son ventre. Et maintenant, à un point précis, la douleur, devenue intolérable, la contraignait à rester pliée. Une lettre de son médecin adressée au professeur Malville, indiquait des perturbations sanguines importantes et ordonnait une hospitalisation d'urgence. Le soir de l'attentat, comme tous les soirs à la même heure, elle sortait son petit caniche et le promenait dans le jardin des plantes, situé prés de la place Clément Marot. Tout à coup, une déflagration l'avait projetée contre un banc de pierre et plaquée à terre. Lorsqu'elle eut repris ses esprits, elle vit son caniche qui la regardait de ses grands yeux apeurés en gémissant. Se précipitant vers elle, il lécha ses mains et ses bras. Tous deux étaient indemnes. Rentrée à la maison, elle ne prêta aucune attention à la gêne qui encombrait sa respiration ; ce fut seulement quelques heures plus tard que la douleur sourde commença à l'engourdir et à provoquer quelques vertiges. Le docteur, débordé par les appels et les visites, vint la voir, diagnostiqua des côtes fracturées et lui fit un bandage serré qui la soulagea immédiatement.

Marc qui écoutait son récit avec attention, prit la lettre, et, sans l'avoir lue entraîna la dame dans son bureau. Elle marchait lentement aidée par son mari et par Claire qui la soutenaient à chaque pas. Maintenue par le bandage, elle réussit à s'allonger sur la table d'examen, mais à peine Marc eut-il posé ses mains sur elle que déjà, son diagnostic était fait : Aucun doute, éclatement de la rate ! Puis, à ce moment-là seulement, il ouvrit la lettre et lut le résultat de la prise de sang.

— Je dois vous opérer tout de suite. Avez-vous votre carte de groupe sanguin ?

Le ton autoritaire, une fois de plus, surprit Claire. D'emblée, sans expliquer à cette pauvre femme épuisée la cause de son état, il la mettait devant le fait accompli et s'apprêtait à téléphoner à son médecin traitant. Le mari, homme simple, timide, réservé, resta muet. Avait-il seulement droit à la parole ? Malgré son extrême fatigue, ce fut sa femme qui s'exprima : elle refusait systématiquement la transfusion sanguine et était prête à signer une décharge parce que... elle était témoin de Jéhovah ! Ses convictions religieuses lui interdisaient de recevoir sang et plasma et elle irait jusqu'au bout de ses convictions. Ces quelques mots prononcés avec difficulté l'affaiblirent et l'obligèrent à laisser aller sa tête sur le côté.

Claire découvrait les coulisses du monde chirurgical, le caractère des hommes en blanc, la souffrance et la fragilité des patients, l'indifférence apparente du personnel soignant. L'homme est avant tout un être humain à part entière ; Sa nationalité et sa condition sociale doivent toujours être prises en considération ; sa dignité et son écoute respectées ; son arrivée dans un hôpital, dans une clinique ou dans divers centres de santé, accueillie avec un sourire ; Surtout lui parler avec douceur et ne jamais le considérer comme un numéro. Peut-être est-ce de la naïveté, de l'utopie de croire à ces choses-là ? pensait Claire, désorientée.

Elle venait d'être témoin exactement du contraire.

Marc Ramberlain insistait. La vie de cette dame était en danger et il ne répondait pas des conséquences, mais le professeur Malville et lui-même devaient respecter son choix. Il ordonna une oxygénation à forte pression, des perfusions de macromolécules et le transport dans la salle.

Ils opéraient dans un quart d'heure !

Avec une extrême faiblesse, du bout de ses doigts tremblants, la dame réussit à signer la décharge, puis, épuisée, elle glissa dans un demi coma. Le mari, mortifié, abandonna à regret sa femme et attendit anxieusement dans la salle d'attente la fin des événements.

Le professeur Malville, informé de la situation par les infirmières, arriva à la hâte dans le hall et, au moment où il passait devant la salle d'attente, vit le mari effondré, assis sur une chaise, la tête entre ses mains. Il s'approcha, lui tapa sur l'épaule.

— Vous tenez à votre femme n'est-ce pas ? alors nous devrons certainement la transfuser. Je viens de téléphoner à la préfecture et j'ai demandé l'autorisation au Procureur. Vous savez que, dans ce cas là...

— Oui... oui... Docteur, faites ce que vous voulez, mais... sauvez ma femme !

L'intervention commença. Claire, vêtuè d'un ensemble blanc, d'un calot et de bottes stériles, assistait pour la première fois de sa vie à une intervention chirurgicale. Le professeur lui avait permis de se placer derrière lui afin de lui expliquer la signification de chaque geste, et sa gentillesse excessive à son égard surprenait les infirmières qui commençaient, à présent, à la regarder « autrement ».

Les minutes s'écoulaient très vite mais la pensée de Claire volait vers le mari qu'elle imaginait désespéré, seul, perdu dans la salle d'attente. Pour lui, le temps était interminable. Claire sentit des sueurs froides perler à son front et eut un éblouissement. Au même instant, Marc leva ses yeux au-dessus de son masque, croisa les siens, devina son malaise et fit signe à une infirmière de venir à son aide. À peine cette dernière venait-elle de s'approcher, que Claire tomba de tout son poids dans ses bras, l'entraînant dans sa chute. Le mur de la salle les retint et amortit le choc.

— Allongez-la, dit Marc naturellement, tout en continuant à opérer ; desserrez sa blouse, donnez-lui de l'air. C'est toujours comme ça la première fois.

La perte de conscience fut rapide. À peine allongée par terre, elle voulut se relever, mais l'infirmière le lui interdit. « Attendez encore un petit moment, lui dit-elle, l'intervention va se terminer, vous prendrez un café et tout ira mieux. » Elle devenait humaine tout à coup. Claire lui sourit.

La transfusion ne s'avéra pas nécessaire, mais si cela avait été le cas, sous le couvert du procureur de la République, le professeur Malville n'aurait pas hésité à rompre l'engagement. Néanmoins, ce terrible cas de conscience l'aurait anéanti. Il y a de cruciales décisions à prendre parfois dans la vie. Seuls, ceux qui sont concernés ont le droit d'agir en leur âme et conscience. C'est ce qu'il aurait fait !

Claire, pâle, remise de ses émotions, prenait une légère collation à la cafétéria accompagnée du jeune interne qui ne la quittait pas des yeux. Cette insistance maladroite, aux yeux du personnel, la gênait. Elle avait eu un évanouissement en salle d'opération et n'avait pas envie d'être remarquée à nouveau. Le professeur Malville, à son tour, but un café, lui donna une tape affectueuse sur la joue et lui demanda si son nouveau métier lui plaisait toujours. Il désirait l'aider et la parrainer à l'école d'infirmières si toutefois elle envisageait de faire ses études. Elle acquiesça, sans hésiter.

Le concours aurait lieu dans le trimestre, au lycée de jeune filles. Quant à l'inscription, le directeur était au courant. Claire était déjà inscrite.

Le directeur de l'école d'infirmières, débordé de demandes depuis des mois, refusait toute nouvelle candidature. Le dossier d'une de ses amies, admise brillamment au concours d'entrée, était resté plus d'un an en instance. Désappointée, elle s'apprêtait à donner sa démission lorsque, à sa grande joie, une lettre lui parvint, signalant son admission. Pour être accepté dans cette école, il fallait donc faire preuve d'une patience exemplaire ou bien être recommandé par d'éminents personnages de la faculté ! Et Claire était à cent lieues de savoir, que quelques jours plus tard, sans avoir à parcourir un tel périple, ce serait elle qui serait recommandée et inscrite par un des plus grands professeurs de la faculté de médecine.

Comme la vie est surprenante ! Pourquoi avait-il fallu ce terrible attentat pour que son avenir fût transformé ? Trois ans d'études ne l'impressionnaient pas, aussi se réjouit-elle de cette inscription. Elle pensa à ses parents auxquels elle n'avait donné aucune nouvelle et se promit de les contacter le lendemain. Elle aurait également des messages sur son répondeur. Hébergée par l'hôpital elle n'était pas revenue à son appartement depuis le jour fatidique. Tant de choses extraordinaires s'étaient passées depuis.

— Mademoiselle, lui dit encore le professeur, je serais heureux que vous fassiez la connaissance du général Malville.

Évidemment il faisait allusion à M. Malville père qui avait été photographié à ses côtés. Jamais, avait-il dit à son fils, non, jamais je n'oublierai son regard. Elle était sublime. Il émanait de sa personne un fluide, un magnétisme, une volonté d'acier. Tu verras Étienne, sa carrière sera au-delà de ses espérances...

Marc regardait toujours la jeune femme avec insistance. Ses yeux noirs, ses gestes harmonieux et son long cou de cygne le captivaient au point de le faire rêver. Elle pourrait compter sur lui. Il lui donnerait des cours. Il l'inviterait à partager les repas. Ce soir même, si elle le voulait bien. Sûr de lui, il insistait. Gênée, elle se retourna et s'aperçut que le professeur avait disparu. Ils étaient seuls dans la cafétéria. L'image de Thierry passa comme un voile devant ses yeux, et un ton autoritaire résonnait froidement à ses oreilles : « Éclatement de la rate, je vous opère dans un quart d'heure ! desserrez sa blouse, c'est toujours comme ça la première fois ! «

Ces mots l'avaient glacée parce qu'ils avaient été prononcés durement, à la manière de ceux qui dirigent, qui ordonnent, qui tranchent. Aucune sensibilité, aucun sentiment ne s'étaient dégagés de ces paroles. (Du moins l'avait-elle perçu ainsi). Thierry ne l'avait pas comprise ; Marc Ramberlain, avec son regard de séducteur serait... pire! Il jouait de son physique, de ses compétences et de son titre. Ne l'avait-elle pas vu agir auprès des infirmières ? Cela lui avait suffi. Elle recherchait le tact, la compréhension, la

délicatesse et voici que rien de ce qu'elle espérait n'attei-
gnait son cœur. Alors, à quoi bon accepter l'invitation ?
Cela ne l'intéressait pas.

* * *

Mesdames, Mesdemoiselles, Messieurs, bonsoir...

Un rappel, hélas, de la brûlante actualité : Nous vous
rappelons qu'une bombe déposée prés d'une poubelle des
Galeries Lafayette a provoqué la mort de vingt personnes et
deux cents blessés graves. Le plan *vigipirate* a été immédiatement déclenché. Des compagnies de C.R.S. placées aux
endroits stratégiques ont été déployées ; la surveillance de
tous les lieux publics renforcée par des militaires et par la
police locale ; Toutes les poubelles de la ville ont été ramas-
sées, examinées et clôturées. Les consignes des gares ont été
fermées afin d'éviter la panique générale et plus de vingt
mille affiches ont été placardées pour un appel à la vigilance. Il est recommandé à chaque citoyen de signaler le
moindre détail inquiétant. L'attentat n'est pas encore reven-
diqué. Quant aux experts, ils ont trouvé un mélange explosif
de poudre, de chlorate de soude et de clous dans la bombe,
détails similaires semble-t-il à ceux du dernier attentat du
mois de janvier, à Paris. La présidente de S.O.S. attentat
invite chaque personne ayant été témoin ou blessée à se
présenter afin qu'une écoute attentive lui soit réservée. Des
funérailles nationales ont été célébrées à la mémoire des
victimes déposées dans la chapelle Sainte Thérèse, par
Monseigneur Mari, évêque de...

Louis Avrilliers ne voulut pas entendre davantage ces
nouvelles et tourna le bouton de son poste de télévision. À
l'approche du troisième millénaire, il était impensable, inimaginable, incroyable que de telles atrocités puissent encore exister. Les pays se soulevaient dans toutes les parties

du globe ; l'Afrique, la Bosnie, la Russie, les pays arabes, l'Irlande, bref ! la liste n'en finissait pas de s'allonger, et tout cela pourquoi ? Connaissait-on exactement la cause de ces soulèvements ? Le pouvoir, l'argent, les religions... Ah ! parlons en des religions ! Est-ce que le Christ a demandé que l'on se batte en son nom ? Tous les esprits religieux de ce monde n'ont jamais souhaité chose aussi monstrueuse ! Ils doivent tous se retourner dans leur tombe, pensait Louis avec amertume. Le monde est devenu fou, anarchique, l'ennemi de lui-même. Quant à la jeunesse...

Il pensait à sa fille et un rictus lui souleva la lèvre supérieure. Aucune nouvelle ne lui était parvenue depuis l'horrible soir où, en compagnie de sa femme, il avait trouvé Claire, choquée, en train de se promener dans la rue, au milieu des blessés et des morts. Depuis... plus rien ! sauf la photo de la presse, le lendemain, montrant Claire en première page assise auprès d'un blessé. Écrit en gros caractères se détachait distinctement une phrase : LE GÉNÉRAL PIERRE MALVILLE PRIS DANS L'ÉTAU DE LA FOURNAISE. Puis, deux mots sur la vie de cet homme. Durant la guerre d'Algérie, lors des années 60-62, Louis, gaulliste convaincu, avait suivi toutes les campagnes du général et lui avait voué une immense admiration. Puis, les événements passés, l'Algérie ayant acquis son indépendance, plus personne n'avait parlé du général Malville et Louis le croyait mort depuis longtemps. Par exemple ! Ma fille là, avec cet homme ! Est-ce vraiment lui ? Est-ce vraiment elle ? Donne-moi la loupe Ninou, je veux vérifier ! Ils avaient eu de la difficulté à reconnaître ces deux personnages mais aucun doute : Le pantalon, le pull-over, la veste en laine noircie... elle était exactement dans cette tenue lorsqu'ils l'avaient retrouvée et... quittée ! Quant au général, l'état dans lequel il se trouvait à ce moment-là ne leur permit pas de le reconnaître. Seul, le nom confirmait son identité. Le journal ne parlait pas de la jeune femme.

Claire avait eu une chance inouïe d'échapper à ce carnage mais, maintenant, où se trouvait-elle ? Ce silence était insupportable. Ses amis, bouleversés, ne cessaient de téléphoner. Les voisins, chaque jour, venaient sonner à la porte. L'oncle Édouard, appelé d'urgence, était « descendu » de Paris pour soutenir sa sœur Ninou et son beau-frère, qu'il eut du mal à reconnaître, tant celui-ci était hirsute et mal rasé. L'ambiance, lourde, triste, n'incitait pas à l'harmonie d'autrefois et toutes les conversations tournaient autour de l'attitude de Claire. L'oncle Édouard était le seul à ne pas être surpris. Il avait souvent reçu certaines confidences et ce brusque changement ne l'étonnait pas. Pour détendre l'atmosphère électrique qui commençait sérieusement à le déranger, il se vit dans l'obligation de dire que sa nièce avait autre chose à faire. Elle était, en quelque sorte, appelée ailleurs. Son but étant atteint, personne ne pouvait plus rien pour elle.

— Mais enfin Édouard, pourquoi nous parles-tu sur ce ton ? Pourquoi as-tu l'air si sûr de toi ? Cela ne te ressemble pas !

— Parce que je le sais depuis longtemps. Elle me l'a dit. Alors, au lieu de vous lamenter et de penser que votre fille vous abandonne, vous devriez vous réjouir au contraire de l'avenir qui s'ouvre devant elle. C'est un idéal de vie qu'elle a trouvé ; ce ne sera pas facile, son chemin sera couvert de ronces, mais je sais qu'au bout, elle trouvera le bonheur. Réagis Louis ! Ne te laisse pas aller à la dérive ! Tu as vu dans quel état tu es ? Même Ninou n'en peut plus. Fais attention !

Édouard de Fraymond excédé par l'attitude de son beau frère, venait soudain de lui dire tout ce qu'il avait sur le cœur. Ils devraient tous remercier la providence au lieu de pleurer sur leur sort, parce que, s'ils réfléchissaient, ils se rendraient compte que c'était sur eux qu'ils pleuraient. Ils

auraient tant voulu que leur fille fît comme ils le désiraient !
Est-ce qu'ils avaient seulement ressenti son mal-être ? Ninou, oui, peut-être. Sa sensibilité s'accordait davantage avec
celle de sa fille, mais Louis...

Sous l'effet de la surprise, Louis resta coi. Personne
jusqu'à présent n'avait osé lui dire ses vérités, et voilà que
son beau frère, auparavant un homme réservé, effacé devant
les situations complexes, se dévoilait et lui «balançait» à la
figure ce qu'il pensait depuis longtemps : sa nièce souffrait
d'une incompréhension générale dans sa famille, du mal de
vivre propre à sa jeunesse et d'un manque de liberté pour
agir et s'exprimer. Un père aristocrate, absolu, riche et la
tête pleine d'idées rétrogrades, cela ne s'adaptait plus à
l'époque actuelle où le chômage, la drogue et le sida occu-
paient la première place. Un fossé énorme s'était élargi
entre eux, s'était creusé de plus en plus au fil des années.
Claire se plaignait beaucoup à son oncle de ce manque de
compréhension ; elle voulait sortir de ce cercle étroit, « voler de ses propres ailes » et aller de l'avant, c'est-à-dire
trouver un chemin, une voie qui pût la libérer de sa prison
dorée et l'amener vers les autres. Mais, chez les « Avrilliers
« cela ne se faisait pas ! On naissait dans un milieu aristocratique et on y restait. Voilà où le bât blessait et Claire
n'avait jamais eu le courage de l'avouer. Sauf à son oncle !
Ce soir, justement, la conversation prenait une tournure
étrange. Louis, étonné par le franc-parler de son beau-frère
fut tout d'abord très vexé. L'orgueil étouffait son cœur. Il
n'était pas un mauvais homme, simplement, il avait été
victime d'une éducation sévère à cause de son propre père
qu'il ne voulait en aucun cas décevoir. Se rendant compte
qu'il reproduisait peu à peu le même schéma pour sa fille et
ne voulant pas abdiquer, il s'enlisait dans un marécage in-
sondable. Il était dans l'impasse et devenait le prisonnier de
son intolérance. Cette surprenante conversation le fit tressaillir. Réfléchissant gravement aux paroles prononcées par

son beau-frère, et prenant conscience tout à coup de la stupidité de ses réactions, il se leva, prit sa femme dans ses bras, la serra jusqu'à l'étouffer, et là, abandonnant tous ses préjugés, il se mit à sangloter comme un enfant désespéré. Ninou et Édouard se regardèrent, sans faire un geste, sans dire un mot. Ces sanglots délivraient Louis d'une tension fortement contenue depuis de longues années, volontairement refoulée par la ridicule peur de montrer sa propre faiblesse. Quelque chose, en effet, venait de se dévoiler et de craquer au grand jour : sa fierté. Une fierté mal placée, qui l'enchaînait et qui l'entraînait chaque jour davantage vers l'abîme. Ce furent les mots acerbes, spontanément jaillis de la bouche d'Édouard, qui l'atteignirent en plein cœur.

— Je crois que je suis un monstre...

— Non Louis, tu as simplement une trop grande différence d'âge avec ta fille et tu ne l'a comprends pas. Tu as dirigé son avenir sans rien lui demander. Ses études de droit elle les a faites uniquement pour ne pas te décevoir, et tu ne t'en es jamais aperçu. Maintenant, accepte-la telle qu'elle est et tu verras que ta vie changera. Pardonne-moi de te parler de cette façon.

À ce moment-là, la sonnerie du téléphone retentit dans l'appartement et ce fut Édouard qui décrocha.

— Claire ?

Louis se figea. Ninou retint un cri.

— D'où appelles-tu ? Oui, c'est moi, oncle Édouard. Je suis à la maison. Pourquoi ? mais ma chérie, parce que nous sommes tous inquiets de ta disparition ! Tu es à l'hôpital Modrack-St Antoine ? Tu comptes y rester longtemps ? Attends... parle plus fort... Oui. Je t'écoute...

Claire raconta d'un trait tous les événements qui s'étaient déroulés depuis sa dernière entrevue avec ses parents. Un destin inespéré s'ouvrait devant elle et lui apportait tout ce qu'elle avait inconsciemment désiré. Elle parlait à n'en plus finir. La main de la providence s'était enfin posée sur elle et Édouard décelait, à travers ses paroles, une joie réelle qui emportait sa nièce dans une complète euphorie. Louis et Ninou prirent tour à tour le téléphone et lui parlèrent avec infiniment d'amour.

Aucune remarque, aucun reproche ne lui furent adressés. Claire dit simplement qu'elle allait bientôt quitter l'hôpital, réintégrer son petit appartement, passer le concours d'entrée à l'école et entreprendre une nouvelle activité.

Heureuse. Oui, elle l'était ! Étudiante à 28 ans, elle savait qu'elle n'était plus très jeune pour entreprendre à nouveau des études, mais ce n'était pas un problème. Sa maturité allait l'aider et rien désormais n'avait d'importance.

Elle avait trouvé un sens à sa vie.

L'essentiel !

* * *

Un dimanche du mois d'octobre, ensoleillé, venteux, froid...

Devant l'hôpital, la large allée bordée de chênes commence déjà à se recouvrir de feuilles mortes que le vent détache des branches, de temps en temps, par petites bourrasques. Dans le lointain, les cloches de la cathédrale tintent, annonçant la fin de la messe. Dans l'air, règne une tristesse indéfinissable incitant à la mélancolie, à la lassitude, au spleen. Depuis plus d'une semaine, l'inquiétude et l'angoisse des blessés et des habitants de la ville ont fait place à la révolte générale et aux commentaires divers. Qui a déposé une bombe près des poubelles des Galeries

Lafayette ? A-t-on arrêté le suspect ? Le gouvernement connaît-il le cerveau qui a organisé une telle horreur ?

Claire, aujourd'hui, se réjouit de regagner son petit appartement, de reprendre ses habitudes et de dormir. Oui ! surtout dormir afin de récupérer le sommeil qui lui a tant manqué ces temps derniers. Le Dr Ramberlain veut la raccompagner en voiture, mais une jeune infirmière s'est proposée avant lui et a eu la préférence. Profondément humilié, il ne s'avoue pas vaincu et insiste une deuxième fois. Autre échec. Il s'adresse à la surveillante générale en lui reprochant son laxisme vis-à-vis du personnel, son incompétence, son laisser-aller. Des mots aigres, qu'il n'a pas l'habitude de prononcer, sortent de sa bouche sans qu'il puisse les arrêter. Foudroyée par de tels propos, la surveillante le regarde s'exprimer avec de grands yeux ébahis, puis, subitement, éclate en sanglots.

Entre temps, Danielle, la jeune infirmière, informe Claire des principales matières qu'elle aura à réviser pour le concours d'entrée, se propose de lui passer ses cours, dit un mot plutôt agréable sur le directeur de l'école, puis parle du programme étalé sur trois ans. Ce sera un travail de longue haleine, lui explique-t-elle. En effet, au début, elle devra se familiariser avec tous les termes médicaux, apprendre leur signification. Ce sera difficile. Elle sera confrontée à la souffrance, aux maladies, à la déchéance et à la mort. La fatigue l'obligera souvent à rester chez elle les jours de repos, mais si elle se lance, corps et âme dans ce combat, ses efforts ne seront jamais vains. Une atmosphère spéciale règne dans le milieu hospitalier ; la hiérarchie du personnel et des médecins occupant un poste très important doit être respectée ; la relation humaine paraît essentielle, à condition de savoir garder recul et discrétion. Danielle regarde l'heure : le temps lui manque pour exprimer toutes les choses qui lui tiennent à cœur. La profession lui plaît mais si certains chirurgiens sont exemplaires (elle en a rencontré beaucoup), en revanche, certains sont caractériels et se prennent pour des dieux. Ce comportement ridicule déstabilise parfois l'équipe médicale, toujours prête à se dévouer et il s'ensuit une crainte qui crée un malaise et détruit une ambiance chaleureuse. Voulait-elle faire une allusion à Marc Ramberlain ? Au professeur Malville ? À tous les spécialistes de l'hôpital ?

Comme elle reprenait son service une heure plus tard, elle se vit dans l'obligation d'abandonner sa future collègue. Elle s'approcha pour l'embrasser, puis elles se quittèrent et promirent de se revoir bientôt.

* * *

Seule, enfin ! Que c'était bon de revenir chez soi, de retrouver ses meubles, son canapé, sa petite cheminée, sa salle de bains, sa cuisine, sa chambre, bref ! Claire passe en revue tout son appartement, écarte les rideaux du salon, ouvre portes et fenêtres. À l'intérieur cela sent le renfermé, les plantes assoiffées s'étiolent, des toiles d'araignées pendent du plafond. Vite, elle verse de l'eau sur la terre asséchée des pots, passe le balai sur les murs, allume la télévision. Patricia Kass, comme par magie, apparaît sur l'écran, drapée dans une longue robe noire. Sa voix grave, légèrement rauque, chante « Mon mec à moi... » et la musique scande chaque parole sur un rythme de jazz. Au même moment, un rayon de soleil entre et une merveilleuse lumière envahit la pièce. Cela dure quelques secondes, mais c'est suffisant pour apporter une bouffée de bonheur. Quel contraste flagrant avec ces derniers jours ! Hier c'était la guerre, l'ignominie, l'effroi ; aujourd'hui c'est la renaissance, le réveil, la résurrection. La joie et l'envie de vivre refont soudain surface et Claire se met à chanter.

L'appartement n'est pas très grand, mais sa terrasse domine toute la ville et ses environs. Il suffit de se pencher un peu pour voir la longue et large avenue du Général Leclerc qui mène au musée d'histoire naturelles, les deux ponts St Georges et St Jean qui enjambent un affluent de la Garonne dont les quais abritent bon nombre d'immeubles, de cours intérieures et de villas individuelles ornées de jardins ; au nord s'étale le centre de la ville d'où surgit l'immense cathédrale, le jardin public parsemé de fleurs et de jets d'eau et les deux grands boulevards débouchant sur la magnifique place Clément Marot ; au sud, les grands magasins, les Galeries Lafayette, quelques industries, des usines, et tout là-bas, sur une colline, apparaît l'hôpital Modrack-St-Antoine entourée par son allée de chênes, ses bois et la plaine. Elle se penche un peu plus et aperçoit même, sur son toit, la plate-forme d'atterrissage des hélicoptères conçue pour les cas d'extrême urgence.

Elle jette un dernier regard circulaire sur la vue panoramique qui s'offre à elle et revient au salon. Près du téléphone, son répondeur clignote et annonce vingt appels. Jamais elle n'a été autant sollicitée ! Appuyant sur le bouton des messages elle entend d'abord, plusieurs fois, la voix de ses parents affolés et anxieux qui la cherchent désespérément, puis celles de ses amis, en particulier de Nicolas, Jean, Paul, ses anciens flirts d'école et de faculté. L'explosion les a inquiétés. Même Thierry a laissé un message, bref mais sincère. Ensuite, c'est une succession d'appels venus des quatre coins de la France : Caroline, Jeanne, Charlotte, Julie, Laure, Mara... et maintenant, sa correspondante américaine, Angela, l'appelle de... San Francisco ! Ayant appris le drame, effrayée, elle n'a pas, elle non plus, hésité une seule seconde à lui téléphoner. Toutes ces marques de sympathie et d'amitié la touchent beaucoup et c'est avec une attention extrême que, plusieurs fois, elle réécoute toutes ces voix chaleureuses.

La fatigue gagne son corps ; ses yeux se ferment malgré elle ; dans sa tête se mélangent des souvenirs hallucinants, monstrueux, insolites. Tourmentée, elle chasse ces pensées en s'allongeant sur son lit, pense très fort à l'inconnu qui vient de perdre sa jambe, ressent le contact de sa main dans la sienne, puis elle s'endort, caressée par un doux rayon de soleil venu spontanément se poser sur sa joue.

* * *

Aujourd'hui, le professeur Malville et Marc Ramberlain, suivis de plusieurs étudiants en médecine, déambulent dans le couloir principal de l'hôpital. Mlle Jeanne, un calepin à la main, suit la colonne en blouse blanche, indique le numéro des chambres, le nom des malades, leurs maladies ou leurs interventions, annonce à haute voix les traitements en cours qui figurent sur la fiche individuelle accrochée au pied des lits. Sur leur passage, les infirmières et les aides-soignantes les saluent respectueusement, s'effacent et s'éloignent rapidement, à pas feutrés. Cette hiérarchie imposée les effraie et leur donne un sentiment d'infériorité. Claire les croise dans le couloir, s'efface à son tour, surprend le regard de Marc posé sur elle et voit le professeur et toute sa suite entrer dans une chambre... sans frapper ! Ce détail la choque, quand, au même moment, le professeur l'interpelle et lui demande d'assister à la visite. Ne pouvant refuser, étonnée, elle se range derrière ces messieurs et leur emboîte le pas. La surveillante est furieuse mais n'en laisse rien paraître.

À l'entrée du couloir, un panneau fléché montre deux directions : À droite le service de la chirurgie. À gauche celui de la médecine. La longue file s'est déjà faufilée dans le service de la médecine. Le professeur se retourne, regarde à travers ses larges lunettes, tous les élèves tour à tour, et commente, d'une voix grave, le cas de chaque patient. Attentifs, les étudiants prêtent l'oreille, prennent des notes et se groupent autour des deux chirurgiens.

Et l'interminable visite des patients alités commence.

Le professeur ouvre une porte. La chambre est vide. Le malade vient de se lever et fait un brin de toilette dans la salle de bains. Ignorant la venue du professeur et n'ayant pas entendu frapper, il continue ses ablutions dans le lavabo lorsque la porte du cabinet de toilette s'ouvre brusquement et le fait sursauter. À moitié nu, son premier réflexe est de cacher son énorme ventre en saisissant sa robe de chambre, mais il n'en a guère le temps. Effarouché devant la petite assemblée, il hésite et s'immobilise.

— Venez cher monsieur. Nos allons vous examiner...

Le pauvre homme ne comprend pas les paroles savantes prononcées à son sujet. Un étudiant réfléchit, un autre prend la parole, pose des questions. Des radiographies passent de mains en mains, des exclamations fusent, les regards deviennent graves...

— Merci mon brave. Nous avons terminé. Vous pouvez retourner dans la salle de bains...

La colonne emprunte à présent le couloir destiné à la chirurgie. Le service est surchargé. Les deux chirurgiens se regardent, se font des politesses. Marc, pendant trois jours a opéré presque sans relâche ; toutes les chambres sont occupées par les blessés. Il prend donc la parole. Un étudiant demande combien l'hôpital possède de chirurgiens.

— Bonne question ! s'exclame-t-il.

Et il commence à énumérer chacun selon sa spécialité : Orthopédiste, oto-rhino-laryngologiste, urologue, obstétricien, ophtalmologiste, etc.

— Pardonnez-moi, monsieur, mais en ce qui concerne la chirurgie viscérale, combien êtes-vous ? demande toujours le même étudiant, intéressé par l'infrastructure de l'établissement.

— Encore une bonne question ! Ils étaient quatre l'année dernière : le Professeur Malville, le Dr Charles-Henri Modrack, le Dr De-Guillomo et Marc Ramberlain qui venait d'arriver. Malheureusement, le Dr De-Guillomo avait eu un accident vasculaire cérébral et Charles-Henri Modrack était en vacances. Deux spécialistes de chirurgie viscérale dans un hôpital lorsqu'une catastrophe s'abat soudain sur la ville, c'est peu ! ... n'est-ce pas professeur ?

Un clin d'œil complice entre les deux hommes suffit pour montrer combien, dans les cas extrêmes, la solidarité joue un rôle primordial et tisse des liens affectifs. Après l'attentat, l'armée était venue à leur secours. Des internes les avaient secondés et ils avaient pu ainsi prendre le temps d'opérer les blessés les plus graves.

Marc entre subitement dans une chambre et se trouve nez à nez avec le mari d'une des patientes qui s'apprêtait à sortir. Ce dernier, étonné de voir tous ces jeunes gens en blouse blanche, recule d'un pas et leur cède le passage. Tous commencent à pénétrer dans la chambre et se mettent en rond autour du premier lit. Effrayée, la jeune femme étendue sur son lit se met à trembler de peur. Déjà, Marc, d'un coup sec, tire le drap, relève la chemise et montre, à la vue de tous, des cuisses et un ventre boursouflés, criblés d'hématomes qui s'étendent vers les hanches et les seins. Le cas n'est pas particulièrement intéressant mais les étudiants sont stupéfaits de constater les ravages laissés sur la peau. Personne ne fait attention à la pudeur de cette femme qui n'a qu'un geste : recouvrir son corps dénudé en tirant sur le drap, dès la visite terminée. Le groupe ne s'attarde pas longtemps sur ces «détails» et se déplace vers les autres lits où les attendent, angoissés, les autres blessés.

Et la visite continue...

Depuis le début, Claire, toujours en retrait, n'a pas dit un mot, ni fait un geste de complicité envers le groupe. Elle a envie de jeter dehors, à grands coups de pied, la surveillante qui marche en tête du cortège et de hurler à tous ces futurs médecins et aux chirurgiens glorieux, toute la hargne qu'elle éprouve envers leur insensibilité. Comment peuvent-ils entrer dans une chambre, à l'improviste et sans frapper, dénuder, sans s'excuser, un être humain blessé, lui faire mal, parfois, avec des gestes rudes et le considérer comme un objet à la merci des bien-portants ? Soigner le corps est une excellente chose (à condition de le faire avec douceur et sans douleur) mais soigner l'esprit, c'est-à-dire respecter la dignité de l'être humain et comprendre sa douleur l'est encore davantage !

Et, malgré sa jeunesse et son manque d'expérience, elle se jure de dire, le jour où elle pourra se le permettre, tout ce qu'elle ressent à l'instant même et qu'elle ne peut exprimer librement : Le respect du malade.

Elle ne se rend pas compte de l'attention excessive des étudiants et des gestes précis, spontanés, naturels, effectués par le chirurgien. Candide, pleine d'illusions dans ce monde ravagé souvent par la souffrance, elle ne sait qu'écouter son cœur qui ne connaît pas encore les nécessités médicales et lui masque l'évidence de toute chose. Elle en arrive même à penser que le corps médical agit brutalement, sans aucune sensibilité. Son imagination affable, la révolte serre sa gorge. Elle ne sait pas, la naïve, à quel point elle se trompe !

La visite touche à sa fin. Marc congratule le professeur, s'incline devant la petite assemblée puis va rejoindre naturellement son bureau au fond du couloir. Le professeur réunit les étudiants dans la salle d'attente, explique des interventions chirurgicales qu'il a été obligé de pratiquer en urgence, décrit les nouvelles techniques employées. Bouches bées, ceux-ci l'écoutent et continuent à prendre des notes silencieusement. Au même moment, le professeur cherche Claire du regard. Elle est invisible.

Où donc est-elle passée ?

Poussée par une irrésistible colère, elle vient de quitter le groupe et se dirige d'un pas rapide et l'air grave vers le vestiaire. À l'angle du couloir, soudain, la voix de M. Ramberlain l'interpelle.

— Où allez-vous Mlle Avrilliers ?

Altière, elle fait semblant de ne pas entendre et continue sa course sans se retourner.

— Vous partez déjà, à cette heure ?

Cette insistance la dérange. « Si jamais je lui réponds, pense-t-elle, je perds mes stages et la direction me met à la porte. Il vaut mieux que je me taise. »

— Vous ne voulez pas me répondre ?

C'est trop. Vraiment. La rage l'étreint. Elle s'arrête, se retourne et le foudroie de ses grands yeux noirs.

— Cette visite m'a terriblement choquée, monsieur.

Stupéfait, il sort de son bureau, s'approche et veut la saisir aux épaules. Aussitôt elle se retire.

— Je suis déçue par la manière dont vous traitez vos patients. C'est tout ce que je peux vous dire.

Pantois, il reste au milieu du couloir. Qu'a-t-il donc fait pour susciter une telle réaction ? Jamais encore quelqu'un ne s'est permis de lui faire de telles remarques ; ce n'est pas cette stagiaire stupide qui va lui donner une leçon ! Du tac au tac, il se rebiffe en haussant le ton.

— Qu'est-ce qui ne vous a pas plu mademoiselle ? J'avoue ne pas comprendre. Expliquez-vous ! Suis-je trop agressif à votre goût ou bien est-ce ma personne qui vous dérange ?

— Vous voulez vraiment le savoir, monsieur ?

— Mais... oui

Et la réponse le glace :

— Exactement, tout cela à la fois ! Vous devriez réfléchir plus souvent et plus sérieusement sur la condition humaine. Pensez-y ! Bonsoir, monsieur.

Voilà, ce qu'elle ne devait pas dire est dit ! Elle vient d'avouer d'un trait tout ce qu'elle a entendu, vu et ressenti au cours de la visite. D'un seul coup, son corps devient aussi léger qu'une plume, mais en même temps, déjà, elle se mord la langue d'avoir... trop parlé. Le Dr Ramberlain va la renvoyer séance tenante et elle devra continuer ses stages à la seule clinique de la ville où elle fera exactement les mêmes remarques, puisque tous ces établissements de santé se ressemblent ! Elle regrette soudain de s'être laissée emporter et ses yeux s'emplissent de larmes, mais c'est trop tard pour revenir en arrière. Désormais, son avenir va chanceler et ses rêves se briser.

Abasourdi, Marc entre dans son bureau, claque la porte et va s'effondrer sur son fauteuil. Ces critiques reçues de la part d'une jeune femme inexpérimentée ont touché son orgueil et il se jure que le lendemain il aura un entretien sérieux avec cette « gamine » qu'il renverra ensuite sur le champ, avec le consentement, bien entendu, de la directrice et de ses confrères. L'avis du professeur Malville risquera de poser quelques problèmes. Qu'importe ! il fera tout pour la mettre à la porte !

Il reste un moment immobile, les yeux fixes, la tête relevée sur le dossier. Cette écervelée ne va pas l'atteindre,

lui, le chirurgien de l'hôpital, le bras droit du professeur !
Un instant, il revoit son enfance et son adolescence: Ses
premières bagarres avec les copains rencontrés sur les bancs
de l'école primaire (il voulait toujours gagner et être le
premier) puis, plus tard, au lycée, l'acharnement et l'entê-
tement dans la poursuite de ses études (qui lui valurent le
prix d'excellence à la fin de chaque année et les félicitations
du jury. Oh ! sa fierté !) enfin la Faculté d'où il sortit major
de sa promotion. Doté d'une intelligence exceptionnelle et
d'un caractère volontaire, il avait vu toutes les portes s'ouvrir devant lui et tous les dos se courber sur son passage. Il
avait étudié jusqu'à l'épuisement, refusé toutes les invita-
tions, toutes les sorties pour atteindre l'idéal souhaité : soigner et sauver ses semblables. Et voici qu'une jeune femme,
dans un élan de colère, venait de le remettre à sa place parce
que son attitude envers les malades l'avait choquée. Elle
l'accusait d'être inhumain. Qu'avait-il donc fait de si répré-
hensible pour mériter un tel jugement ? Ces paroles incompréhensibles le laissèrent coi.

Il sort de sa prostration et sent, peu à peu, sa colère
s'alléger. Il est humilié, stupéfait, mais en même temps
touché par ces remarques. Elle vient de lui faire comprendre
ce qu'il oublie, involontairement, un peu trop souvent de
faire, à savoir : écouter les souffrants, se mettre à leur portée, donner une explication claire sur les interventions et
respecter la dignité de chacun. Inconsciemment, il sait qu'il
doit se comporter avec bonté et compassion ; il est même
persuadé qu'il le fait, car pour lui, c'est une évidence. Mais
son travail l'obsède, le temps lui manque pour prêter une
oreille attentive ou exécuter des gestes posés. Il en oublie
même de frapper aux portes des chambres avant d'entrer...
Il n'y avait jamais réfléchit auparavant.

Il se lève, prend une feuille de papier, griffonne à la hâte
les mots qui lui passent spontanément par la tête : Intelli-

gence, orgueil, fierté, impatience, insensibilité... A-t-il vraiment tout cela à la fois ? Écrire est une façon comme une autre de comprendre la valeur des mots, de mettre de l'ordre dans ses idées et de se calmer. Le temps de l'écrire et d'en prendre conscience, il s'aperçoit que, ce qu'il vient d'entendre de la bouche de Mlle Avrilliers est vrai, mais que, aveuglé par ses responsabilités, il a l'impression, en restant auprès des malades, de perdre son temps.

Il se rassoit dans son fauteuil, réfléchit, se mord les lèvres.

Oui, cette stagiaire l'a heurté dans son amour-propre, mais elle a écouté ses propres impulsions venues de son cœur!

Oui, il doit réagir en homme honnête et accepter ces remontrances!

Non, il ne la mettra pas à la porte!

Il a terriblement envie, soudain, de la prendre dans ses bras.

Cette nuit-là, il fit des cauchemars et se posa de multiples questions sur son comportement.

Ces réflexions sévères l'avaient outragé, vexé, mais elles n'étaient pas tombées dans l'oreille d'un sourd. À l'heure habituelle, il se leva, vint s'accouder à son bureau, vit la feuille de papier froissée sur laquelle il avait écrit des mots percutants et se mit à les relire. Il eut une réaction imprévisible et se reposa la question : Suis-je réellement comme l'a dit Mlle Avrilliers? Une femme l'avait déstabilisé et mis au pied du mur. Il était tout à la fois furieux et... heureux !

Furieux ? parce que les hommes n'aiment pas être remis à leur place, surtout par une femme !

Heureux ? parce que, comme tout homme orgueilleux, personne, jusqu'à présent, n'avait osé lui parler ouvertement et, cet affront, inconsciemment, comme un enfant gâté, il l'attendait depuis longtemps, à la manière d'une gifle magistrale, pour avoir la possibilité de grandir. Subrepticement, ce moment était arrivé.

La détresse des blessés l'avait touché dans son cœur, mais il ne devait surtout pas montrer sa faiblesse.

Son autorité, sa maîtrise et sa compétence dans les services et dans les blocs opératoires le rendaient inaccessible, inabordable, invulnérable, mais, en y réfléchissant quelque peu, ce n'était qu'un faux air de supériorité qu'il se donnait et personne, jamais, n'avait décelé le véritable homme qui se cachait derrière la carapace.

Claire Avrilliers l'attirait par sa grâce et son charme, mais un homme, lorsqu'il fait les premiers pas, n'accepte pas le refus et encore moins des réprimandes sur sa vie professionnelle.

Ces prises de consciences l'agressaient, l'offensaient et l'interpellaient profondément.

De son côté, Claire, cette nuit-là, eut beaucoup de mal à s'endormir.

* * *

Il guettait son arrivée depuis une demi-heure et, ne la voyant pas, se demandait avec angoisse si elle n'avait pas décidé d'abandonner ses stages, peut-être même ses études. L'entrevue de la veille avait dû terriblement la troubler.

Soudain, il reconnut son pas dans le couloir.

— Mademoiselle ?

Elle ralentit son élan et se retourna. Ses grands yeux andalous, cernés de fatigue, le regardèrent et l'interrogèrent curieusement. Ce n'était plus la même jeune femme volontaire et en colère qui l'avait insulté et rabaissé ; au contraire, un changement total de sa personne s'était opéré en quelques heures et c'est un être fragile, plein de tendresse et d'humilité qui s'approcha de lui. S'attendant à être injuriée et renvoyée, n'ayant aucun argument pour se défendre et ayant prévu le pire, elle restait muette, soumise aux événements.

Cette transformation, soudain, le fascina. Il vint à sa rencontre et la regarda, un sourire légèrement moqueur au coin des lèvres.

— Vous avez bien dormi ?

Elle s'attendait à tout sauf... à ça ! Il se moquait d'elle ; il allait certainement la mettre plus bas que terre, la torturer psychologiquement avant de la renvoyer. Attention ! cette façon de faire ne lui plaisait pas, mais il était préférable de ne pas répondre par l'agressivité. Elle répondit très naturellement, comme si cette remarque ne l'avait nullement froissée :

— Très mal monsieur.

— Vraiment ? Alors... donnez-moi la main, mademoiselle, nous sommes deux à avoir très mal dormi cette nuit.

D'emblée, il lui prit la main. Elle voulut la retirer mais déjà il la tenait fermement serrée dans la sienne et il n'était pas question d'un refus. Il se l'accaparait, sans lui demander son avis, comme s'il s'agissait d'un dû. Ces manières la heurtaient. Comment le lui faire comprendre ? Une idée lumineuse traversa son esprit. Elle dit, cette fois, avec plus de diplomatie pour ne pas le blesser.

— Vous me prenez la main comme si, brusquement, vous entriez dans une chambre... sans frapper ! N'oubliez pas, je ne suis pas une de vos patientes !

En achevant ces mots, elle se rendit compte qu'elle avait encore trop parlé, mais une lueur de malice passa dans les yeux de Marc. Il lui renvoya la même petite interrogation bizarre. « Elle se moque de moi, pourtant, je sais qu'elle a peur, parce qu'elle ne connaît pas le fond de ma pensée. Je l'impressionne et j'aime ça ! »

Mi figue mi raisin, il lui répondit :

— C'est vrai ? il m'arrive de me comporter de cette façon ?

Ils se mirent à rire et un incroyable soulagement la délivra de ses doutes et de ses angoisses. Les réflexions de la veille n'avaient donc pas froissé son interlocuteur autant qu'elle l'aurait cru et il avait l'air de ne pas lui en tenir rigueur. Son cœur soupira d'aise.

Marc desserra l'étreinte.

Claire retira sa main.

Par bonheur, personne ne passa dans le couloir à ce moment-là et personne n'entendit leur conversation.

Libérée, elle partit vers le vestiaire, le cœur battant.

CHAPITRE 5

Marc Ramberlain est là ?

Le ton est hautain et autoritaire. Le personnel s'incline devant Mme Brigitte Modrak, directrice de l'hôpital. Le chirurgien, Charles-Henri Modrak, petit fils du fondateur de l'établissement et son époux de surcroît, vient d'être appelé en urgence auprès d'un blessé gravement atteint par l'attentat et il ne rentrera pas déjeuner.

À peine revenus hier soir d'un voyage aux îles Seychelles, ils ont appris la terrible catastrophe en descendant de l'avion et la première pensée de Brigitte s'est immédiatement envolée vers le jeune chirurgien. Depuis quelque temps déjà, une intrigue amoureuse la lie à cet homme. À leur première poignée de main, ses jambes avaient fléchi comme si elle avait été frappée par la foudre et elle avait succombé à son charme. Marc, flatté et attiré par son physique agréable et sa condition sociale s'était laissé immédiatement prendre au piège. Leurs rendez-vous amoureux avaient été difficiles, très risqués, et demandaient une prudence extrême : L'interdit, tout le monde le sait, a une saveur piquante très recherchée, mais le danger est là, qui rôde, et il suffit de peu de chose pour que le voleur se fasse prendre. Brigitte Modrack était mariée depuis trois ans seulement et son mari, constamment occupé, souvent fatigué, n'avait pas le temps d'être auprès d'elle. Leur couple reflétait leur génération : vivre ensemble et avoir la liberté de ses actes. Il y avait là un paradoxe difficile à résoudre. Si chacun voulait garder sa liberté, pourquoi s'étaient-ils mariés ? Mais Brigitte était avant tout une femme coquette, qui aimait plaire et les jeux de l'amour lui manquaient. Marc était arrivé au bon moment et... le ver pénétra un beau jour dans la pomme !

Sourires... petits clins d'œil complices et compromettants... flatteries outrancières... puis, peu à peu, baisers volés au coin des lèvres... attouchements prolongés dans les poignées de mains... jupon relevé... rires sous cape et petits déjeuners à deux à la cafétéria... Le personnel voyait le manège imprudent, mais tous se taisaient par respect vis à vis du Dr Modrack, dont la réputation n'était plus à faire et la bonté acquise depuis longtemps, et aussi par peur de perdre leur place.

Une directrice se doit de garder son rang, d'être à l'écoute de son personnel, de consacrer parfois un peu de son temps aux patients rencontrés dans les couloirs. Son rôle peut-être très agréable si ses fonctions correspondent à ses goûts et à ses compétences. Or, Brigitte Modrack était une jeune femme belle, élégante mais à l'aspect sévère, autoritaire, n'hésitant pas une seconde à faire des remarques désobligeantes en public ou à renvoyer sur le champ, celle ou celui qui avait commis une faute. À l'opposée, Charles-Henri Modrack, chirurgien apprécié par ses qualités humaines, passait son temps dans les blocs opératoires sans se douter à quel point sa femme était crainte et... à quel point elle succombait aux charmes du jeune Dr Ramberlain !

La surveillante générale, Mlle Jeanne, vint au devant de Brigitte Modrack

— M. Ramberlain est dans sa chambre et ne désire voir personne.

— Mais pour quelles raisons, répond celle-ci stupéfaite, lui avez-vous dit que j'étais rentrée de voyage ?

La réponse positive la rendit perplexe. Ce matin, une rumeur avait circulé dans tous les couloirs et était arrivée, volontairement, à ses oreilles : une jolie jeune femme avait sauvé de la fournaise le Général Malville, père, et le professeur Malville, fils, avait accepté de la prendre comme stagiaire dans son service. Marc Ramberlain s'était également proposé de l'aider et de lui donner quelques cours de médecine, si toutefois, elle le désirait. Aussitôt alertée et... soucieuse, Brigitte venait se rendre compte sur place de l'état de la situation. La crainte et le doute l'étreignirent, ainsi que la jalousie lorsqu'elle apprit que Marc préférait être seul. C'était la première fois qu'elle essuyait un refus de sa part. Elle en fut offensée.

— Combien de temps est restée cette jeune femme ? dit-elle d'un ton volontairement désinvolte. Est-elle... visible ? Dites-lui que je l'attends dans mon bureau.

— Mais, Mlle Claire Avrilliers est partie en fin de matinée !

— Claire ? Quel doux prénom... Où donc habite-t-elle ? Ici ? En ville ?

Jeanne se fit un plaisir de lui donner les renseignements et ajouta que le professeur Malville l'avait recommandée au directeur de l'école d'infirmières qui l'avait immédiatement inscrite dans son registre. Elle devrait commencer ses cours au début du mois prochain. Pincée, la directrice hocha la tête et tourna les talons. Mlle Jeanne avait senti l'attirance physique que le jeune chirurgien avait éprouvée à la vue de Claire. La jalousie l'étouffait, mais en même temps cette constatation l'avait réjouie parce que personne, ici, n'aimait la directrice et tous, sachant sa liaison, se faisaient un malin plaisir d'en parler entre eux sans indulgence. Marc non plus n'était pas apprécié : toujours pressé, il donnait une mauvaise et fausse impression de sa personne et semait la crainte autour de lui. C'était le moment idéal de glisser quelques méchancetés, tout en faisant semblant de ne pas comprendre.

Brigitte Modrack se dirigea vers son vestiaire, se débarrassa d'un geste brusque d'un long manteau, arrangea le col de son chemisier, dégagea son long cou bronzé, gonfla sa poitrine ferme et, tête haute, s'engagea dans le couloir. Aucun patient n'attira son attention. Elle marchait, l'œil courroucé, l'esprit bouillonnant, folle de rage. Envolés tous ses merveilleux moments passés aux îles Seychelles ! Là-bas, savourant la douceur du climat, le farniente et la mer chaude, elle avait offert son corps nu au soleil dans l'espoir de plaire à un autre homme qu'elle aimait mais qui n'était pas son mari ! Elle avait imaginé des retrouvailles merveilleuses, ressenti la volupté des caresses, savouré des mots doux, pendant que Charles-Henri la prenait dans ses bras et lui murmurait, sous la brise des alizés des « Je t'aime » à n'en plus finir. Loin des patients, des coups de téléphone et des salles d'opération, amoureux, il avait enfin du temps à consacrer à sa femme. Elle lui appartenait corps et âme, au bout du monde, sur une île, et il était heureux.

Une fois en France, lorsqu'il apprit l'horrible catastrophe, Charles-Henri pensa immédiatement à sa famille, à ses amis, à l'hôpital et à tous ses confrères de la ville, débordés par les appels. D'un seul coup, il oublia l'euphorie des vacances. Mme Modrack, elle, pensa à Marc. Pris par toutes les urgences, son mari n'aurait pas le temps de s'occuper d'elle. L'explosion ayant eu lieu le lendemain de leur départ, deux semaines s'étaient écoulées depuis. Mais, il est vrai que bien des choses peuvent se produire lors de certaines circonstances dramatiques et l'intuition de Brigitte ne la trompa pas.

Arrivée devant la porte de Marc, elle s'apprêtait à frapper et à ouvrir lorsque, à sa stupéfaction, Charles-Henri apparut à l'autre bout du couloir. Elle ne s'attendait pas, évidemment, à le voir et lui fit un geste de loin. Que faisait donc sa femme, dans ce couloir, à cette heure-ci ? Au même moment, la porte s'ouvrit et Marc se trouva nez à nez avec Brigitte. N'ayant pas aperçu Charles-Henri, il allait la saisir par le bras pour l'entraîner dans la chambre...

— Marc ?

Il arrêta net son geste. Charles-Henri arrivait et lui tendait chaleureusement la main. Brigitte, immédiatement, changea d'attitude et fit un gracieux sourire. Sous le hâle de son visage, ses dents parurent aussi blanches que la neige. Tout sembla malsain soudain. Malgré leur liberté respective, Charles-Henri avait-il deviné le manège ? Marc savait qu'un jour ou l'autre cette relation serait découverte et la situation le mettait en porte à faux. Personne ne pouvait être à l'aise dans ces circonstances, même pas un inconscient, ni un indifférent. Était-il tout cela à la fois? La méfiance se lisait sur son visage mais, pour rien au monde il ne l'aurait avoué. Brigitte l'avait amusée, mais, mariée, le jeu était trop dangereux. Mlle Avrilliers le fascinait et l'attirait. Belles et jeunes toutes les deux, le choix était délicat. Laquelle aurait la préférence ? Certes, le combat le stimulait mais à condition d'en sortir victorieux ! Claire, dans sa pureté et sa sincérité, lui avait donné une magistrale leçon de morale. L'honnêteté, la bonté du cœur et la simplicité, il n'y a rien de tel pour rendre un homme heureux. Si, à toutes ces qualités s'ajoute l'intelligence, l'harmonie est parfaite et l'homme choisi devient alors le plus riche de la terre. Il avait tout et... il n'avait rien ! Et il se demandait pourquoi, parfois, il se sentait si mal ! La vérité était là, tout simplement dans la profondeur de ces quelques réflexions.

Contrarié, il posa la question la plus ridicule qui soit :

— Comment allez-vous Charles-Henri, ce... ce voyage s'est bien passé ?

Leur séjour aux îles Seychelles avait été merveilleux.

Dans le couloir, une infirmière poussait un blessé, assis sur un fauteuil roulant.

Brigitte et Charles-Henri s'inclinèrent devant lui. Le destin leur avait épargné une semblable atrocité et rien, désormais, n'avait autant d'importance que cela. Bien entendu, Brigitte était vexée par l'attitude de Marc à son égard. Charles-Henri était agacé par la rencontre de sa femme en ces lieux mais, finalement, quelle importance par rapport à la mutilation de cet homme !

Marc vanta la qualité, la compétence et le mérite du personnel. Il raconta le sauvetage du Général Malville dans la fournaise, grâce au sang-froid d'une jeune femme nommée Claire Avrilliers, venue les aider pour la surveillance des blessés. Brigitte perçut dans sa voix une intonation nouvelle qui la rendit folle de jalousie. Quelque chose avait changé dans le comportement de son ami ; il parlait avec respect des infirmières et, lorsqu'il prononçait le nom de Claire, son visage changeait et devenait rayonnant. Charles-Henri, avait-il senti quelque chose ? Avait-il eu connaissance de l'intrigue amoureuse qu'il y avait entre sa femme et... lui ? Quelle piètre idée, il devait se faire de son futur associé ! s'il apprenait la vérité, il refuserait sa collaboration et lui en voudrait à mort ! Une invisible conversation s'établit entre eux et, pour toute réponse, à la grande surprise de Marc, Charles-Henri, amicalement, lui donna, une deuxième fois, une poignée de main.

Peut-être, tout simplement, n'avait-il rien décelé ?

Les « Modrack » partirent, serrés l'un contre l'autre, comme des amoureux, rejoindre leur voiture garée au fond de l'allée. Ce couple, au premier abord instable, libre, montrait en réalité, malgré les aléas de la vie, une force et une complicité à toute épreuve. En les regardant s'éloigner, Marc se senti berné. Un petit pincement lui mordilla le cœur. Brigitte ne lui était pas indifférente, oh non ! Le soleil des îles Seychelles l'avait rendu éclatante, belle à souhait, et il aurait volontiers passé un agréable moment avec elle, seulement, la petite comédie durait depuis plus de six mois à présent, et plus elle durait, plus il se sentait embarrassé. Cette relation n'était pas franche ; un jour ou l'autre, il devrait mettre fin à la belle histoire.

Elle ne se retourna pas pour lui faire signe. Charles-Henri lui ouvrit galamment la portière, lui dit un mot à l'oreille, (un mot d'amour peut-être ?) puis, prit place au volant. Marc la vit sourire, relever d'un geste délicat son long manteau et se regarder un instant dans le rétroviseur.

Le moment de la séparation venait de sonner, et c'était bien ainsi.

* * *

L'univers de Claire : un bureau, petit mais suffisant, une lampe moderne légèrement recourbée sur la table, des livres de médecine et des revues d'infirmières plein la bibliothèque et surtout l'envie d'apprendre, de réussir, d'être utile et d'avoir une vie bien remplie...

Hier, avant d'entreprendre définitivement ses études, Claire était revenue à l'hôpital rendre une dernière visite aux blessés. Marc la vit derrière sa fenêtre et son cœur s'emballa dans sa poitrine. Qu'est-ce qu'elle vient faire ?

pensa-t-il, surpris. Au même instant, la jeune femme leva la tête et l'aperçut. Vexé, il se retira aussitôt.

Dans le couloir, le professeur Malville accueillit Claire avec joie. Marc, son interne, ne lui avait donc pas parlé de l'entrevue houleuse de la semaine précédente ! Libérée, elle lui demanda la permission d'aller voir les blessés, puis elle alla, le long des couloirs, frapper aux portes. Ce ne fut qu'une exclamation de surprise et de joie. Tous se souvenaient de la jeune femme venue les secourir ; jamais ils ne pourraient oublier sa tendresse, sa sollicitude, ses mots d'espoir. Ces retrouvailles poignantes, émouvantes, les bouleversaient profondément. Ébranlée devant toutes ces souffrances, émue par leur reconnaissance, elle s'approchait, leur parlait doucement, employait des mots simples, rassurants, pleins d'amour. Arrivée devant la chambre numéro dix elle hésita, puis elle frappa deux coups secs. Une petite voix timide lui répondit. Elle ouvrit la porte et se trouva en présence de la dame, témoin de Jéhovah, qui avait refusé toute transfusion sanguine. Son visage détendu et son regard clair la rendaient très belle. Sur la table de nuit étaient posés un christ sculpté dans du bois d'ébène, une bible ouverte sur les évangiles. À côté de la bible, la photo d'un adorable bébé et un petit vase en cristal d'où sortaient deux boutons de roses prêts à éclore.

— Regardez, c'est notre petit David. Il est mort à l'âge de six mois de la « Mort subite du nouveau-né ». Vous saviez que cela existait ? Ce sont les témoins de Jéhovah qui ont donné un sens à notre vie. Nous leur devons une éternelle reconnaissance. Vous comprenez maintenant pourquoi nous tenons tant à cette religion ?

Près d'elle, attentif à ses demandes, se tenait le mari, apaisé. Il reconnut tout de suite Claire, la remercia pour son amabilité, lui offrit une chaise et lui posa tout un tas de questions. Ce n'était plus l'homme abattu, affligé, timide, qui se tenait devant elle ; au contraire. Elle découvrait quelqu'un d'alerte, de délicat, de courtois qui désirait simplement avoir des renseignements sur l'intervention de sa femme. Le professeur Malville lui avait dit que... peut-être... Resté sur ce doute, il voulait savoir la vérité. Ce n'était pas le rôle d'une stagiaire de dire à ce monsieur ce qu'elle avait vu et entendu au cours de l'intervention, mais elle lui affirma que personne ne lui avait menti.

— Vous avez eu beaucoup de chance et beaucoup de courage, chère madame. Dieu et votre petit garçon vous ont protégée !

Il n'en fallait pas davantage pour mettre du baume sur le cœur de ces deux êtres assoiffés de certitude et d'amour. De simples gestes et quelques paroles loyales suffisent bien souvent. Le mari, touché, regarda longuement sa femme, puis la photo, puis le Christ. La reconnaissance et la joie se lisaient dans leurs yeux. Subitement, il prit un des boutons de rose dans le vase, le tendit à Claire :

—Tenez mademoiselle, c'est pour vous. C'est notre petit David qui vous le donne.

Ces paroles étaient dites avec une telle tendresse que la jeune fille resta figée sur place. La femme fit «oui, oui,» de la tête et insista pour qu'elle le prît. Ce fut un des plus beaux moments dans la nouvelle vie de Claire. Elle sut, à cet instant précis, que jamais elle ne regretterait son choix.

La véritable richesse était là.

La visite des blessés touchait à sa fin. Elle descendit les escaliers de service, emprunta le large couloir principal et aperçut le blessé, amputé de sa jambe, qui apprenait à manier une chaise roulante. Elle s'approcha, le salua, l'encouragea :

— Bientôt, vous marcherez avec une prothèse, dit-elle. Vous savez, avec des pantalons, personne ne le saura !

Ces simples paroles rendirent un espoir fou à l'homme.

Comme elle s'apprêtait à sortir, Marc, qui la suivait toujours des yeux, l'interpella de son bureau. Surprise, elle se retourna et le vit accoudé au rebord de sa fenêtre. Il la fixait gravement. Ses cheveux noirs, sa blouse blanche et sa voix grave le rendaient particulièrement séduisant.

— Excusez-moi. Vous avez oublié de voir quelqu'un. Chambre trente, au premier étage. Au revoir mademoiselle.

Il se retira et ferma la fenêtre. Avait-elle rêvé ? D'habitude, lorsqu'il adressait la parole, il parlait sèchement, sans s'excuser, et voici qu'il venait de lui faire une démonstration de politesse. Les réflexions auraient-elles porté leurs fruits ? Faisant aussitôt demi-tour, elle remonta les escaliers. Des infirmières la croisèrent dans le couloir et la saluèrent aimablement : l'amie du professeur Malville n'était pas n'importe qui ! Danielle venait de prendre son service et vint au devant d'elle. Oui. Le monsieur hospitalisé à la chambre du numéro trente se souvenait distinctement d'une jeune femme venue le secourir et c'est à peine s'il avait pu lui faire un signe d'adieu dans l'ambulance. Les jours suivants, il l'avait reconnue dans le journal et son vœu le plus cher avait été de la revoir et de lui dire combien sa présence à ses côtés avait été bénéfique. Son sourire, la tendresse de ses gestes et la douceur de sa voix l'avaient conquis et restaient à jamais gravés dans sa mémoire. Qui était-elle et où habitait-elle cette fée mystérieuse qui hantait ses jours et ses nuits ? Il fit part de son désir de la retrouver au jeune interne qui passait la visite tous les jours et, à sa grande joie, il apprit la merveilleuse nouvelle : Elle était là, tout près, dans l'immense bâtiment depuis le premier soir et il ne le savait pas ! Il voulut la voir immédiatement. Trop tard, elle était déjà partie. Désappointé, il pria l'interne de le tenir au courant, si par bonheur, un jour, il l'apercevait à nouveau. Or, justement, aujourd'hui...

La porte s'ouvrit et Claire apparut. Le soleil inonda la chambre d'un seul coup. Elle dit :

— Oh ! C'est vous ?

Elle l'avait reconnu !

— Oui, c'est moi. Je suis le juif malchanceux qui a subi la guerre toute sa vie, répondit-il, la voix cassée.

Avec délicatesse, le regard de Claire se porta sur la couverture du lit et elle sembla deviner la forme des deux jambes. Il suivit son regard et comprit sa pensée. Dieu soit loué ! Lui qui se disait poursuivi par la malchance, eh bien, sa jambe atteinte par l'explosion avait été sauvée. Un projectile s'était placé à un millimètre de l'artère fémorale et lui avait épargné l'hémorragie et l'amputation. L'évocation de ce miracle emplit leurs yeux de larmes.

Ils bavardèrent un long moment sur les pays en guerre, en particulier les pays arabes et Israël. Elle mesura à quel point cet homme souffrait pour sa patrie, sa famille, ses amis restés là-bas.

— Un jour, vous retournerez en Israël, cher monsieur, et vous reverrez votre famille. Ayez foi en mes paroles.

Était-elle... médium ?

Une bouffée d'espoir l'envahit et l'espace d'une seconde il se sentit pleinement heureux.

— Merci... merci... murmura-t-il plusieurs fois, la voix étranglée, vous me faites du bien.

Dehors, la nuit déjà tombée et la fraîcheur la firent frissonner. Tout en s'asseyant au volant de sa voiture, elle se remémora les visites de l'après-midi, les conversations échangées et un petit sourire de gratitude se dissimula au coin de ses lèvres.

Sa journée avait été bien remplie et elle était heureuse.

Tout à coup elle pensa au Dr Ramberlain. Son nouveau comportement l'avait sidérée. Les paroles acerbes qu'elle avait prononcées à son intention l'autre jour semblaient ne pas l'avoir particulièrement offensé. Jouait-il un double jeu ?

«Décidément, je ne comprendrai jamais rien aux hommes » pensa-t-elle.

Elle soupira, mit le moteur en marche et regagna son petit appartement.

Matin et soir Claire étudiait. Le concours prévu approchait à grands pas et ce n'était pas le moment de perdre son temps à des babioles. Elle n'avait qu'un but : réussir, entrer à l'école d'infirmières et exercer rapidement sa profession. Plus tard, elle envisagerait de partir loin, dans un pays du tiers monde, mais ce n'était qu'un simple projet. Ses parents et ses amis, sachant combien sa liberté lui était précieuse, la laissaient toute à son travail sans manifester le moindre reproche. Sa petite voix intérieure se calmait peu à peu, ses angoisses diminuaient, son esprit s'élargissait et le bien-être commençait tout doucement à s'infiltrer dans son existence. Délivrée de toute oppression sentimentale, elle se laissait aller au plaisir d'une indépendance souhaitée et recherchée depuis longtemps.

Rien, désormais, ne l'entravait.

Minuit. Il était temps de fermer livres et cahiers et d'aller dormir. Un instant, elle se rappela la chambre du docteur, l'odeur forte des cigarettes, la rangée de cartes postales, le calendrier plaqué contre une porte et le nom de Brigitte écrit au stylo rouge, dessiné dans un rond... Une véritable chambre d'étudiant ! Lit défait, bouquins partout, posés par terre à même le parquet, petite penderie et simple placard à chaussures. Le cabinet de toilette, propre mais en désordre, sentait l'eau de lavande. La vie sentimentale de cet homme devait être intense et pas mal de femmes avaient dû dormir avec lui ! Quelques heures lui avaient suffi pour le connaître, apprécier sa compétence, sa dextérité mais elle avait été choquée par sa manière d'être. Et cependant, quelque chose d'attachant se dégageait de sa personne et le rendait vulnérable. Par exemple, le regard qu'il avait posé sur elle la première fois, ou bien la façon (brusque il est vrai !) qu'il avait eue de la faire asseoir en la prenant par les épaules, ou encore la ruse qu'il avait employée le lendemain de leur désaccord. Oui, elle était une femme jeune et jolie, mais il y avait autre chose en lui qu'il se défendait de montrer, une sensibilité qu'elle avait détectée, grâce à son intuition et qui s'était révélée lorsqu'elle avait surpris un rictus au coin de ses lèvres. Cet homme qui se voulait dur, exigeant, impitoyable, était en réalité un être faible qui jouait à l'invincible parce qu'il avait peur de la vie. Personne, parmi ses confrères ou ses amis ne l'avait remarqué. Il donnait une mauvaise image de lui-même. « Si seulement il savait se montrer naturel, il serait formidable. Peut-être le lui dirai-je un jour si l'occasion se présente ! »

Avant de s'endormir, une phrase résonna à ses oreilles. « Qu'est-ce qu'il y a de plus important si ce n'est la vie elle-même, hein ? hein ? » La voix se voulait sèche, bourrue, et malgré ces intonations sévères, Claire y avait perçu un léger tremblement. Ce hein se répéta en écho, s'amenuisa et disparut comme dans un gouffre.

* * *

Le lycée de jeunes filles, placé en retrait d'une large cour, semble écraser, par son imposante stature, tout le quartier St Jean et toutes les rues aux alentours. Placé face à la lourde grille de l'entrée, un parking rond, récemment bâti offre aux véhicules la possibilité de stationner rapidement et permet d'assurer sans encombre l'évacuation de tous les élèves. Un véritable cataclysme s'abat sur cette place aux heures de pointe : défilés de bicyclettes, pétarades de mobylettes, Klaxons intempestifs de voitures, cris, rires et galopades. Les conversations n'en finissent pas, les garçons attendent les filles à la sorties, des couples se forment et partent main dans la main, ou s'embrassent à pleine bouche au milieu de la rue. Certains s'enlacent et restent adossés à un arbre, immobiles. Cette jeunesse, pleine d'idéal et débordante de vie semble fragile, sous ses aspects conquérants et dominateurs. La cohue dure peu, juste le temps nécessaire pour permettre aux étudiants de s'éparpiller dans la nature. La place redevient déserte et la circulation retrouve son rythme normal. Très vite, tout rentre dans l'ordre.

Jeudi, onze heures. Les résultats du concours d'entrée à l'école d'infirmières vont être affichés sur un grand écran collé contre le mur du hall d'entrée. Les adultes arrivent, les uns après les autres. L'air grave, ils attendent avec impatience le moment de leur délivrance et chassent leur angoisse sous le froid soleil de novembre. Au départ, deux cents participants étaient inscrits. Combien y aura-t-il de reçus tout à l'heure ? Le concours était difficile et peu d'élèves avaient été satisfaits de leurs devoirs.

Claire doutait du résultat et son cœur battait la chamade.

Marc Ramberlain et quelques confrères avaient été convoqués par le Directeur Départemental de la Santé pour participer aux corrections et donner un avis favorable (ou défavorable) sur chaque copie. Six devoirs avaient été particulièrement remarqués et notés bien au-delà de la moyenne, dont celui de Claire, tombé par hasard entre les mains de Marc. L'anonymat est de règle lors d'examens ou de concours. Sur les six, deux eurent l'excellente note 17.

Les trois autres, 15. Quant à la sixième, Marc hésita à donner 14 ou 13. Il choisit finalement la note 13, à cause d'une écriture par moments mal assurée qui l'avait fortement agacé. Les six meilleures copies passèrent plusieurs fois entre les mains des correcteurs et tous se mirent d'accord pour accepter définitivement ces notes.

Lorsque le nom de tous les élèves furent découverts, quelle ne fut pas la surprise de Marc de lire le nom de Claire Avrilliers sur la copie à laquelle il avait mis un 13 ! Soixante participants sur deux cents furent reçus. Au moment d'inscrire la liste sur le grand écran, Marc aperçut Claire en compagnie de plusieurs jeunes filles assises dans la cour et voulut lui faire signe mais personne ne regardait dans sa direction. N'écoutant que son impulsivité, à la vue de tous ses confrères réunis autour de la table d'examens, il s'excusa, sortit brusquement de la pièce et descendit quatre à quatre les escaliers du hall.

— Mais... Où va-t-il ? se demandèrent tous ses confrères, curieux.

— Mademoiselle ?

Toutes les jeunes filles se retournèrent d'un même mouvement. Claire reconnut Marc et se dressa aussitôt sur le banc.

— C'est pour moi ? dit-elle en écarquillant de grands yeux étonnés. Elle se leva et vint naturellement vers lui. Sans réfléchir, celui-ci la prit subitement dans ses bras, la souleva, la serra et lui murmura au creux de l'oreille :

— Félicitations, Mlle Avrilliers, votre devoir était parfait !

Sous l'effet de la surprise, encerclée et emprisonnée, elle se laissa aller de tout son poids entre les bras puissants. La joie l'emportait sur l'ambiguïté de la situation, aussi, ne réalisa-t-elle pas sur l'instant, la portée du geste. Elle dit simplement

— Quoi ? Vous... vous êtes certain ? Mais... comment le savez-vous ?

— Chut... chut... c'est un secret ! Je l'ai su le premier. Je viens vous avertir. Dans une minute les noms vont apparaître sur le tableau d'affichage.

Il la tenait toujours serrée contre lui et savourait la douceur de sa joue, la forme de sa taille, l'odeur de son manteau. Heureuse d'apprendre l'excellente nouvelle, elle restait contre lui sans manifester un geste de recul. Au même moment, les jeunes filles assises sur le banc virent apparaître un homme qui tenait à la main une grande affiche qu'il colla sur l'écran et c'est à peine s'il eut le temps de se retourner. Elles se levèrent subitement, se précipitant vers l'entrée. Il y eut une bousculade, des cris de joie, des appels, des exclamations puis... des pleurs. Le nom de Claire Avrilliers, en tête de liste, se lisait à la sixième ligne. Nul doute, M. Ramberlain ne l'avait pas trompée.

Au milieu de la place soudain libérée, il ne restait que deux êtres toujours enlacés. Tout à coup, réalisant l'absurdité de la situation, Claire s'exclama

— Mais... qu'est-ce que je fais là, entre vos bras ? Qu'est-ce qui vous prend de me serrer ainsi ? Vous êtes malade ?

Elle se dégagea promptement.

Stupéfait par ce réflexe inattendu, il voulut la rattraper par le bras.

— Pourquoi ? Vous... vous n'aimez pas ?

— Quoi donc ?

— Vous... vous n'êtes pas bien dans mes bras ?

— Pour qui vous prenez-vous monsieur ? Laissez-moi. Je ne vous ai rien demandé. J'ai horreur d'être suivie comme une petite fille.

Par exemple ! Il resta abasourdi.

— Attendez... allons boire un café, j'ai... j'ai beaucoup de choses à vous dire. Vous n'allez pas partir comme ça et m'abandonner là ! Écoutez… S'il vous plaît... restez avec moi

Cette réaction n'était pas normale. Quelques secondes auparavant, elle s'était attardée dans ses bras, et maintenant, sans donner d'explications, elle le repoussait. Il fut déconcerté. Qu'est-ce que cela signifiait ? Son regard traqué s'accrocha un instant au sien mais, toujours sur ses gardes, elle continuait à le dévisager avec méfiance.

— Je n'ai pas confiance, finit-elle par avouer.

— Je ne vous plais pas, n'est-ce pas ? Peut-être avez-vous... peur des hommes ?

Il l'avait enlacée spontanément, sans lui demander son avis, sûr de lui comme à son habitude. Ayant déjà obtenu plusieurs refus, il ne s'avouait pas pour autant vaincu. Claire lui plaisait, donc, il devait lui plaire aussi. C'était une évidence ! Son idée, tenace, lui affirmait qu'elle lui appartiendrait un jour, contre vents et marées et si elle refusait, il emploierait la force. Après, on verrait venir, mais en attendant...

Eh bien ! rien de ce qu'il espérait ne se produisit. Il se trompait, une fois de plus.

Insultée par la remarque blessante, Claire sentit ses joues devenir écarlates. Il venait de la toucher en plein cœur. Alors, pour se défendre et lui prouver qu'elle n'était pas une femme facile, à son tour, elle le piqua par des mots aigres et il entendit cette réponse surprenante :

— De vous, oui monsieur, j'ai peur !

Elle tourna fièrement les talons et s'en alla, le laissant seul sur la place, interdit.

«Qu'est-ce que je fous ici, comme un con ! » pensa-t-il rageur. Que vont penser les autres là-haut ? Pourvu qu'ils n'aient rien vu ni rien entendu ?

Atteint dans sa dignité, il envisagea des moqueries, des sourires en coin, des paroles insidieuses. Il regarda autour de lui, à la dérobée, leva discrètement les yeux vers les fenêtres du premier étage et ne vit personne. Anxieux, mais ne voulant pas le montrer, il prit un air détaché et revint sur ses pas. Les étudiants, groupés devant le panneau d'affichage, encombraient le hall et bloquaient le passage de toutes les issues. Baissant la tête pour ne pas être reconnu, avec peine il se fraya un chemin, saisit la rampe des escaliers et se retrouva dans la large salle d'examens où les confrères bavardaient tranquillement, toujours réunis autour de la table.

— Ah ! le voilà ! Où étais-tu passé, vieux ? tu as eu un malaise ?

La phrase candide le délivra du terrible doute.

— Non... Non... Ce n'est rien. J'avais oublié mon porte-feuille dans la voiture.

— Et la voiture n'était pas fermée à clé je suppose ?

— Exactement !

L'étourderie paraissait si énorme que tous se mirent à rire. Puis, comme si de rien n'était, Marc, détendu, lança à la ronde :

— Alors ? Qu'est-ce que vous pensez de nos futures infirmières ?

* * *

Mois de novembre, mois des disparus et tristesse aux alentours. La campagne pleure le soleil et l'insouciance des vacances ; les arbres, dépouillés de leurs feuilles, dressent leur squelette et implorent le ciel ; Au loin, le courant de la Garonne transie résonne par delà les collines, suit son cours naturel et se faufile entre les rangées de peupliers chagrinés par la brume. Le parc de la «Treille», joliment fleuri et verdoyant à la belle saison, ressemble à une carte postale ternie par le temps. Heureusement, Louis Avrilliers n'est pas là pour contempler ce spectacle désolant. Lui, si fier de ses talents de jardinier s'en trouverait particulièrement affecté. Claire est en proie à la réflexion. Quatre mois environ viennent de s'écouler depuis le fameux soir de la rupture avec Thierry. Lorsque la vie passe, sans problème, doucement, au fil du temps, rien ne prend de l'importance, tout semble statique, fade, languissant. Bien souvent, depuis sa tendre enfance, elle avait éprouvé ces moments de lassitude, d'inutilité ; même l'amour ne lui suffisait pas. Aujourd'hui, accoudée à la balustrade de la terrasse, les yeux vagues, elle balaie du regard la nature dénudée et pense aux événements, pleins d'imprévus, aux conséquences inimaginables qui ont donné naissance à sa nouvelle vie. Quatre mois, c'est vrai, ce n'est rien, mais cela peut être tout, parfois.

L'image de Marc Ramberlain passe devant ses yeux et son cœur se met à battre. Contrariée, d'un seul coup elle la chasse. Sa première année à l'école d'infirmières va commencer bientôt et les aventures n'ont plus de place dans son cœur. Finis les sentiments, les joies, les doutes et les déceptions ; son avenir dépend uniquement de son choix. Noyée dans ce grand océan où elle vient de plonger, elle recule d'un pas, fait un geste. Mains ouvertes, tendues vers le ciel, tête renversée, elle murmure à la campagne déserte :

« Seigneur, aide-moi. Donne un sens à ma vie. J'ai besoin de faire le bien, d'aimer mes frères, de soulager leur souffrance. Je suis jeune, ma vie s'ouvre devant moi et me donne toutes les possibilités pour remplir cette mission. Permets que jamais je ne regrette mon choix. Je te fais confiance et te remercie de tout mon être».

Purifiée par ces paroles, elle frissonne, serre sa veste sur ses épaules et revient au salon.

* * *

Marc lit. Les romans policiers l'ont toujours passionné mais aujourd'hui il suit le texte, indifférent. Dehors, le vent d'Autan se lève, fait claquer les volets contre le mur. Ses oreilles n'entendent pas le bruit. Solitaire, il laisse ses pensées voguer ailleurs, dans un monde irréel où seuls, l'amour, l'harmonie et le bonheur règnent.

Une femme s'éloigne dans sa vie. Une autre vient d'y entrer, subitement, à l'improviste. Long cou gracile, grands yeux marron foncé aux lueurs mystérieuses, bonté de l'âme, gestes harmonieux et voix limpide mais… caractère volontaire, réactions vives, sensibilité à fleur de peau. Tout ce qu'il aime chez une femme. La voir évoluer auprès des blessés, l'entendre parler ou surprendre un léger vague à l'âme dans un regard absent, tout cela le fait frémir de désir. Il rêve et plonge dans un monde lumineux : Le cou gracile se penche vers lui ; il l'embrasse encore et encore, autant de fois que Claire le demande et jamais elle ne semble rassasiée. Elle lui murmure des « Je vous aime », se serre contre lui, embrasse ses lèvres sensuelles qui ne demandent qu'à boire au calice des siennes. Une infinie tendresse touche son âme. Jamais il n'aurait pensé, un jour, être amoureux d'une femme comme il l'était, à cet instant, dans son imagination. Claire appartient à une autre dimension dont la force lui est inconnue. D'où lui vient cet appétit de venir en aide aux autres, aux souffrants ? Il l'a vue agir, parler, sourire à tous ces malheureux gisant sur leur lit d'agonie. Tous l'aiment et veulent la voir. Lui-même a éprouvé une semblable attirance et est tombé amoureux fou. Elle lui résiste. Elle ne l'aime pas. Il en est malade. Résigné, il ne peut qu'imaginer son corps nu, la forme de ses seins, de ses fesses, de ses cuisses, ressentir la douceur de sa peau, mais ce n'est qu'une illusion parmi tant d'autres. Cette jeune femme, il la devine et la désire. Il l'aime. Un jour, elle tombera dans ses bras. Alors, fou d'amour, il la bercera avec volupté, l'embrassera, l'entraînera sur un lit, la déshabillera et lui fera merveilleusement, tendrement, longuement l'amour.

Brigitte avait disparu de ses rêves.

Claire avait surgi d'un monde irréel et s'était placée, sans le vouloir, en plein cœur... dans son cœur !

Le vent continue à souffler de plus en plus fort et rabat les volets par petites secousses contre le mur. N'éprouvant aucun intérêt pour la lecture de son livre, il le ferme, éteint la lampe et s'enroule dans les draps. Les bruits de la nuit, amplifiés par la pluie qui commence doucement à fouetter les vitres, l'empêchent de trouver le sommeil. Il passe en revue ses malades, se remémore les traitements, les gestes et les conversations échangés, pense très fort à Claire et finit enfin par s'endormir, le corps enflammé de désir et de passion.

Ses rêves, cette nuit-là, sont un enchantement mais à l'aube, il se réveille, affreusement déçu de se retrouver seul dans son lit, face à la réalité cruelle.

Épuisé, vers sept heures, il se lève, traîne ses pas sur le parquet et prend sa douche. L'eau tiède le revigore, lui donne de l'énergie pour affronter sa dure matinée. Un programme chargé l'attend au bloc, impitoyable. Aura-t-il la patience et l'intelligence du cœur de se montrer à la hauteur d'un homme compréhensif ?

Ce matin, le professeur Malville opère et Marc jouera le rôle de l'aide opératoire. Il aurait préféré diriger lui-même l'intervention, mais devant le professeur, il ne peut que s'incliner.

C'est ce qu'il fait.

Pénétrant dans le bloc, il se concentre, ferme les yeux, respire profondément et se voue entièrement au corps nu et abandonné étendu sur la table. Le professeur Malville pénètre à son tour dans la salle, le salue, enfile son vêtement stérilisé puis il s'approche du patient, vérifie sa position, son état général retransmis sur les écrans et demande d'un ton ferme à l'anesthésiste

— On y va ?

Les infirmières commencent à faire les gestes classiques, propres aux interventions abdominales. Leurs pas feutrés vont et viennent sur le carrelage, leurs yeux attentifs suivent chaque mouvement et leurs oreilles aux aguets sont constamment sur le qui vive.

—Tout est prêt ? Avez-vous commandé les fils et les pinces à ressort ? Est-ce que le laboratoire et le centre de transfusion ont été avertis ? Avez-vous récupéré les radiographies ?

— Oui professeur. Une stagiaire doit vous les apporter

— À ce propos, Marc, dit-il soudain, tout en incisant la peau flétrie de l'abdomen, Mlle Avrilliers, la jeune femme blonde de l'attentat, tu t'en souviens? Je lui ai demandé d'assister à l'intervention. C'est elle qui doit nous amener lcs radios.

Stupéfaction.

— Je l'aime bien cette fille. Elle me plaît.

Les infirmières, surprises, se regardent et se font des signes discrets.

— Le directeur de l'école l'accepte pour ses études. De ce fait, elle viendra chez nous pour ses stages. Marie l'a invitée pour dîner un soir à la maison. Mon père veut absolument la connaître. Tu sais le rôle qu'elle a joué dans la rue le jour de l'attentat ? Si tu es libre, viens donc partager notre repas.

Silence dans la salle. Les paramètres scintillent sur les écrans, le ballon d'oxygène appliqué sur le nez du malade se gonfle et se dégonfle au rythme lent d'une respiration soutenue, la pendule accrochée au mur marque les secondes d'un léger son mat. Huit heures quinze. Les doigts de Marc tremblent et tiennent avec peine les pinces posées sur le thermocautère. De petits vaisseaux saignent aux alentours et la coagulation doit être effectuée nette, rapide, sans hésitation.

—Tu es fatigué Marc ?

La surprenante interrogation le pique au vif et lui fait prendre subitement conscience de son engourdissement. D'habitude ses gestes sont maîtrisés, précis, habiles. Là, un trouble sournois s'est infiltré dans son corps et l'embarrasse au point de le bloquer dans ses mouvements. Le professeur lève les yeux au-dessus de son masque, le regarde et ne prononce pas un mot. Ce regard profond et silencieux en dit long. A-t-il compris l'état dans lequel se trouve son collaborateur ?

Le temps s'écoule.

Neuf heures. Les deux confrères œuvrent toujours dans le silence total. Les doigts de Marc sont redevenus précis et les battements de son cœur se sont calmés. Pas pour longtemps !

Claire entre dans la salle, vêtue de sa tenue stérile et sans regarder autour d'elle, s'approche du mégatoscope et y place les radiographies.

Marc a le souffle coupé. Sa présence l'intimide mais, en même temps, paradoxalement, lui insuffle une extraordinaire énergie. La fille qu'il aime est là et il n'en revient pas. Il a tant rêvé d'elle cette nuit ! Il doit tout tenter pour lui plaire, pour lui montrer sa capacité, sa compétence, sa dextérité. Il la regarde furtivement et croise ses grands yeux marron où il croit percevoir une lueur de joie. Oh ! le coup de poignard dans son cœur ! Il hésite, se dit : « Et si c'était vrai ? Si je pouvais lui plaire ne serait-ce qu'un tout petit peu, le bonheur entrerait dans ma vie et je serais le plus heureux des hommes... »

Midi. L'intervention se termine. Danielle prend la place du professeur et fait le pansement. Marc sort ses gants, prend du champ[1], s'éponge le front et, sans plus attendre, baisse son masque et prend une bouffée d'air. Le professeur lui donne une amicale tape dans le dos et l'entraîne vers la sortie. Tout deux semblent épuisés mais ravis d'avoir collaboré. Claire les regarde s'éloigner tour à tour. Marc sent l'insistance de son regard et se retourne, mais, devinant son réflexe, elle se détourne aussitôt et vient en aide à Danielle qui achève de poser le sparadrap sur la plaie. Déçu, il arrache son calot, ôte ses bottes en caoutchouc et quitte son tablier. L'anesthésiste donne les dernières recommandations de surveillance et sort un instant dans le couloir détendre ses jambes ankylosées.

— Alors Marc, c'est d'accord ? Tu viendras à la maison un soir ? Marie sera ravie de t'avoir à notre table

---

1. Petit linge stérile employé le plus souvent pour des interventions abdominales.

— Non professeur, ne comptez pas sur moi. Je me couche tard depuis quelque temps, je suis très fatigué, je ne peux plus me permettre ces fantaisies de jeunesse. C'est grave. Vous comprenez ?

Le professeur hoche la tête et apprécie la réponse.

— Dis-moi, dit-il tout à coup, pourquoi étais-tu si stressé au début de l'intervention ? Tu as des problèmes en ce moment ? La direction s'est plaint à ton sujet. Cela ne me regarde pas mais... qu'est-ce qui ne va pas ? Tu n'es plus le même depuis quelque temps. Tiens ! Depuis le jour de l'attentat. Tu as été choqué, n'est-ce pas ? C'est un gros choc psychologique que nous avons tous subi. Mais... peut-être aussi est-ce parce que les amours ne vont plus entre Mme Modrack et toi ?

Marc ne répond pas. Intrigué, le professeur respecte son silence et le prie de le suivre jusqu'à la cafétéria. C'est l'heure du déjeuner. Jeanne, sachant combien la matinée sera longue et pénible, leur a réservé une table au fond de la salle, loin du bruit, à l'abri d'un petit box sympathique. Une employée vient les servir. Ils prennent place, l'un en face de l'autre en se dévisageant.

— Je suis tombé amoureux d'une jeunesse, lui révèle le professeur. À mon âge ! Figure-toi que la jeune stagiaire que je parraine me trouble et m'empêche de dormir et de manger. C'est incroyable ! Quelque chose émane d'elle que je ne peux expliquer.

Une gorgée de vin, à moitié déglutie reste coincée dans la gorge de Marc et le fait violemment tousser. Il se lève, se dirige vers la fenêtre, cherche de l'air. Ce n'est rien voyons ! juste un peu de vin avalé de travers et passé dans la trachée ! Le professeur lui tape brusquement dans le dos et le force à respirer. Cette réaction imprévisible le suffoque, puis l'étonne.

— Tu as avalé de travers mon ami !

Regrettant la révélation de son secret, le professeur rectifie le sens de ses paroles. Il a dit n'importe quoi au sujet de Mlle Avrilliers et que ce soit cette fille ou une autre, cela n'a pas d'importance. Il les aime toutes et n'a plus de temps à perdre. Marc est jeune et l'avenir lui sourit. Brigitte Modrack est mariée et, par conséquent, n'était pas une femme pour lui.

Marc devient furieux. Sa vie privée ne regarde personne et encore moins ce professeur qui se permet de lui faire la morale et de lui parler comme un père. La quinte de toux passée, sentant revenir le rythme de sa respiration, il lui dit :

— Professeur, j'ai passé l'âge d'être traité comme un petit garçon. Je vous demanderai, à l'avenir, s'il vous plaît, de ne plus prononcer le nom de Brigitte Modrack. C'est mon affaire. Je n'ai besoin d'aucun conseil, et encore moins du vôtre !

Le repas n'est pas fini. Il se lève brusquement.

— Au revoir professeur !

La porte de la cafétéria s'ouvre sur son passage et se referme aussitôt.

Éberlué, le professeur n'a pas la présence d'esprit de le retenir. Il le regarde partir, sans faire un geste.

CHAPITRE 6

1er Décembre. Par la fenêtre des chambres les malades assistent à la valse de quelques flocons de neige qui tourbillonnent sous un ciel gris. La terre, déjà recouverte d'une fine pellicule blanche n'en finit pas de s'étaler à perte de vue jusqu'aux collines boisées tout là-bas, perdues dans la brume. Spectacle morose, triste, déprimant.

Affichées à l'entrée des salles d'opérations, les interventions de la journée s'étalent à la vue des spécialistes et des infirmières qui vont et viennent, chacun préoccupé par ses fonctions et ses responsabilités. L'heure, non respectée déséquilibre parfois le planning et provoque une ambiance électrique. La surveillante générale, habituée a recevoir quelques remarques déplaisantes, n'y prête pas une grande importance et continue imperturbable, à vaquer à ses occupations.

La chaleur de la stérilisation provoque de la buée à l'intérieur des larges baies, tandis qu'au dehors, le givre recouvre toute la campagne transie. Les boîtes d'instruments, de linge et de compresses sont retirées des autoclaves et données aux aides soignantes qui les transportent sur des chariots et les distribuent dans la salle réservée à cet effet. Attentives, les infirmières vérifient leur destination et achèvent de préparer les salles en conséquence. L'hôpital ressemble à une véritable ruche dans laquelle chaque abeille à sa propre fonction. Mais...Où donc se trouve la reine ?

Jeanne, la surveillante, s'active. Sa principale occupation est de répartir le travail de chaque infirmière dans une salle d'opération, mais, aujourd'hui, l'hôpital est surchargé d'urgences et le personnel insuffisant. Claire voulait connaître l'ambiance d'un bloc au cours d'une affluence ; ce jour-là comble ses vœux.

Mme Modrack, alertée, décide de venir jeter un coup d'œil au bloc. Une aide soignante se précipite vers elle, lui tend une blouse blanche, des bottes et un calot puis lui ouvre la large porte d'entrée. Tout le monde n'a pas le privilège d'entrer dans cet endroit et doit montrer patte blanche. À peine vient-elle d'y pénétrer...

— Que se passe-t-il Mlle Jeanne ?

— Nous sommes débordées et pas assez nombreuses madame.

— Eh bien ! faites appel aux infirmières de remplacements !

— Le professeur Malville nous a recommandé Mlle Avrilliers pour nous aider, mais je crains que ce soit insuffisant.

Le nom de Mlle Avrilliers fait sursauter Brigitte, mais, très vite, elle se contrôle et prend un air désinvolte.

— Eh bien...voilà une personne de plus ! Voyons... les urgences ne vont pas durer éternellement ! Où donc est-elle en ce moment ?

— En salle de réveil madame. Demain, elle doit commencer définitivement ses stages chez nous, à l'hôpital.

Brigitte, contrariée, serre les dents.

Jeanne, ravie, marque un point.

Claire, en salle de réveil, surveillait les opérés de la matinée. Elle allait de l'un à l'autre, épongeait un front en sueur, se penchait sur un visage, ajoutait des calmants dans les perfusions... Derrière la baie, Brigitte ne la quittait pas des yeux. Depuis longtemps elle désirait connaître cette «fameuse» jeune femme mais jamais l'occasion ne s'était présentée. Voici que, sans le vouloir, le moment tant désiré venait de s'imposer. Elle vit d'abord une silhouette longue et altière se glisser entre les chariots, se pencher sur chaque malade, recueillir des mots à peine perceptibles, eut le temps de détailler les attitudes, les mouvements, les gestes, mais le visage caché par un masque et tourné dans une direction différente lui était invisible. Tout à coup, Claire, sentant une présence, jeta un regard vers le couloir. Ses yeux rencontrèrent ceux de Brigitte rivés sur elle et, spontanément, sans savoir à qui elle s'adressait, elle lui sourit. Au même moment, le masque, en équilibre sur son nez, tomba sous son cou. Brigitte put voir un visage pâle, sans fard, sans attrait particulier et fut soudain soulagée. Cette jeune femme n'avait rien d'extraordinaire, sauf, peut-être, une distinction innée qui émanait de sa personne, mais rien de plus, à son avis, qui puisse attirer le regard. Déçue (mais ravie de l'être !) elle lui fit un signe de la main, lui signifiant de continuer la surveillance et se retira.

Dans le couloir, Jeanne allait d'une salle d'opération à une autre, ouvrait la porte, regardait si tout allait bien et donnait quelques conseils encourageants. Brigitte la croisa à nouveau, lui demanda le planning de la semaine et lui recommanda de prévenir les infirmières de remplacement si le cas s'avérait nécessaire. Elles échangeaient quelques mots lorsque Marc, le pas lent et le visage tiré vint dans leur direction. Il passa devant elles comme un somnambule, salua Brigitte d'un discret mouvement de tête et entra dans la cafétéria. Jeanne ne fut pas surprise de cette réaction, mais Brigitte parut offensée.

— Je crois deviner la cause de sa fatigue madame. Une de ses malades va très mal : la péritonite de la semaine dernière.

En effet, ce matin, une mauvaise nouvelle avait circulé dans le service de chirurgie, incitant chaque infirmière à prendre des précautions particulières auprès de la jeune fille hospitalisée à la chambre n° 20. Le Dr Ramberlain craignait une infection due au staphylocoque doré et se posait de graves questions à ce sujet. Mme Modrack réfléchit un instant. Intriguée, elle dit au revoir à Jeanne, lui tourna prestement le dos et vint rejoindre Marc à la cafétéria. Seul dans un coin, il paraissait éteint, malheureux, triste à mourir. Elle vint près de lui, prit à son tour un café.

— Ça va ?

Il resta immobile, prêt à s'effondrer.

Inquiète, elle reposa la question.

— Ça va ?

— Non, finit-il par répondre, tout va mal. Fous-moi la paix !

— Eh ! Tu pourrais être plus gentil. Je viens voir ce qui ne va pas au bloc, je suis prête à vous aider et à vous donner du personnel supplémentaire et tu m'envoies « sur les roses » ! J'aimerais bien que tout le monde contribue à une bonne ambiance. Ce n'est pas ta faute si ta péritonite de l'autre jour va mal. Tu as opéré immédiatement, non ?

— Ah ! Tu le sais déjà ?

Brigitte hocha la tête en guise d'acquiescement.

— C'est une jeune fille de quinze ans. Malville était de garde, il m'a appelé et m'a demandé ce soir-là d'opérer à sa place. C'est ce que j'ai fait.

— Et... qui t'a aidé ?

— L'externe Jean-Michel qui se trouvait dans le service. Ce n'était pas sa première intervention, il m'avait déjà aidé la nuit de l'attentat. C'est un type bien qui nous rend de grands services. Je suis très «emmerdé» Brigitte, je sens que cette gosse nous file entre les doigts et je ne sais que faire. Depuis le deuxième jour elle a 40 ° de température et se tord de douleurs malgré les calmants. Ce n'est pas normal. Je crois qu'il faut ouvrir à nouveau...

Il avala à la hâte son café, passa ses mains dans ses cheveux et sortit dans le couloir.

Brigitte, tourmentée, le regarda partir lentement.

Les cours terminés, Claire, fatiguée par la rude journée se dirigea vers le vestiaire. Elle quitta sa blouse, s'habilla chaudement et sortit. Dehors, le vent froid la saisit, l'obligeant à serrer son manteau autour d'elle et à enrouler sa tête dans son écharpe de laine. Une nuit noire, triste, enveloppait l'école et toute la campagne aux alentours. Arrivée près de sa voiture, elle regarda les arbres dépouillés, leva les yeux vers le ciel dépourvu d'étoiles, vit un croissant de lune se faufiler entre des nuages menaçants et frissonna. Il était dix-neuf heures, trente minutes, juste le temps d'aller faire quelques courses pour le dîner. Occupée par ses stages la matinée, ses cours l'après-midi, elle oubliait chaque fois de remplir son réfrigérateur et ne s'en rendait compte qu'au dernier moment, souvent vers vingt heures, avant la fermeture des magasins. Les commerçants, ayant appris par les journaux le courage et le dévouement dont elle avait fait preuve et sachant combien ses nouvelles fonctions l'accaparaient, conciliants, attendaient sagement sa venue. L'heure passée, s'ils ne la voyaient pas arriver, ils fermaient simplement, sans commentaires, pensant que le lendemain, à nouveau, elle reviendrait tard, dans la soirée, faire ses emplettes. C'était une façon élégante de témoigner à cette agréable jeune femme toute leur reconnaissance et tous leurs remerciements.

La faim lui tenaillait l'estomac. Les magasins étaient encore ouverts et leurs vitrines appétissantes donnaient envie de tout acheter. Elle dégustait à l'avance les victuailles, les légumes, les fromages crémeux ainsi que les petits pains chauds et croustillants et tous les gâteaux étalés à sa vue. Ses cours se terminaient tard et elle n'avait jamais le temps d'aller voir ses parents ni le temps de déjeuner. Chaque jour, le même rythme infernal se répétait : simple café au lever, sandwich vers midi, puis, thé avalé à la cafétéria vers une heure avant de se précipiter aux cours l'après-midi.

Elle fit ses courses, gara sa voiture, prit l'ascenseur et rejoignit son petit appartement. La chaudière se déclenchait à une certaine température, aussi faisait-il délicieusement bon. Seule, à l'abri du vent et du froid, elle se laissa aller sur le canapé et poussa un petit cri de satisfaction, mais ce cri, en vérité, sonnait faux. Il cachait une crainte, voire une inquiétude qu'elle avait pressenties au début de la matinée, lors du *rush* des urgences. Cette matinée surchargée l'avait épuisée mais c'est surtout l'attitude de l'interne qui l'avait stupéfaite : l'homme autoritaire et direct qu'elle côtoyait quotidiennement était devenu soucieux, préoccupé, sombre. Sa voix lente, ses pieds traînant à chaque pas et son dos voûté semblaient porter toute la misère du monde. Passant devant lui, elle l'avait regardé, l'air interrogateur, mais il ne l'avait même pas remarqué. Quelque chose de grave venait de se passer et l'interne paraissait bouleversé. Contrariée, elle en cherchait la cause quand, subitement, le souvenir d'un autre événement vint s'interposer : L'image, ou plus exactement, le regard de Mme Modrack rivé sur elle, derrière la baie du bloc. Ce regard ne lui avait pas parut franc et une intuition désagréable avait envahit son âme au point de provoquer un léger vertige. La directrice s'appelait Brigitte et ce prénom avait été inscrit sur le calendrier de l'interne. Mais, des Brigitte, il y en avait plein, en France et dans le monde !

Tout en préparant son repas, elle réfléchissait à l'incident. Personne, ici, n'aimait la directrice.

Un instant, son regard resta songeur. La tristesse du jeune docteur lui avait fait mal. Certes ! il l'irritait par ses façons, se croyait tout permis et jamais elle ne lui avait donné un quelconque espoir, ni répondu à ses avances. Or, son regard, ce matin, l'avait désarçonnée. Chassant ces idées incongrues, elle se mit à grignoter une biscotte et jeta un coup d'œil sur le cours de pédiatrie.

Tout à coup, elle entendit un bruit bizarre dans la cuisine. Elle se leva de son bureau, se précipita vers la «gazinière» et vit des flammes qui dansaient allègrement sous une casserole vide, noire de fumée. «Mes œufs»! s'écriat-elle. Les deux œufs avaient éclaté, montant jusqu'au plafond, et s'étaient écrasés en plein milieu du carrelage. Une odeur de brûlé gagna tout l'appartement, l'obligeant à ouvrir portes et fenêtres et le froid, immédiatement, s'engouffra à l'intérieur.

Qui la perturbait le plus : la directrice ou l'interne ?

Elle se rappela la chaleur et la puissance des deux bras qui l'avaient tenu par la taille et serrée le jour de son examen. Interdite, elle s'était cabrée. De quoi se mêlait cet homme ? Pour qui la prenait-elle ? La gêne éprouvée l'avait fait rougir jusqu'à la racine des cheveux. Quel toupet ! Mais les mots prononcés au creux de son oreille et le contact de sa peau sur sa joue lui avaient procuré du plaisir.

Contrariée d'avoir des pensées puériles, elle les chassa et tenta de se consacrer aux cours de pédiatrie. Grelottant de froid, elle referma portes et fenêtres, nettoya le carrelage, prépara un rapide bouillon et revint au bureau. Là, ouvrant son cahier, à la lueur de sa lampe, elle lut quelques phrases mais ses yeux, à nouveau, se perdirent dans le vague.

Le jeune Dr Ramberlain commençait peu à peu à envahir son univers.

* * *

Un coup sec fut frappé à la porte. Sans attendre la réponse, le professeur Malville pénétra dans le bureau de Marc et se planta droit devant lui.

— Ramberlain, je viens de l'examiner. Il n'y a pas de doute, il faut ouvrir à nouveau !

Marc ferma brutalement la revue qu'il feuilletait, leva la tête, fronça les sourcils. La voix chavirée mais le ton ferme il répondit :

— Je le pense aussi, mais j'attendais votre feu vert professeur. Allons-y !

Assis dans la salle d'attente, à l'entrée de l'hôpital, un couple angoissé attendait le résultat des examens concernant la santé de leur fille. Opérée en pleine nuit d'une péritonite la semaine précédente, son état s'était subitement aggravé et des douleurs persistantes, lancinantes, tenaces, résistaient à tout traitement. Alerté par cet état, Marc veillait sur sa malade jour et nuit, cherchant désespérément une explication. Il fit appel à l'externe qui l'avait secondé cette nuit-là et lui demanda s'il avait remarqué quelque chose d'anormal durant l'intervention. L'infirmière de garde, également convoquée, subit à son tour un interrogatoire sérieux mais rien ne laissait présager une faute professionnelle.

— Le compte des compresses était exact, n'est-ce pas?

— Oui docteur. Rappelez-vous, nous les avons comptées ensemble au moment où vous vous apprêtiez à refermer.

J'en avais trouvé deux enroulées dans une seule et j'ai été obligée de recompter une fois de plus.

— C'est vrai. Je me souviens également du compte des champs abdominaux. Il y en avait trois. Je les ai utilisés et ressortis. Donc, aucun problème de ce côté.

Le pus envahissait l'abdomen et plusieurs sérums avaient dû être employés pour laver et nettoyer l'intérieur de toutes les saletés. L'aspiration n'avait pas cessé de fonctionner et les compresses s'entassaient les unes sur les autres, imbibées de sérum versé à la demande. Une fois l'appendice sectionné, des antibiotiques en poudre avaient été répandus largement dans la plaie béante et le chirurgien avait procédé à ce moment-là à la deuxième partie de l'intervention, c'est-à-dire, à sa fermeture.

— Cet état fébrile et ces douleurs ne me plaisent pas ! Réfléchissons. Les instruments étaient stériles, n'est-ce pas ?

— Naturellement docteur !

— Est-ce que quelque chose vous a choqué, mademoiselle ? Avez-vous fait un geste septique qui aurait pu provoquer l'infection ? Ou bien est-ce moi-même qui ai fait une erreur ? Voyons... Reprenons au début : j'ai examiné cette jeune fille, j'ai diagnostiqué une péritonite et nous l'avons immédiatement opérée, j'ai... j'ai... etc.

Les souvenirs tourbillonnaient dans sa tête et toujours la même phrase résonnait sans cesse : Que s'était-il passé ? Qu'est-ce que j'ai pu faire pour provoquer de tels troubles chez cette malade ? Elle est jeune, elle a toute la vie devant elle, je ne comprends pas... je ne comprends pas... C'était terrible d'éprouver de l'impuissance face à une aggravation qui évoluait au fil des heures. Si personne ne réagissait, la mort allait l'emporter. Il fallait absolument prendre une décision.

Quelle heure est-il ? demanda Marc en regardant sa montre.

— Vingt et une heure. Allons-y répondit Malville. Quelle est l'infirmière de garde ?

Danielle, ce soir-là, avait une forte migraine et se trouvait dans l'incapacité d'exercer son travail. Françoise et les collègues, libérées de leur garde, étaient introuvables. Quant aux infirmières assurant la nuit dans les étages, aucune ne possédait les compétences d'une infirmière de bloc. Ennuyés, tous les deux, en secret, eurent la même pensée : Appeler Mlle Avrilliers. Elle avait acquis de bonnes connaissances concernant le bloc, ainsi leur serait-elle d'une grande utilité et puis sa présence apaisante leur serait bénéfique, ce dont ils avaient grand besoin.

Claire, à la lueur de sa lampe, révisait tranquillement les derniers cours de la semaine. La sonnerie du téléphone retentit. Marc, au bout du fil, lui demandait de venir expressément l'aider pour une urgence. Surprise de l'entendre à cette heure tardive, elle s'enquit des raisons qui avaient motivé son choix, alors qu'elle n'était encore qu'une simple stagiaire, et la réponse la stupéfia et la flatta. L'interne la considérait comme aussi efficace et capable que n'importe quelle infirmière diplômée d'état. Elle possédait des qualités rares : la vigilance, la concentration, la compétence et la discrétion. Et il ajouta :

— Nous avons, le professeur Malville et moi-même, un grave problème à résoudre, aussi nous souhaiterions vous avoir à nos côtés. Nous opérons dans un quart d'heure !

Elle n'eut pas le temps de répondre. Selon son habitude, (ou peut-être craignant une réponse négative) il venait de raccrocher et la laissait frappée de stupeur, ébahie, hébétée d'étonnement.

Le moment de stupéfaction passé, elle s'habilla à la hâte, descendit les escaliers et se dirigea vers le garage.

Dans le service, les infirmières de nuit l'attendaient avec impatience et essayaient de préparer la salle d'opération. Désemparées, affolées, elles cherchaient désespérément les boîtes d'instruments stériles, les boîtes de champs et de kimonos, se heurtaient devant les autoclaves et les «poupinels» en marche qui dégageaient une vapeur et une chaleur intolérables. Claire arriva au moment où les machines s'arrêtaient de fonctionner. Immédiatement, elle voulut les ouvrir mais elle se rappela que, dans les cas d'urgence, le double de toutes les boîtes et de tous les tambours de linge était déposé dans une salle attenante, sur des étagères. Délaissant la stérilisation, elle s'activa dans l'autre salle pendant que la patiente était transportée sur un chariot, déposée avec précaution sur la table et endormie aussitôt par l'anesthésiste.

Dix minutes suffirent. Le professeur Malville et Marc Ramberlain se lavèrent longuement les mains, pénétrèrent dans la salle, se laissèrent vêtir par Claire. Sans dire un mot, face à face, placé chacun auprès de la malade, ils se regardèrent, attendant, inquiets, le signal donné par l'anesthésiste.

— Nous pouvons commencer ? dit Marc en fronçant les oouroilo.

— Oui, on y va ? insista le professeur.

L'anesthésiste donna son consentement.

Le professeur opéra. Marc l'aida. L'abdomen, à peine incisé, le pus jaillit, éclaboussa leur kimono, leur tablier en caoutchouc et alla tomber jusque sur leurs bottes. Instinctivement, ils écartèrent les jambes. Le professeur grimaça. Marc transpirait et étouffait derrière son masque serré. Une pensée lancinante le tourmentait : Pourvu... pourvu que ce ne soit pas ça ! Son cœur battait la chamade. Une odeur nauséabonde s'éleva, se dispersa et empuantit l'atmosphère. Tous étaient en attente, retenant leur souffle, se lançant des regards interrogateurs, mais rien de suspect n'apparaissait sous le scalpel.

Et les minutes s'égrenèrent lentement, au son de la pendule accrochée au mur.

Tout à coup...

— Attention ! Aspire ici. Qu'est-ce que c'est que ça ?

Le geste franc, le professeur ramenait au bout de sa pince quelque chose d'étrange, une sorte de «boulette» gluante qui ressemblait tout à fait à un énorme caillot de sang. Intrigué, il le porta aussitôt en pleine lumière, sous le Scialytique, scruta la forme, évalua son poids puis le détacha de la pince et secoua la tête. Marc, immédiatement s'alarma et comprit. D'un geste vif, il saisit le caillot, le palpa, le tourna, le retourna et sentit une consistance molle glisser sous ses doigts tremblants. Quelque chose de dur résista sous la pression. Il prit alors le bistouri, le planta et trancha en plein milieu. Une poche se vida mais une petite boule ferme coupée en deux parties s'ouvrit et offrit à leur vue ébahie une compresse enroulée, calcifiée au contact d'un afflux de sang. Les douleurs vives, la formule sanguine perturbée et l'élévation de la température provenaient donc de ce corps étranger, oublié par erreur une semaine auparavant dans l'abdomen. À la fois honteux mais soulagés, ils n'osèrent se regarder par-dessus leur masque et aucune parole ne fut prononcée.

Ce que Marc redoutait le plus s'était produit et toute sa confiance venait d'un seul coup d'être ébranlée.

La pendule, imperturbable, continuait à laisser s'égrener les minutes dans le silence. L'anesthésiste baissa la tête.

Claire donna les derniers fils, les agrafes et fut d'une vigilance extrême pour le compte des compresses.

L'intervention se termina dans un silence total.

Marc, à la limite de l'évanouissement, arracha son masque, s'approcha d'un lavabo et s'aspergea le visage. Le choc reçu avait sapé sa confiance, troublé son équilibre psychique et physique, bouleversé tout son avenir professionnel et sentimental. Désormais sa carrière était brisée, cassée. Le professeur, comprenant son accablement, inquiet de la tournure que prenait l'événement s'approcha, appuya d'un geste tendre sa main sur sa nuque en imprimant une légère pression. Marc n'eut aucune réaction. Il fallait le laisser seul, face à lui-même. Rien pour l'instant ne pouvait le sortir du marasme dans lequel il s'enlisait. Il s'infligeait à lui-même une sorte d'autopunition: la peur de la destruction qu'engendre toujours la culpabilité.

Cette nuit-là, écœuré de lui-même, il décida d'abandonner sa profession et de se consacrer à ce dont il avait toujours rêvé : l'élevage des chevaux. Dans ce métier, la responsabilité est moindre et il n'y a rien de plus grisant que de galoper dans la campagne où au bord de la mer, assis ou dressé sur le dos d'un cheval.

À quatre heures du matin, il ne dormait toujours pas. Par sa faute, une jeune fille de quinze ans avait failli mourir et cela, il ne se le pardonnerait jamais. L'erreur avait dû être commise au deuxième temps de l'intervention, au moment où il allait commencer à fermer. Les compresses déjà comptées et leur nombre étant exact, il ne s'était plus préoccupé de la dernière qu'il avait employée et oubliée juste avant la fermeture. Cette terrible maladresse l'écrasait, le mettait dans un état de doute tel qu'il prit sa terrible décision : ne plus exercer la chirurgie. Demain, il aurait une longue conversation avec le professeur, l'opérée et ses parents, puis il irait voir Brigitte Modrack, lui donnerait sa démission et ferait ses adieux à tous.

Un chirurgien n'a pas droit à l'erreur.

* * *

Huit heures. Claire est en retard. La nuit a été brève mais l'essentiel, ce matin, est d'avoir des nouvelles de la jeune opérée et de savoir si l'interne et le professeur se sont remis de leur fatigue et de leurs émotions. Marc avait occupé ses pensées toute la nuit. Était-ce cela l'amour ? Elle se posait la question et s'interdisait d'y répondre parce que, simplement, elle ne voulait pas s'avouer la vérité. Ses études s'en trouveraient troublées et le chemin qu'elle s'était tracé avec tant de conviction également compromis et cela, elle ne le voulait à aucun prix.

Dés son arrivée au vestiaire, les infirmières de la nuit et celles du jour se groupèrent autour d'elle et la pressèrent de questions indiscrètes. Mme Modrack, informée par la rumeur, téléphona immédiatement à Jeanne. Pourquoi ces messieurs avaient-ils eu l'audace d'appeler Mlle Avrilliers cette nuit ? Cela signifiait que le chef du personnel avait été inapte à exercer correctement ses fonctions. Très tôt, le matin, Mlle Jeanne fut donc convoquée à son bureau et dû donner une explication nette à cette négligence. Navrée, stupéfaite, celle-ci ignorait l'épisode de la nuit, l'indisposition de l'infirmière de garde et encore moins l'appel demandé à une simple stagiaire. Cet incident, néanmoins, la réjouit : elle détestait la directrice. Plusieurs fois, aux heures tardives, au moment où le personnel quittait les lieux, elle l'avait aperçue dans le couloir du bloc, blottie entre les bras de l'interne mais toujours, par crainte, elle avait fait semblant de les ignorer. Si par mégarde, elle s'était risquée à en parler, sans pitié, Brigitte Modrack l'aurait congédiée sur le champ.

— Enfin, Jeanne, vous n'allez pas me faire croire que cette petite pimbêche de stagiaire a aidé à l'intervention cette nuit ? Elle n'a pas encore son diplôme !

— Oui, madame la directrice, vous avez raison, mais personne n'était disponible.

— Eh bien ! ils n'avaient qu'à vous appeler ! c'est votre fonction, non ?

— Bien sûr madame, mais ils ne l'ont pas fait.

Et piquée dans son amour propre, elle ajouta très naturellement :

— Ils ont préféré Mlle Avrilliers, elle est tellement compétente !

Brigitte Modrack s'immobilisa. Jeanne la regardait droit dans les yeux. Ces paroles qu'elle venait de prononcer calmement, sur un ton dur mêlé de haine et de vengeance, venaient de déconcerter d'un seul coup Brigitte et de lui montrer à quel point la surveillante la haïssait. Sachant sa liaison, cette dernière venait, par un chemin détourné, d'employer, avec un zèle sans égal, un remarquable argument psychologique. Le manège hypocrite, immédiatement décelé, montra la faille et Brigitte perçut de la jalousie à son égard. Plus encore : une souffrance, longtemps contenue dans une vie solitaire. Elle s'apprêtait à répondre violemment lorsque soudain, réalisant ce fait, elle modéra son impulsion et changea de tactique. Aussi rusée que Jeanne, elle dit à son tour, la voix doucereuse :

— Après tout Jeanne, tout est bien. Je sais que vous ne vous trompez jamais sur le choix du personnel et si vous dites que cette jeune femme est compétente, elle a dû faire le bonheur de ces messieurs qui sont toujours à la recherche de la perfection. Personne ne le sait sauf vous, les infirmières de nuit, l'équipe du bloc et moi-même. Je fais entièrement confiance à votre mutisme.

Stupéfaction.

— Il est vrai que, dans l'état où se trouvait la malade...

— Que voulez-vous dire Jeanne ?

— La première intervention n'a pas été une réussite et M. Ramberlain n'est pas toujours aussi adroit qu'il le prétend ! Vous le savez aussi bien que moi, puisqu'il vous a fait des confidences hier soir, à la cafétéria. Je veux dire que ce n'est pas normal de reprendre une intervention. Il a dû se passer quelque chose d'important. Voilà madame...

La «garce» ! pensa Brigitte en l'entendant s'exprimer de la sorte, sait-elle seulement à qui elle s'adresse ? Sait-elle à quel point ses propos sont graves ? Je n'ai pas assez d'arguments pour me défendre, mais je vais me renseigner. Ensuite, j'agirai selon les informations recueillies puis, sans tambour ni trompette je la mettrai à la porte. Et le plus vite possible !

— Ma chère Jeanne, Marc, enfin je veux dire M. Ramberlain, a toujours travaillé depuis son arrivée, main dans la main avec moi et ce n'est pas à présent que je vais l'abandonner. Oui, c'est vrai, j'ai obtenu quelques confidences de sa part parce qu'il me porte une grande estime. Surtout, ne vous inquiétez ni pour lui, ni pour moi. À tout à l'heure, dit-elle en lui faisant un sourire fourbe, je vous remercie beaucoup pour votre compréhension...

Elle pivota sur ses talons et lui tourna délibérément le dos.

* * *

Claire frappa discrètement à la porte et se hasarda à pénétrer dans la chambre. Hélène, la jeune opérée, reposait sur son lit, calme, détendue, libérée des affreuses douleurs de la veille. Certes ! son ventre mutilé lui faisait encore mal, mais c'était une souffrance différente, plus légère à supporter. À la vue de la jeune femme en blanc, son visage s'illumina et s'anima. Les parents, heureux de constater la subite transformation de leur fille s'avancèrent à leur tour et la saluèrent chaleureusement. Connaissaient-ils le sérieux incident de la nuit ? Se doutaient-ils de la grave erreur professionnelle ? Ils ne posèrent aucune question et Claire ne prononça aucune parole à ce sujet. Hélène réclamait le «sauveur» qui l'avait délivrée *in extremis* de son empoisonnement parce que, disait-elle, sans sa décision elle serait morte. Elle dit aussi toute l'admiration et toute la confiance qu'elle éprouvait envers lui. La nette amélioration de son état la rendait euphorique, presque belle et lui redonnait peu à peu le goût de la vie, comme si elle subissait une deuxième naissance.

Marc, à quelques minutes près, frappa lui aussi discrètement à la porte, l'ouvrit et se trouva nez à nez avec Claire qui venait juste de poser la main sur la poignée. Cette ouverture inattendue la déséquilibra quelque peu et elle serait tombée si une main puissante ne l'avait pas retenue fortement par le bras. Le cœur battant, ils se dévisagèrent, se dévorèrent du regard mais Marc, mal à l'aise, détourna la tête. La situation ambigue du moment ne lui plaisait pas, ni la présence de Claire : Il avait quelque chose d'important à dire à la malade, aux parents et il se devait d'être seul, face à ses responsabilités. Ses défauts étaient multiples, il n'avait rien d'un saint, mais une qualité primordiale le distinguait du commun des mortels : la franchise et cette qualité l'avait toujours sauvé de toutes les situations complexes. Ce matin, il devait avouer la vérité. Son visage fatigué, mal rasé et son regard de chien battu montraient une désespérance, un combat intime indéniable qui le rendaient si vulnérable, si malheureux que Claire comprit toute l'ampleur de son drame intérieur, toute sa souffrance morale, réelle, mal dissimulée et son cœur chavira. Elle l'avait cru invulnérable et voilà qu'il s'approchait d'Hélène, prenait sa main, regardant les parents tour à tour. Allait-il avoir le courage de parler ? D'avouer son erreur ? De s'excuser ?

Lorsqu'elle ouvrit doucement la porte pour sortir, un léger grincement se fit entendre et l'interne se retourna. Son regard étrange plongea une dernière fois dans ses yeux, s'y accrocha comme s'il voulait puiser une réponse, une aide, un encouragement à des questions éprouvantes posées à sa conscience.

Il savait qu'elle savait.

Toute la confiance du monde passa à travers ce regard.

Claire l'aima à cet instant.

L'entretien dura un long moment. Marc tardait à sortir de la chambre. L'infirmière hésitait à frapper, l'aide soignante n'osait faire le ménage, la laborantine attendait sur le pas de la porte, les flacons et son matériel à la main. La grave intervention de la nuit et l'accablement de l'interne laissaient le personnel embarrassé, indécis. Tout le monde se doutait qu'il y avait quelque chose de grave. Un chariot passa, fit un bruit crispant, disparut à l'angle du couloir. Des médecins passaient, les uns après les autres, jetant un coup d'œil discret en direction de la chambre. Ils visitaient leur patient, donnaient des ordres puis repartaient dans leur bureau rejoindre d'autres patients qui les attendaient avec inquiétude. Le service de chirurgie, fort réputé pour la qualité de ses soins, la compétence du personnel et la propreté de ses locaux donnait, ce matin-là, un certain tourment aux employés. Sans nul doute, il avait dû se passer quelque chose d'important et le Dr Ramberlain en subissait les con-séquences. Déjà, on murmurait dans les couloirs qu'il don-nerait sa démission, partirait ailleurs, peut-être dans un pays étranger, ou alors, s'il en avait la possibilité, il exercerait une autre profession.

La porte s'ouvrit enfin et la laborantine, restée dans le hall, vit, à sa grande surprise, deux hommes se sourire, se tendre la main et se promettre de se revoir bientôt.

Marc Ramberlain avait-il avoué son erreur ?

* * *

Dans chaque établissement, une hiérarchie s'impose mais personne n'aime être sous les ordres de quelqu'un d'autre, à plus forte raison lorsqu'une antipathie s'installe et devient chronique.

Brigitte Modrack n'aimait pas Claire. Sa douceur, sa tendresse et sa subtilité l'exaspéraient au point de la haïr et d'exercer toutes les ruses pour l'éloigner du service de chi-rurgie. Des rumeurs contrariantes, en effet, étaient venues jusqu'à ses oreilles, racontant des histoires invraisemblables sur le comportement de cette nouvelle venue, sur celui du Dr Ramberlain et Jeanne avait profité de l'aubaine pour pousser au maximum ces médisances. Cette dernière con-naissait l'erreur professionnelle et son vœu le plus cher était d'apprendre le départ de l'interne. Elle entendit, tout à fait par hasard, alors qu'elle passait devant le studio de Marc, une conversation téléphonique où il était question d'un rem-plaçant de dernière minute. Seule, elle avait tendu l'oreille mais quelques bribes de phrases seulement lui étaient par-venues, suffisantes toutefois pour comprendre l'im-portance du moment. Son vœu se réalisait et elle en fut fort aise. Espérant que la directrice l'apprendrait et que

Mlle Avrilliers ne recevrait plus de coups d'œil insistants de son prince charmant, elle se réjouissait, d'avance, du résultat.

Brigitte Modrack, grâce à son statut de directrice fut vite renseignée. Le Dr Ramberlain délaissait pour un certain temps l'exercice de sa profession et partait vers des horizons inconnus. Demain soir, à vingt heures précises, le Dr Blay, un ancien interne des hôpitaux de Paris, appelé d'urgence, prendrait la garde et assurerait le même service que fournissait son confrère. Mise devant le fait accompli, Mme Modrack, touchée dans son amour-propre mais également émue par la subite séparation, s'inclina.

Personne n'avait vu Marc partir. La femme de ménage vint comme tous les matins faire la chambre, vit quelques lettres traîner sur le bureau, jeta un coup d'œil indiscret et lut les adresses. L'une était adressée aux infirmières, une autre au remplaçant, une autre encore à Mme Modrack et la dernière au père de la petite Hélène.

Indifférente, elle les laissa bien en évidence sur le bureau et commença à épousseter les livres de la bibliothèque.

CHAPITRE 7

RESPONSABILITÉ

Il est écrit à ce sujet, dans le dictionnaire Larousse, la phrase suivante : « Obligation de réparer le dommage causé à autrui par soi-même, par une personne qui dépend de soi ou par un animal ou une chose qu'on a sous sa garde. Obligation de supporter le châtiment prévu pour l'infraction qu'on a commise. » Responsabilité égale conséquence de ses actes. Si vous ne savez pas prendre vos responsabilités, si l'erreur a été fatale, vous êtes un condamné à mort. Mot terrible, redoutable, tragique pour le faible qui n'a pas mesuré, à ce moment-là, la conséquence de son geste. Celui qui n'a pas eu à subir l'affront ne peut pas se rendre compte à quel point l'angoisse étreint le responsable. Sa vie bascule ; sa confiance s'altère ; son avenir est remis en question. Il sombre dans le désespoir ; songe au suicide... Quelle que soit la profession exercée, chacun, dans sa fonction, doit savoir être à la hauteur de sa tâche. Les actes manqués peuvent être graves et engendrer le remords toute une vie. L'oubli d'une compresse dans le ventre d'un malade par un chirurgien en est un exemple typique. Une erreur de calcul dans le compte, la fatigue ou l'inattention en sont les principales causes et Marc, ce jour-là, accablé de soucis, ébranlé et éreinté par l'arrivée massive des blessés n'avait pu résister à la tentation d'un laisser-aller fatidique.

Le regard fixe, le front plissé, il roulait à cent soixante kilomètres heure sur l'autoroute reliant Toulouse à Montpellier, sans se soucier de la vitesse de sa voiture. Plus rien n'avait d'importance. Arbres, voitures, camions ou poids lourds défilaient à vive allure, dangereusement, au même rythme que ses pensées. Si sa vie venait à disparaître, il ne laisserait aucune trace, aucun regret. Il en oubliait ses parents, ses cousins, ses amis et ses confrères...

La conversation avec M. Hardy l'avait particulièrement frappé et il se demandait si cet homme ne jouait pas un double jeu. Son histoire, invraisemblable, l'avait tellement époustouflé qu'il en arrivait maintenant à éprouver un terrible doute. Il regretta d'avoir écrit une lettre à son intention et de lui avoir donné sa parole de partir se ressourcer en Orient. Comment pouvait-on pardonner à autrui une lourde faute commise sur une personne de sa famille ? L'explication claire, dite avec simplicité, à présent, ne lui suffisait plus. Il en concluait que cet homme mentait, voulait l'amadouer, le prendre par les sentiments pour mieux l'accuser et lui intenter un procès par la suite. Ses pensées bouillonnaient dans sa tête sans qu'il puisse en arrêter le flot. Sa vie était foutue.

Pour se sortir de cette galère, il n'avait qu'une chose à faire : recommencer le dressage des chevaux, sa première passion, mais avant, un besoin urgent s'imposait à sa volonté : Il devait se rendre en Camargue, chez Gérald, son ami d'enfance, choisir un cheval, monter dessus et partir avec lui dans une galopade effrénée le long de la mer. Là, débarrassé de tous ses problèmes, il retrouverait l'insouciance de sa jeunesse et se laisserait aller pleinement à ses coups de cœur de jadis.

Soudain il freina, quitta l'autoroute, lut l'indication d'un itinéraire connu et s'engagea sur une route départementale. Une cinquantaine de kilomètres plus loin, un panneau indiqua la direction de « Sainte-Marie-de-la-Mer ». Il ralentit, modéra ses impulsions et se remémora sa jeunesse. Ce paysage, il le connaissait par cœur ; cette route, il l'avait parcourue à de multiples occasions, en été, lors des vacances passées chez son ami d'enfance ; chaque endroit lui rappelait des souvenirs précis. Ici, il y avait une grange où les vaches dormaient dans le foin. Plus loin, une petite cabane abritait un âne. À présent, il n'en restait que quelques vestiges et l'arbre gigantesque, là-bas, aperçu près d'une ferme. Ses racines, monstrueuses et enlacées autour de son énorme tronc donnaient encore une image déformée et grimaçante qui l'avait toujours impressionné. Son premier baiser à une jeune fille avait eu lieu près de cet arbre. Il se souvint... Il avait quinze ans, ses jambes tremblaient, son cœur battait follement, la peur d'un refus le rendait agressif et anxieux. Déjà, il n'acceptait pas l'échec.

L'évocation de ces souvenirs le transporta dans le monde de l'adolescence où ses premières amours, l'irresponsabilité, la frivolité, étaient ses seules préoccupations. La liberté... les chevaux... la joie des courses... l'amitié de Gérald... Que de nostalgie se mêlait à l'évocation de ces souvenirs ! Il regardait attentivement cet endroit comme s'il voulait à tout jamais le graver dans son esprit puis, résigné, il jeta un dernier regard derrière lui, accéléra et prit un petit chemin de traverse, bordé de rizières. La maison de Gérald n'était pas loin et des effluves d'iode commençaient à se disperser dans l'atmosphère. Il respira profondément l'air jusqu'à l'enivrement et se délecta de toutes ces sensations. Encore des kilomètres à parcourir, des rizières à longer, des chevaux à voir galoper dans leur enclos ou en liberté et bientôt il allait apercevoir, à travers la large étendue étalée à sa vue, la ligne horizontale de la Méditerranée.

Le soleil déclinait et enveloppait de ses faibles rayons toute la « pampa » Camarguaise frissonnante de froid. Marc contempla un moment ce paysage dénudé et sentit son cœur fondre dans sa poitrine.

L'espace d'un instant, il avait oublié le beau visage de Claire, son départ précipité, l'horreur de l'attentat et surtout, oui ! surtout la fameuse erreur professionnelle qui l'avait tant écrasé, au point de le faire douter de ses compétences et abandonner la chirurgie qu'il pratiquait avec tant de fierté !

Gérald, prévenu le matin même par un coup de fil, l'accueillit à bras ouverts, l'embrassa comme un frère et le fit immédiatement entrer dans la maison. Ému, il posa ses bagages, regarda autour de lui, reconnut le mobilier, la cheminée, le plancher, le plafond et s'exclama :

— Rien n'a changé mon vieux, tout est exactement comme la dernière fois lorsque je suis parti... Attends... Si je me souviens bien, j'avais dix-neuf ans à l'époque et j'étais en troisième année de médecine.

— Oui, tu étais sacrément en avance ! moi, j'avais juste vingt ans . Qu'est-ce qu'on s'est marré tous les deux ! Allons... viens ici que je te voie. Tu as mûri mais tu es toujours aussi beau gosse. Tu te souviens de Patricia ? De Manon ? De Mizou ? De Régine ? De...

Marc, malgré ses soucis et son vague à l'âme se mit à rire, tapa sur l'épaule de son ami et lui fit signe de se taire.

— Et toi, eh ! patate ! Tu avais une liste plus longue que la mienne. Le jour où ton père t'a trouvé dans le foin avec... Dis-moi le nom, voyons... Oui, avec Julie. Quel « engueulo » tu t'es attrapé ! Il faut dire qu'elle n'avait pas froid aux yeux la fille ! Ah ! nous étions heureux en ce temps-là...

Sa voix chavira. Ses yeux larmoyèrent. Humilié, il détourna la tête, toussa discrètement puis demanda tout de go :

— Tu as un cheval que je puisse monter, là, tout de suite ? J'ai besoin de retrouver la fougue de mes quinze ans, tu comprends ? Ensuite, je te raconterai pourquoi je suis venu ici.

La nuit commençait doucement à tomber sur la Camargue, mais il faisait encore assez jour pour faire une ballade le long de la mer. Gérald ne répondit pas. L'attitude de son ami venait de le toucher vivement et il comprit que quelque chose d'important était survenu dans sa vie. L'attentat avait ébranlé toute la France ; la télévision avait retransmis sur toutes les chaînes un spectacle d'horreur et l'hôpital avait été particulièrement cité à cause de la réception de nombreux blessés et la compétence de tous les chirurgiens. Marc habitait la même ville et exerçait les fonctions de chirurgien dans ce même bâtiment. Donc, il avait dû sûrement subir un terrible traumatisme !

Toujours en silence, il le prit par le bras, le fit sortir de la maison et le dirigea vers les écuries. Au passage, il saisit une selle, des étriers, une paire de bottes, les donna à son ami, puis il désigna un magnifique étalon et le laissa. Il dit simplement :

— Ce cheval te conviendra parfaitement. Je sais que tu es un excellent cavalier mais fais attention tout de même, ne le bride pas trop. À tout à l'heure.

Cinq minutes plus tard, Gérald regarda par la fenêtre et vit deux silhouettes s'éloigner doucement de l'écurie. Soudain, Marc se pencha sur la crinière, se cramponna et talonna son compagnon. Une poussière s'éleva aussitôt derrière les sabots et les deux silhouettes disparurent au grand galop en direction de la plage.

Pour conjurer le sort, Marc, ivre de liberté, amena son cheval jusqu'au ras des vagues et l'obligea à longer la mer. Ce cheval, fougueux, lui résistait. Il voulut le mâter, lui

montrer la supériorité du maître. Il le piqua sur la croupe, le
força à faire des bonds, à lever ses pattes de devant en guise
de protestation puis à avancer encore plus vite afin de
l'épuiser jusqu'à l'effondrement. Mais pourquoi donc em-
ployait-il un procédé aussi monstrueux ? Un besoin de vain-
cre l'oppressait, le vidait de ses tourments, de ses doutes, de
son amertume, de ses angoisses. Insensible au froid, le corps
raidi, soulevé par saccades et les yeux fixes, il en oubliait sa
propre personne, voulait gagner, même au prix de sa vie, le
combat contre cet animal insolent. Être toujours le plus fort,
le plus intrépide, voilà son drame ! Ce trop plein d'énergie
dont il avait conscience et qui lui faisait si mal, il pensait
qu'il devait l'évacuer par la force, la violence ou la révolte.
Depuis son échec subi devant l'indifférence de Mlle
Avrilliers, puis par l'erreur professionnelle, il avait reçu un
tel choc, ressenti une telle honte que, fou de douleur, de rage
et de déception, il en avait conclu que son avenir n'avait
plus sa raison d'être et que, désormais, il n'était plus bon à
rien. Le dressage des chevaux reprenait la première place et
occupait toutes ses pensées. Ce travail lui prendrait beaucoup de temps; il aurait à assumer des responsabilités, mais
celles-ci seraient moins importantes que celles prises par un
chirurgien, dans les mains duquel repose la vie d'un homme ! Un instant, il pensa à l'aveu que M. Hardy lui avait fait
lors de leur conversation et auquel il avait peine à croire.
Cet homme lui avait dit n'importe quoi et il s'était laissé
prendre au piège en lui assurant qu'il suivrait ses conseils.
Décidément, il avait agi comme un petit garçon sans personnalité.

Peu à peu, il commença à se calmer, à chasser ses vilai-
nes pensées et à réfléchir sur son comportement souvent
impulsif. Ce n'était pas la bonne solution de ruer sauvage-
ment comme il venait de le faire, mais l'épreuve de mesurer
sa force à celle du cheval avait été nécessaire et bénéfique
pour lui faire lâcher prise.

Le cheval hennit, ralentit sa course, reprit un rythme régulier. Ses sabots, enfoncés dans le sable, avaient laissé des traces profondes que recouvraient les lents flux et reflux de la Méditerranée. Aucune âme qui vive à l'horizon. Rien qu'un désert, le silence absolu et l'écho du trot qui résonnait au loin. Regardant droit devant lui, le visage ruisselant de sueur, Marc laissa échapper des larmes qui coulèrent sur ses joues puis, il sentit un immense apaisement envahir tout son être et le ramener à la raison.

Instants magiques, délirants, intenses.

Arrivé devant l'écurie, le cheval se cabra et refusa d'avancer. Marc, assouvi, descendit, le prit par la bride et lui parla doucement.

Le redoutable combat avait mis fin à toute la révolte contenue dans son cœur.

L'amitié retrouvée, un bon vin des sables au repas et voilà nos deux amis qui bavardent allègrement et se font des confidences en se tapant sur l'épaule. Leurs souvenirs de jeunesse les font beaucoup rire. Les soucis, le malheur et les déceptions accumulés durant leur courte vie semblent loin, mais soudain, la conversation dévie sur de graves problèmes. Chacun se raconte, en toute sincérité, ses déboires. Gérald est en instance de divorce depuis peu et vit seul dans sa grande ferme isolée. Ses enfants lui manquent. Les grandes questions fondamentales de la vie l'obsèdent et il cherche désespérément le pourquoi de sa destinée. Marc est célibataire. La gloire, l'argent, l'amour, tout lui souriait et flattait son ego. Il se croyait le maître du monde, jouait de sa notoriété et se pensait invincible.

La vie venait de leur donner, à tous les deux, une gifle magistrale qui les mettait, s'ils voulaient bien y réfléchir, face aux conséquences de leurs actes.

En hommes intelligents, ils commencèrent à se demander pour quelles raisons ils en étaient arrivés là. Ce n'était pas le hasard qui avait conduit Marc en Camargue, c'était un besoin intense, une impulsion, un désir fou de monter sur un cheval et de partir au grand galop, droit devant lui, à l'aventure. Il pourrait encore, s'il le désirait, dresser des chevaux et recommencer une nouvelle existence. Le goût de l'équitation ne l'avait jamais quitté. Rien n'était perdu. Demain, il s'exercerait à nouveau s'il le fallait, mais cette fois la course serait plus modérée parce qu'il en ressentait moins le besoin. Son trop plein d'énergie évacué, il se sentait vidé, exténué. Il commençait sérieusement à réfléchir à son comportement fougueux et aux causes de ses échecs. Ils s'écoutèrent mutuellement et longuement et chacun essaya de se mettre à la place de l'autre pour l'aider à comprendre, à démêler le fil conducteur de sa situation désastreuse. La conversation devint intense, passionnée, chacun prenant réellement conscience de ses propres défauts. Marc, troublé par le cas de son ami, lui déclara qu'il n'avait pas à désespérer. Sa femme et ses enfants l'aimaient toujours et tout devrait s'arranger à condition de savoir pardonner, de faire les premiers pas et de repartir sur des bases plus solides.

— Mon vieux, étouffe ton amour-propre et va les retrouver. Je t'assure, ils n'attendent que ça ! Tu ne vas pas tout « foutre en l'air » pour... une infidélité, non ? Elle t'a trompée, mais, est-ce que tu t'es demandé pourquoi ? Tu l'as bien fait toi ! D'après ce que tu me dis, tu lui en a fais voir de toutes les couleurs, alors, comprends-la !

Le *Listel* se buvait facilement et la vérité, pas toujours bonne à dire, continuait à sortir naturellement de leur bouche. C'était une conversation difficile, mais entre copains, les mots tranchants prenaient une autre valeur parce que l'un et l'autre se parlait ouvertement, sans acrimonie, pour leur bien et leur avenir. Gérald l'écoutait attentivement, acquiesçant. Il avala plusieurs fois sa salive et finit par accepter toutes les remarques. À son tour, il prit la parole et se mit à parler à Marc. Ses aveux l'avaient choqué.

— Marc, tu es un type bien et tu le sais. Ta réussite professionnelle est admirable mais, permets-moi de te dire, mon ami, que tu te fous en l'air par ton orgueil démesuré. Tu as toujours voulu te mettre en valeur, montrer aux autres ta supériorité, mais... de quel droit? Tu es un être humain fabriqué exactement de la même manière que les autres ! Simplement, la vie t'a donné la chance extraordinaire d'avoir des parents aisés et d'être doué d'une intelligence et d'une habileté exceptionnelles. Réfléchis bien à cela. Tu es entêté, impitoyable, intransigeant et tu n'acceptes pas l'échec. Regarde-toi donc en face! Tu penses plaire aux femmes mais ce n'est qu'une illusion. Est-ce que tu crois que le monde est à tes pieds ? Que sans toi la terre va s'arrêter de tourner ? Eh bien, moi, je te dis Non ! Et c'est là où le bât blesse. Marc, crois-moi, M. Hardy a raison. Sa bonté et son destin te donnent un sacré exemple et te mettent sur un droit chemin. Mets tes affaires en ordre, pars en Orient, oublie tout, fais le vide, lave-toi de toutes tes impuretés, fais une recherche intérieure. Si je te dis cela, c'est parce que moi-même j'en ressens profondément le besoin. Malheureusement, mon travail ne me permet pas, pour l'instant, de partir...

Ils se regardaient tous deux, chagrinés, étonnés de se parler avec autant d'amour et de sincérité. À travers la fenêtre de la cuisine, la pleine lune rayonnait de toute sa lumière blanche dans la nuit et semblait leur jeter un défi. Vers quatre heures du matin, ils parlaient toujours.

— Tu sais, dit encore Gérald, pour moi, c'est trop tard. Je n'ai plus rien à espérer.

— Non ! continua Marc, si tu as été franc dans tes propos, vous pouvez revenir ensemble. Toi aussi mets un mouchoir sur ton orgueil ! Promets-le moi ! Nous allons tous les deux faire un effort extraordinaire pour nous sortir de nos « emmerdes », et nous y arriverons ! Tu sais... c'est grave d'oublier une compresse dans le ventre d'un malade. Je suis un lâche parce que j'ai pris la fuite. Je ne sais pas ce qui m'attend, mais j'ai besoin de partir, de faire le point. Je sais que je ne changerai pas ma vraie nature mais je pourrai l'atténuer...

Marc avait prononcé cette phrase avec un trémolo dans la voix. Gérald l'écoutait toujours aussi attentivement, immobile, les yeux fixes. Ce qu'il y avait d'extraordinaire c'est que chacun voyait les défauts de l'autre, essayait de les analyser, de comprendre son attitude et d'apporter une solution, mais ils paraissaient aveuglés par leur propre comportement. Enfin, l'évidence finit par leur sauter aux yeux et ils découvrirent, horrifiés, toute la conséquence de leurs actes. Émus, ils tombèrent dans les bras l'un de l'autre et s'embrassèrent comme deux frères.

Il était temps d'aller se coucher. Bientôt le soleil allait se lever là-bas, sur la ligne horizontale de la Camargue offrant, dans un grand silence, un jour nouveau, plein de promesses et de projets. Marc attendit l'aube en regardant, l'œil vague, les étoiles briller à la pleine lune, puis, aux premiers rayons du soleil, il ferma la fenêtre de sa chambre et soupira.

Gérald avait raison. Sa décision était prise.

CHAPITRE 8

L'immensité du ciel semble frémir sous le vrombisse-
ment du Boeing 747 qui fend l'azur de ses puissantes
ailes. Une main virile écarte le rideau du hublot, le referme
aussitôt. L'avion vient de tourner sur la gauche et la lumière
éclatante du soleil a pénétré brusquement à l'intérieur. Sous
son énorme carcasse danse un festival de nuages aux multiples formes qui défilent et donnent libre cours à l'imagination fertile. Tout en bas, à travers l'opacité apparaît un
monde réel, vivant, secret : celui de la terre.

Le Boeing s'engouffre dans une zone nuageuse et le ciel
bleu disparaît. Un moment plus tard, apparaît l'immense
étendue de la Méditerranée étalée à perte de vue. Marc n'a
pas le temps d'admirer le fantastique paysage. Déjà, deux
hôtesses, le visage souriant, servent une collation. L'une
d'elles s'approche, présente un plateau. Elle a le même port
de tête et le même regard que Claire Avrilliers. Son cœur
saigne.

La pression atmosphérique commence doucement à sif-
fler dans les oreilles. Marc entend le bruit sourd du train
d'atterrissage qui sort, voit des champs, des routes, des arbres et le toit des maisons. Maintenant, se dessine, au loin,
une piste d'atterrissage. Le Boeing réduit sa vitesse, perd de

l'altitude ; des poteaux télégraphiques apparaissent très proches et les roues heurtent le sol dans une puissante secousse. Un freinage bruyant achève la course folle et arrête l'avion à quelques mètres de l'aéroport.

— Mesdames, mesdemoiselles, messieurs, le commandant Bépler et son équipage sont heureux d'avoir partagé ce voyage en votre compagnie et vous souhaitent un excellent séjour en Égypte. Il est exactement dix-sept heures et la température extérieure est de vingt-cinq degrés. Veuillez s'il vous plaît attendre l'arrêt complet de l'appareil avant de détacher votre ceinture et de quitter vos sièges. Merci.

L'air est étouffant et sent le kérosène. Des navettes vont et viennent sur la piste, transportant les voyageurs jusqu'aux autobus et repartant chercher les retardataires. Au loin, penchée au-dessus des balcons de l'aéroport, une foule bigarrée fait de grands signes de bienvenue et pousse des cris d'allégresse.

Subitement le monde occidental vient de céder sa place au monde oriental.

L'aérogare de Louxor grouille de monde. Cris d'enfants, roues grinçantes des chariots, bousculades, acheminement lent des bagages, impatience des voyageurs et les éternels « Bakchich » aux autochtones qui n'en finissent pas de tendre la main...

Un Égyptien de haute stature, beau comme un Dieu, se tient dans l'encadrement d'une porte de l'aérogare et suit des yeux l'arrivée des voyageurs. Son bras brandit un carton au-dessus de sa tête sur lequel on peut lire « Boat secret », aussi, Marc se dirige-t-il directement vers lui. Deux mots échangés en anglais suffisent.

Les bagages sont au complet. Les touristes prennent place dans un autobus et sont transportés sur la rive droite du Nil où le splendide « Boat secret » les attend. Marc a juste le temps de jeter un coup d'œil dans sa cabine, de poser sa valise sur une table, d'ôter ses chaussures et de s'allonger, tout habillé, sur le lit.

Le bateau glisse voluptueusement le long du Nil. L'aube se lève, dévoilant un ciel irisé, d'une couleur superbe dont seul l'Orient connaît le secret. Marc dort d'un sommeil de plomb et ne se doute pas à quel point ce spectacle est paradisiaque. Ni le départ du bateau, ni le bruit du moteur ne l'ont réveillé. Dormir, ne plus penser à rien, faire le vide, oublier, tout oublier... Déjà dans l'avion il commençait à lâcher prise lorsque l'hôtesse de l'air lui avait rappelé subitement Claire Avrilliers. Décidément, ces pensées le suivaient partout, même au bout du monde !

La clarté filtrant à travers les rideaux, il fini par se réveiller et se demanda un instant où il était. Il avait dormi onze heures d'une seule traite. Réalisant qu'il était sur un bateau, que ce bateau descendait lentement au fil de l'eau, il se leva d'un bond, écarta l'épais rideau et regarda par la baie. Ébloui de lumière, il vit le paysage légendaire des bords du Nil défiler lentement devant ses yeux. Un bien-être indéfinissable emplit tout à coup son corps et son âme. Jamais il n'avait éprouvé une telle sérénité. L'air était pur, aussi pur que le bleu limpide du ciel qui s'étendait derrière les dunes du Sahara. Le soleil, déjà haut, irisait de ses rayons toute une verdure florissante bercée par la douceur du vent, et les oiseaux, sans craintes, conquis par le calme, voletaient d'un arbre à l'autre, s'accouplaient en toute liberté ou buvaient à petites gorgées l'eau frémissante du rivage. Le bateau avançait au rythme alangui des croisières. Marc resta un moment immobile, à contempler ces images langoureuses qui passaient et s'effaçaient lentement à sa vue. C'était un monde archaïque, un monde harmonieux, mélodieux, plein de mystères qui s'ouvrait devant lui. « Ô temps, suspends ton vol et vous, heures propices, suspendez votre cours... » Qui donc chuchotait ? Il se retourna. Personne. Il était seul.

Heureux, il s'aperçut qu'il était toujours habillé et lissa ses vêtements froissés. Oubliant son petit déjeuner, il monta sur le pont. Le *muezzin,* quelque part, appelait à la prière et l'écho se répétait et résonnait à l'infini.

Une autre vie commençait ailleurs, dans une autre partie du globe pleine de lumière, de chaleur et de légendes. L'hôpital, les confrères, les malades et les « Amours » assaillirent ses pensées mais, très vite, un rictus au coin des lèvres, il les repoussa.

Il était venu ici, dans ce pays, pour balayer ses préoccupations, ses tourments, ses contrariétés et pour découvrir une autre forme d'existence accessible à ses désirs.

Désormais, plus rien n'avait d'importance.

* * *

— Modrack ? ici Malville. Avez-vous des nouvelles de Ramberlain ?

— Aucune professeur. Ce départ, je l'avoue, m'inquiète.

— Je suis comme vous mon ami. Une erreur professionnelle peut arriver à chacun d'entre nous, mais ce n'est pas une raison pour tout plaquer, que diable !

Ce départ précipité laissait l'hôpital en émoi. Du plus petit employé jusqu'au plus grand, tous paraissaient navrés par cette absence et les langues se déliaient, allaient bon train. Si Marc n'avait pas toujours été apprécié en raison de son sacré caractère et de son attitude frivole envers la directrice, en revanche, sa valeur professionnelle, ses responsabilités et son charisme laissaient un immense vide dans les cœurs. Même le Dr Modrack regrettait sa présence.

L'erreur commise sur la petite Hélène n'avait pas eu de conséquences dramatiques. Tout était rentré dans l'ordre.

— Il broyait du noir depuis quelques jours. Le croyez-vous capable de se suicider ?

— Grand Dieu ! J'espère qu'il n'en arrivera pas là !

Le professeur frissonna à l'écoute de ces redoutables paroles. Si le Dr Modrack parlait ainsi, sa femme, désolée, avait peut-être révélé quelques secrets. Il se souvint d'une de ses dernières conversations échangée avec Marc à la cafétéria et eut soudain un doute. Pourquoi, lorsqu'il lui avait avoué son attirance envers Mlle Avrilliers, celui-ci s'était-il subitement étranglé en buvant ? L'erreur, certes, avait largement contribué à la fuite, mais il y avait autre chose encore qui entrait en ligne de compte et qui chagrinait beaucoup son confrère : sa vie sentimentale. À trente deux ans, il vivait seul, dans son studio et passait son temps à opérer et à assurer les urgences. À cet âge déjà avancé, la solitude pèse. Brigitte comblait son manque affectif mais, une fois le fruit défendu dégusté, elle rejoignait son domicile et retrouvait l'homme qui partageait sa vie pendant que Marc, à nouveau seul, éprouvait du vague à l'âme. Cette situation illogique ne pouvait durer. Jamais il n'avait prononcé un mot à ce sujet, mais ici, à l'hôpital, tout le monde connaissait sa liaison. Le Dr Modrack, lui, le savait-il ? Les principaux intéressés, en général, sont toujours épargnés, mais un jour ou l'autre, tout finit par se savoir et la sentence est terrible. Le professeur, hésitant, se posait la question. Ce fut une réponse évasive qui lui fit entrevoir que, depuis longtemps, ce dernier avait, peut-être, découvert le pot aux roses.

— Ma femme est désespérée. Elle croit que Ramberlain ne reviendra jamais. Quant à notre remplaçant, elle n'éprouve aucune affinité envers lui. Vous la connaissez, quand elle n'obtient pas ce qu'elle désire...

— Que se passe-t-il ? se hasarda à demander le professeur.

— Eh bien... elle reste dans l'incertitude et son imagination la fait affabuler. Ainsi, aujourd'hui, elle m'a persuadé que Ramberlain était capable de mettre fin à ses jours et que le remplaçant serait inapte à assurer ses fonctions. Ces deux versions m'accablent. Qu'en pensez-vous ?

— Je n'en sais pas plus que vous, Modrack ! Si nous n'avons aucune nouvelle, je me verrai dans l'obligation de téléphoner à ses parents. Ce sont des gens âgés et j'avoue être très ennuyé. J'attendrai, toutefois quelques jours encore...

Qu'est-ce qui lui a pris de prendre la fuite, pensait le Dr Modrack, réellement peiné, et sa voix chavira au téléphone. C'était un homme bon, au préalable sans problème. L'erreur professionnelle de son confrère l'avait bouleversé, terriblement angoissé et il était prêt à tout pour le défendre et le protéger. Jouait-il la comédie ? Ignorait-il sincèrement la liaison ?

Quant au professeur, l'énigme planait toujours lorsqu'ils raccrochèrent d'un même mouvement.

* * *

Détente... Silence... Paix... Le rêve !

Marc lisait tous les matins dans sa chambre, bercé par le délicieux glissement du « Boat Secret ». Vers dix heures il se levait, se douchait, prenait son petit déjeuner dans la spacieuse salle à manger puis il montait sur le pont prendre l'air et le soleil. Accoudé à la balustrade, les cheveux doucement balayés par le vent, il regardait les felouques sillonner paresseusement le Nil, les villages, les temples, les villes et les mosquée s'échelonner le long de la rive, admirait leur architecture dessinée sous un ciel couleur d'azur. L'après-midi chaque escale était un enchantement. Connaissant à l'avance le programme du voyage, il se réjouissait des visites qui allaient le mettre en présence de toute une civilisation pharaonique si longtemps étudiée dans les livres. Le temps s'écoulait avec une extrême sérénité et la paix l'envahissait. Ce voyage fut une délivrance. Les Orientaux souriaient toujours, éprouvaient une joie de vivre mystique et possédaient des valeurs souvent oubliées par les Occidentaux. Marc découvrait un mode de vie différent où le matérialisme, loin d'être négligé, laissait une large place à la foi, la prière et la méditation. La conversation de M. Hardy prenait tout à coup une signification métaphysique et les mots fermement prononcés ce jour-là, lui revinrent, très nets, à la mémoire :

Fatigué, penaud et meurtri par l'erreur commise, il venait de frapper à la porte. Hélène, entourée de ses parents, prononça un oui timide et redressa la tête à la vue de son « sauveur ». M. Hardy s'approcha aussitôt, tendit la main. Mme Hardy se leva de sa chaise et fit le même geste. Maladroitement, Marc s'inclina puis il dit d'un trait en s'adressant à Hélène :

— Mademoiselle, nous avons retiré le professeur Malville et moi-même une compresse que j'avais oubliée dans votre abdomen lors de la première intervention. C'est une erreur professionnelle impardonnable et je devais vous le dire.

La faute était avouée. Marc s'attendait à la riposte mais, à sa grande surprise, le père s'avança, lui mit la main sur le bras et le regarda droit dans les yeux :

— Nous le savions docteur.

Un petit bateau croisa le « Boat Secret » et fit jouer sa sirène en signe d'appel. Ce bruit strident lui fit mal et le sortit subitement de ses pensées.

Le petit bateau passé, la conversation revint à nouveau, très nette :

— Lorsque j'étais prêtre en Afrique, je passais rendre visite aux malades dans les hôpitaux. J'ai eu à faire à un cas semblable au nôtre. Ce n'était pas une compresse qui avait été oubliée mais un champ. C'était pire !

— Vous, vous étiez... prêtre ?

— Oui docteur. Un cas de conscience terrible s'est posé à mon esprit lorsque j'ai revu Élisa. Le destin nous a réuni dans un petit hôpital de Casamance, au Sénégal. À cette époque je vivais avec des moines dans un couvent, loin du monde et du bruit. Une nuit, une infirmière est venue me chercher pour donner l'extrême onction à un malade. Quelle ne fut pas ma surprise de reconnaître... mon ancienne fiancée !

Sa voix chavira. Il avala puis il continua.

— Je crus défaillir, tant mon cœur battait fort. Nous étions, l'un et l'autre, abasourdis, pétrifiés, paralysés. Jamais nous ne nous étions oubliés et ce signe extraordinaire que le ciel nous envoyait a remis tout notre avenir en question, mais ceci est une autre histoire...

Marc, stupéfait, écoutait ces paroles et n'en croyait pas ses oreilles. M. Hardy, l'air déterminé, continuait à parler en le regardant toujours attentivement.

— Si je vous raconte ceci docteur, c'est pour vous dire que l'homme pour lequel j'avais été appelé se mourait des suites d'une péritonite, exactement de la même manière qu'Hélène. Il agonisait, plié en deux, en proie à de violentes douleurs. J'ai pensé que, peut-être, le chirurgien n'avait pas été à la hauteur de sa tâche. Vous savez, c'était un vieil homme usé par l'âge ; il refusait toute responsabilité mais en Afrique et dans un petit hôpital délabré de la Casamance, personne ne voulait prendre la suite, alors, en attendant, il continuait à opérer...

Marc apprenait... l'incroyable ! Non seulement la surprenante rencontre de l'homme et de la femme le sidérait mais en plus, il apprenait la misère cachée de tout un peuple. Les pays du tiers monde manquaient de chirurgiens, de médecins, d'anesthésistes et d'infirmières ; les médicaments étaient donnés au compte gouttes (quand il y en avait !) l'asepsie, non respectée, engendrait des infections, des septicémies et les hommes mouraient comme des mouches, faute de place et de soins.

— Cet homme... est-il mort ? demanda Marc.

— Oui. Après une deuxième intervention, Élisa, qui servait d'instrumentiste a vu l'oubli d'un champ dans l'abdomen. Jamais le chirurgien ne l'a avoué.

Un autre petit bateau croisa à nouveau le « Boat Secret » mais Marc, cette fois, ne l'entendit pas. Allongé sur un transat, à l'abri du soleil sous une tente, les yeux mi-clos il revivait intensément la scène.

En France, le contexte était différent. M. Hardy faisait confiance à toute l'équipe. Il voyait que Marc était soucieux, pensif, et il se disait que, certainement, Hélène allait être obligée de subir une deuxième intervention,

— Nous comprenions, ma femme et moi, que quelque chose d'anormal s'était passé et nous ne sommes pas surpris de votre aveu...

Que devait répondre Marc à de tels arguments ? Lui qui se prenait pour quelqu'un de compétent, d'invulnérable et qui tenait souvent des propos intransigeants, voilà que soudain, tel un coup du destin, l'épreuve venait de s'abattre sur sa personne. Toute sa confiance était ébranlée. Peiné et honteux, il ne pouvait avouer sa fatigue des derniers jours, ni le dégoût de la vie qu'il avait ressenti le jour de l'attentat. Ces monstrueux événements avaient provoqué chez lui un terrible choc psychologique et l'avait forcé à prendre conscience des réelles valeurs de l'existence, trop souvent rejetées et méprisées. Compatir à l'écoute et au malheur de ses patients lui paraissait dérisoire, mais en revanche, briller devant une assemblée et se pavaner auprès des femmes prenait à ses yeux une considérable et indispensable ampleur. Plus il croyait s'affirmer, plus il s'éloignait de l'essentiel et ressentait la solitude. M. Hardy devina son désarroi.

— Partez en Orient, docteur. Là-bas le repos et la méditation vous seront salutaires.

Il lui parlait comme à un frère, sans rancune, sans aigreur et lui faisait partager sa propre expérience. La recherche d'un sens à la vie avait toujours été sa grande question. Homme érudit, d'une grande valeur, il avait une connaissance approfondie de toutes les doctrines religieuses et avait tenté d'en faire une synthèse harmonieuse. Il avait souffert, lutté, apprit l'écoute, l'humiliation et donné le pardon aux hommes repentis. L'erreur est humaine, lui avait-il dit : il en avait fait lui-même l'expérience en choisissant la prêtrise. Cependant, les quinze années passées dans la solitude et la méditation lui avaient ouvert toutes grandes les portes de la compréhension et permis de se rendre compte de sa méprise et de son mauvais choix. Âgé de 40 ans seulement, il n'était pas encore assez vieux pour ne pas affronter une existence à deux. L'amour éprouvé pour Élisa fut plus fort que tout.

— Je suis un prêtre défroqué cher monsieur. J'ai un énorme cas sur la conscience. Vous comprenez maintenant pourquoi, à mon tour, je peux comprendre les affres de votre tourment. Notre fille est sauvée et nous vous en remercions du fond du cœur.

Devant ce pardon et ces remerciements inespérés, Marc resta sans voix. Il ne put que serrer chaleureusement les mains tendues vers lui et adresser un sourire plein de gratitude.

Le destin de M. Hardy était vraiment extraordinaire ; sa bonté touchait beaucoup Marc. Jusqu'à présent il croyait au hasard et maintenant il se posait la question : Peut-être avait-il fallu que cette erreur soit commise pour qu'il prenne véritablement conscience de sa propre valeur ? Donc, le hasard n'existait pas ! M. Hardy avait hoché la tête et murmuré

— C'est un concours de circonstances logiques docteur...

Ils s'étaient quittés en se promettant de se revoir un jour.

Le cœur troublé, Marc s'en était allé.

En Orient la nuit tombait vite et le froid saisissait aux épaules sans que l'on s'en rende compte. Les couchers de soleil sur le Nil étaient aussi merveilleux que les levers. Tous les soirs Marc assistait à la scène : La boule de feu déclinait derrière les dunes du désert, embrasait l'immensité du ciel et glissait vers l'autre partie du monde comme par magie. Sa disparition surprenante amorçait immédiatement la nuit et le rivage du Nil plongeait d'un seul coup dans l'obscurité. Au même instant Marc pensait : un enfant naît quelque part, un homme meurt et la roue de l'humanité tourne sans fin avec ses joies, ses peines, ses douleurs. C'était banal bien sûr, mais ces réflexions intenses, profondes, prenaient un sens nouveau, authentique et une véritable prise de conscience s'imposait à son esprit. Ce qu'il voyait, ce qu'il ressentait à l'air libre, du haut du pont, contribuait à fortifier ses impressions : le paysage antique et solennel, la douceur du climat, le silence, le bonheur du moment et la nuit subite l'incitaient à la recherche d'une dimension spirituelle. Fasciné par la beauté et la pureté du paysage, il sentait une attirance, un appel, une interrogation divine. Les valeurs véritables de l'Orient le transformaient, lui donnaient une autre compréhension de l'existence : Patience, compassion, écoute, lien avec le ciel. Il évalua aussi tout le gaspillage d'énergie passé à des futilités ; la profondeur des sentiments éprouvés envers Claire Avrilliers. Il se rappela la bouleversante conversation échangée avec le père d'Hélène et comprit, pour la première fois de sa vie, la valeur de la simplicité, du naturel et le caractère éphémère de toute chose.

Ce qu'il avait cherché dans son adolescence, puis plus tard dans ses études, il venait, à cet instant précis, de le découvrir ici, dans le calme profond d'une délicieuse soirée en Égypte.

CHAPITRE 9

Claire reste paralysée, muette devant l'examen blanc. Autour d'elle les étudiants s'affairent, rêvent le nez en l'air, cherchent l'inspiration puis écrivent sans interruption. Hier encore le regard chagriné de Marc ne l'avait pas encore poignardée et elle savait ses cours par cœur. Aujourd'hui, troublée, elle a peine à se concentrer sur sa copie et laisse vagabonder ses pensées. Quelque chose de sérieux s'est passé dans la chambre d'Hélène, mais... quoi ? Le lendemain, Marc a disparu. Un autre homme, avare de sourires, a pris sa place, prend des initiatives dans le service, consulte dans son cabinet particulier, opère avec le professeur et d'autres confrères, occupe sa chambre et son bureau...

Tout a changé, soudain.

Une demi-heure vient de s'écouler et la page est toujours blanche. Ces cours, maintes fois elle les avait récités, sans une hésitation. Maintenant, Marc occupe toutes ses pensées. Sa peine est grande. Son cœur pleure. Il est parti sans un geste d'affection, sans une parole, comme un voleur rasant les murs. Cette attitude anormale démontrait un déséquilibre, une perte de confiance qui allaient à l'opposé de ce que Claire croyait. Combien de fois l'avait-elle vu arpenter les couloirs, la tête haute, sûr de lui, obstiné et déterminé dans ses diagnostics ! Ce n'était pas la meilleure attitude à prendre et cela, très souvent, avait nui à sa réputation. Le jour de l'attentat, il l'avait amplement montré.

L'erreur, maintenant, le mettait en porte à faux vis à vis de ses confrères et la situation tournait au tragique. Personne ne prendrait sa défense.

Les patients réclamaient Marc et ne comprenaient pas son absence. Hélène allait bien. Elle mangeait, commençait à se lever et à s'asseoir dans le fauteuil. Sa résurrection était fantastique mais, réaction bizarre, elle ne parlait plus de son « sauveur ».

L'heure tournait. Claire cherchait une explication et se perdait de plus en plus dans d'épais nuages. En un mot : elle n'y comprenait plus rien !

Plus qu'une demi-heure pour rendre les copies. Il est encore temps de réciter ses cours par écrit. Les yeux fermés, elle tente de toutes ses forces de se les rappeler et ils affluent soudain à une vitesse vertigineuse. Vite ! l'anatomie du foie lui revient en mémoire ; elle a juste le temps de le dessiner dans ses moindres détails puis d'écrire sa fonction et les premiers soins d'urgence à accomplir. Un cas semblable s'était présenté quelques jours auparavant et Marc lui avait expliqué la marche à suivre et la surveillance à effectuer. Encore dix minutes. Un gros effort pour oublier son chagrin et sa plume continue à voler sur la page. Les étudiants ont déjà rendu leur copie ; elle est la dernière à rester au fond de la salle mais qu'importe ! Marc est à ses côtés et lui souffle tout ce qu'elle a appris.

Voilà. C'est fini. Avec un peu de chance, elle aura la moyenne mais guère plus.

Bousculade à la sortie... conversations à voix haute, à voix basse... rires et pleurs... Réactions classiques lors de tous les examens, mais après tout, ce n'était qu'un examen blanc !

* * *

Les doigts tremblants, Brigitte Modrack déchire l'enveloppe et sort la lettre. Elle n'ose la lire tant son intuition est forte. Que va-t-elle apprendre sur la fuite désespérée de son amoureux ? Elle sait d'avance qu'il n'éprouve plus d'attirance pour elle et son amour-propre en souffre terriblement. Elle se lève, va vers la fenêtre, tire les rideaux, regarde le paysage désolé derrière la vitre, revient s'asseoir, regarde à nouveau la lettre, hésite. Elle lui est bien adressée et elle se doit de savoir ce qui est écrit à l'intérieur.

Elle se décide.

Chère Brigitte,

Je t'ai aimée, peut-être même je t'aime encore. Comment oublier les bons moments que nous avons passés ensemble ? Charles-Henri est ton mari C'est un homme estimable, droit, digne, qui doit être au courant de notre idylle. Je lui demande pardon. Bien que tu ne veuilles pas me l'avouer, je sais que vous êtes faits pour vivre ensemble et que vous irez très loin.

Brigitte, je suis un homme seul. Je pars faire le point et je ne sais si je reviendrai un jour. J'ai cru qu'un autre amour se dessinait dans mon horizon désenchanté mais, vois-tu, pour la première fois, je me sens abandonné. Je me croyais invincible, irrésistible, et je m'aperçois que je suis exactement comme les autres : un être humain qui subit des échecs, qui les assume mal, mais qui, malgré les apparences, possède un cœur qui ne demande que de l'amour. Je dois être très fatigué pour te faire un tel aveu. L'erreur commise sur la petite Hélène m'a bouleversé et la conversation que j'ai eue avec son père m'a fait prendre conscience de l'existence d'une autre dimension plus humaine, plus vraie, une dimension quelquefois bafouée et ignorée par ma faute. Un homme, par sa propre expérience et par des mots sincères, simples, limpides, a su me montrer l'exemple d'un chemin droit, inconsciemment cherché depuis longtemps et me délivrer de toutes mes inquiétudes.

Au revoir Brigitte. Je t'embrasse.   *Marc*

Plusieurs fois elle vérifia si c'était bien l'écriture de Marc et si cette lettre lui était bien adressée ! Elle découvrait un homme plein de scrupules, hésitant, désorienté, qui se mettait soudain à nu devant elle, sans complexe. Jamais, auparavant, il n'aurait agi de la sorte. L'arrivée de cette petite intrigante lui avait fait perdre la tête ; son erreur professionnelle l'avait complètement abattu ; lors de la conversation avec le père d'Hélène, il avait dû se passer quelque chose d'extraordinaire pour qu'il change à ce point. Qu'il soit fatigué et humilié, elle en convenait, mais qu'il ressemble à un tout petit enfant égaré, capricieux, penaud et fragile, et se « débine » devant les autres, cela, non ! Elle ne l'admettait pas ! Et voilà qu'il était exactement tout le contraire. Elle le croyait fort, rebelle, résistant à toutes les épreuves ; elle refusa de s'être trompée et se jura qu'elle le sortirait de sa frustration. Toutefois, pensive, elle glissa la lettre dans le tiroir du bureau, le ferma à clé et regarda à nouveau le paysage dénudé derrière la fenêtre.

La nuit tombait. Le vent soufflait très fort et les quelques feuilles attardées sur les arbres s'ébouriffaient et laissaient s'échapper les miettes d'une fine pellicule de neige. Des flocons tourbillonnaient, s'écrasaient sur la plaine, sur les toits, contre les vitres et donnaient le sentiment d'une profonde solitude. Le regard évasif, elle releva le col de sa veste en laine, frissonna et resta un moment immobile à s'apitoyer sur la nature tourmentée. La tristesse envahit son être et un mot vint spontanément éclore à ses lèvres. « Quel gâchis ! » À qui s'adressaient ces mots ? À l'hiver qui venait de faire son apparition ou à son ex amant qui venait de la laisser pantoise à la lecture de sa lettre ?

La femme de ménage avait attendu trois jours avant de lui parler des cinq lettres qui traînaient sur le bureau. Elles était destinées au remplaçant, aux infirmières du service, à celles du bloc, à la directrice et au père de la petite Hélène. Brigitte avait distribué celles destinées au service puis était vite revenue dans son bureau lire la sienne. Elle avait oublié la lettre écrite au père d'Hélène ! Elle s'en aperçut lorsqu'elle revint s'asseoir dans son fauteuil. Prête à se lever, elle hésita. Tournant et retournant l'enveloppe, elle vit que celle-ci était à peine cachetée et qu'une simple lame suffisait pour la décoller. Une envie folle la saisit : si elle l'ouvrait, personne ne le saurait ! Non ! Elle remit l'enveloppe à sa place. Le téléphone sonna. Charles-Henri, au bout du fil, lui rappelait de ne pas manquer le rendez-vous de la conférence des soins palliatifs qui devait avoir lieu le soir même. Étant submergé de travail, il passerait la prendre à la maison vers vingt heures. Son attention subitement détournée, elle pensa à sa garde-robe. Qu'allait-elle mettre ? Le gratin de la ville se réunissait au château St Pierre, dans une grotte spacieuse réservée à cet effet et elle se devait, devant les personnalités, de jouer son rôle de directrice. Sa montre indiquait 17 heures. Elle avait largement le temps de se préparer et de relire son exposé, mais... à nouveau ses yeux se portèrent sur la lettre destinée au père d'Hélène. Que contenait-elle ? Si elle la lisait, l'énigme serait résolue. La tentation fut la plus forte. Se levant précipitamment, elle décrocha le téléphone, ferma la porte à clef, vérifia que les rideaux des fenêtres étaient tirés, tendit attentivement l'oreille, alluma sa lampe puis elle s'empara avidement de la lettre et glissa adroitement la pointe du coupe papier sous le rebord de l'enveloppe.

Cher M. Hardy,

Votre bonté m'a extrêmement touché et je vous remercie infiniment. Je ne savais pas que des êtres tels que vous existaient encore et votre pardon m'a donné beaucoup à réfléchir. Vous avez, m'avez vous dit, traversé des moments cruels dans votre existence et le choix que vous avez eu à faire vous a posé un véritable cas de conscience. L'expérience vous a prouvé que la meilleure façon de se sauver soi-même c'était d'être à l'écoute de sa propre conscience avant d'affronter l'écoute des autres, de partager leurs joies, leurs ennuis, leurs malheurs, leurs deuils ou leurs drames. Il est écrit sur le fronton du temple d'Apollon à Delphes, la célèbre parole de Socrate « Connais-toi toi-même ». C'est une véritable révélation pour celui qui veut rester dans les limites de sa condition humaine. Je vous remercie de me l'avoir révélée avec beaucoup de clarté. Vous avez passé de pénibles moments ; vous vous êtes posé des tas de questions sur votre avenir avant de prendre une grave décision ; vous avez été malheureux, désespéré… exactement, cher monsieur, ce que je suis en ce moment. Une erreur professionnelle, je le répète, était à la base des souffrances de votre fille ; vous l'aviez devinée et lorsque je vous l'ai avouée, vous m'avez regardé tendrement, sans m'insulter, et vous m'avez tendu la main dans le silence. Ce fut une véritable libération de tout mon être. Oui. J'étais sauvé grâce à votre pardon, à celui de votre femme et au sourire d'Hélène. Votre attitude est celle d'un homme de Dieu et je n'ai pas été étonné d'apprendre, par la suite, le cheminement de votre destinée. Merci de me l'avoir conté.

J'ai donc suivi votre conseil et je pars demain faire le point. Hélène guérira, c'est une certitude et je la laisse entre les mains de toute l'équipe du service.

Tous mes remerciements, cher monsieur, et toute ma sympathie.

Bien à vous.

Marc Ramberlain

Qui était le père d'Hélène ?

Que lui était-il donc arrivé de si extraordinaire dans sa vie pour avoir autant séduit et chaviré le jeune interne ?

Brigitte relit plusieurs fois la lettre. Plutôt déçue, elle n'a pas appris grand chose si ce n'est une énigme supplémentaire à résoudre sur la destinée de M. Hardy. Vite ! Avec une grande minutie elle remet la lettre en place, recolle habilement le bord de l'enveloppe, vérifie encore que rien ne soit visible puis elle raccroche le combiné du téléphone, tire les rideaux, éteint la lampe et ouvre la porte. Sa conscience lui dit que le geste qu'elle vient de commettre est très laid, mais elle n'en est pas à un geste près !

Elle a perdu son amant et ne peut l'accepter. Prête à tout pour le reprendre, elle ira jusqu'au bout !

* * *

Le temps s'écoule... le service est triste... le remplaçant insignifiant...

Claire attend le résultat de son examen, continue ses stages, assiste aux interventions, étudie tous les soirs à la lueur de sa lampe de chevet. Sa petite voix intérieure ne l'a jamais trahie : les malades s'attachent à elle, la réclament, la regrettent à leur départ. Ses pensées voguent souvent vers Marc qui ne donne aucun signe de vie, mais, peut-être est-ce mieux ainsi.

Hélène, sans aucun reproche est partie guérie aux bras de ses parents heureux. Jamais, par la suite, elle n'a réclamé son « sauveur ».

Jeanne semble joyeuse. La directrice a perdu son amant. Les coups d'œil à la sauvette jetés par Marc à Claire la gênaient et l'étouffaient de jalousie.

L'ambiance du service a changé. Le nouveau remplaçant lui plaît. Pourvu que Claire ou Brigitte ne lui plaisent pas aussi !

Mais Brigitte semble insignifiante aux yeux du nouveau venu, quant à Claire, elle ne le regarde jamais. Si Jeanne arrive à ses fins, elle l'aura pour elle toute seule.

CHAPITRE 10

Noël commence à faire tout doucement son approche dans les rues et les quartiers de la ville. Les petits enfants, le nez collés derrière les vitrines, regardent avec des yeux d'envie les panoplies de jouets étalés sur les étagères. Ils ne savent pas encore que le bonheur, simplement, se mérite. Bientôt les vacances, les sorties, la détente, les sports d'hiver pour certains ; la solitude, la faim, l'angoisse des achats, le manque d'argent pour les autres. De larges affiches montrent les paysages envoûtants de divers pays à travers le monde. PARTEZ À LA CONQUÊTE DE L'AMÉRIQUE... VISITEZ LES ÎLES SEYCHELLES... NOYEZ-VOUS DANS LE BLEU DE L'OCÉAN PACIFIQUE...

INSCRIVEZ-VOUS AU CLUB MÉDITERRANÉE...

Est-ce cela le bonheur ?

Publicité gratuite et écœurante pour celui qui se heurte sans cesse à des obstacles, qui cherche du travail souvent sans espoir, rêve de s'évader, de fuir une vie triste, vide, sans but. Ces affiches l'obsèdent, le tentent, le poussent à la révolte, conclusion logique pour un être démuni, pauvre, qui crève d'envie de vivre une belle vie.

L'oisiveté, la richesse, la facilité peuvent donner aussi de la lassitude. Celui qui décide de prendre l'avion et de partir au bout du monde, sans désir, simplement en claquant des doigts, peut être aussi malheureux que celui qui ne peut réaliser ses rêves. Le goût qui nous pousse à entreprendre est le reflet de notre être intime et... l'envie avait toujours motivé Claire : étudier, remplir une mission et se mettre aux services des plus démunis. En un mot : être utile !

Tout en marchant sur le boulevard éclairé, elle se posait bien des questions à ce sujet. Elle avait appris dans les livres puis par expérience que, si les êtres humains étaient sur terre, c'est qu'ils avaient un rôle à accomplir. Qu'ils soient riches ou pauvres, beaux ou laids, en fin de compte, cela n'avait pas d'importance. Le bonheur ne se mesurait pas à l'aune. Chacun l'avait en lui-même, à l'état latent. À lui seul de le développer selon ses capacités et sa volonté. En revanche, certains, comme elle, avaient plus de facilités que les autres dans leur réussite ; peut-être l'avaient-ils mérité dans une vie antérieure ? Elle chassa vite ces idées qui ne correspondaient nullement à son éducation chrétienne. Ses parents lui avaient inculqué l'existence d'un Dieu sauveur auquel l'humanité devait croire et elle devait s'en tenir là, sans autres explications. Cela, bien évidemment ne lui suffisait pas. Au cours de son adolescence, elle avait commencé à regarder autour d'elle, à réfléchir aux graves événements du monde, à l'inégalité des êtres, en particulier ses amis, et à méditer sur la signification du mot hasard. Si elle obtenait une explication claire à ces questions fondamentales, la vie apparaîtrait logique et elle trouverait un équilibre. Ensuite, elle ferait son expérience elle-même et aiderait les autres à trouver un chemin.

Elle avait cherché longtemps l'explication, lu beaucoup, réfléchi souvent. Apprenant que l'être humain est avant tout un esprit, que déjà, à la naissance, ce propre esprit, loin d'être pur, détermine notre destinée, que des lois justes et irréversibles gouvernent la création entière et se mettent au service du libre arbitre de l'homme, alors, tout devint clair dans sa tête. Sa petite voix intérieure ne pouvait provenir que de son esprit et l'assimilation de ces révélations allait lui apporter un grand bonheur.

Elle pensa à Marc. Le dernier regard, plein de sollicitude qu'il lui avait lancé peu avant son départ l'avait incroyablement bouleversée. Le côté fragile de sa personnalité l'avait attirée comme un aimant et elle se dit que ce n'était pas par hasard si sa vie professionnelle avait d'un seul coup basculé : la fatigue en était la cause. Comme les événements entraînent et attirent à leur tour d'autres événements du même ordre, l'erreur n'avait pu être évitée.

L'évidence aveuglait l'esprit de Brigitte Modrack. Loin d'analyser ces événements à leur juste valeur, matérialiste à souhait, elle n'essayait d'approfondir ni les causes, ni leurs effets. Le comportement puis l'absence de Marc la rendaient furieuse et sa déception, naturellement, n'en était que plus grande.

Laquelle des deux femmes voyait le plus juste ?

* * *

Claire revient au bercail pour les vacances de Noël. Ninou et Louis Avrilliers sont heureux. L'oncle Édouard s'apprête à descendre de Paris et téléphone tous les jours pour bavarder avec sa chère nièce dont il n'avait aucune nouvelle depuis le jour de l'attentat. Il découvre une jeune femme au rire clair, équilibrée, spontanée. Les conversations durent toujours aussi longtemps et les confidences n'ont guère cessé, mais l'oncle décèle, à travers ces mots, davantage de confiance et de paix. Louis s'active, fait un va-et-vient incessant sur l'autoroute et revient à la « Treille », la voiture chargée de bûches, de brindilles et de conserves de toutes sortes. Cette année, Ninou a décidé que le réveillon se passerait uniquement en famille, à la résidence avec seulement sa fille, son mari et son frère. Rien, maintenant, ne pourrait lui apporter autant de sérénité et de bonheur. Quant aux amis, ils viendront plus tard bavarder autour de la cheminée et boire une coupe de champagne. Claire acquiesce. La « Treille » lui rappellera, pense-t-elle, les mauvais souvenirs de cet été, mais elle n'en dit pas un mot. Louis, trop heureux d'avoir sa fille à ses côtés accepte ce choix sans rechigner. Depuis quelques jours, la douleur vive de son épaule arthrosique a disparu, son œil brille et le sourire apparaît à nouveau au coin de ses lèvres.

Thierry de Coudray a une nouvelle fiancée. Les peines de cœur des hommes ne durent pas longtemps ; les femmes sont vite remplacées ! Claire connaît l'élue et lui souhaite, en pensée, beaucoup de bonheur.

Le jour de Noël fut une merveille. Aucune parole déplacée ne fut prononcée. Louis garda sa fille auprès de lui toute la journée ; Ninou, placée face à elle, ne la quitta pas des yeux ; l'oncle Édouard la fit rire et lui raconta toutes sortes de bêtises. La petite famille réunie laissa éclater la joie des retrouvailles et Claire en oublia sa recherche existentielle, l'attentat, les malades, l'hôpital et... Marc qui n'avait plus donné signe de vie.

Le repas fut excellent.

Ces heures précieuses passées dans l'intimité de la famille furent pour elle un apaisement sans égal. Allongée sur le canapé, loin de se douter des rumeurs perfides qui commençaient à courir, Claire regardait, les yeux vagues, les flammes scintillantes lécher les contours des grosses bûches apportées la veille de la « Treille ». Elles jouaient dans le creux de la cheminée, se croisaient, s'entrecroisaient, s'élevaient et atteignaient la moitié de la hotte. Ce feu dégageait une sérénité qui lui fit chaud au cœur. La hauteur représentait le ciel, la spiritualité, la lumière (ou Dieu pour les chrétiens). La cheminée était la terre, le matériel. Sans la terre et sans le ciel, rien n'existait. L'évidence vint frapper son esprit : l'équilibre s'établissait donc entre les deux et se répétait jusqu'aux moindres détails, de l'infiniment grand à l'infiniment petit. L'homme possédait l'intelligence du discernement, le libre arbitre. En réfléchissant, il pouvait comprendre que, pour une vie harmonieuse, il fallait trouver un juste équilibre entre le spirituel et le matériel, exactement de la même manière que ce merveilleux feu de cheminée qu'elle regardait danser. La révélation la fit tressaillir et croire à la réalité des lois de la nature. Tous les maux arrivaient par la faute de l'homme. Si le déséquilibre menaçait la planète, si les maladies et les accidents se multipliaient, la responsabilité provenait uniquement de lui, non du grand Architecte de l'univers !

Et Claire comprit à quel point l'homme était responsable de lui-même.

Les bons moments passent trop vite et il fallut penser à la reprise des cours et des stages. L'oncle Édouard, après avoir tendrement serré sa nièce dans ses bras sur le quai de la gare, repartit pour Paris. Louis et Ninou commencèrent à manifester de la tristesse et l'ambiance grisante du début fit place à la nostalgie des lendemains de fêtes.

Secrètement, Claire pensait à Marc.

Baisers affectueux des parents sur le pas de la porte, sourires larmoyants puis liberté retrouvée et retour vers le petit appartement. Demain, la vie d'étudiante reprend et une nouvelle année s'ouvre, pleine de mystères.

Le destin lui préparait un sale tour, un de ces coups de maître qui allait, une deuxième fois, remettre en cause toutes les interrogations de son existence.

L'ennemi rôdait et l'épiait dans les ténèbres. Largement enracinés, invisiblement des fils de haine se tissaient et allaient détruire tout son idéal de vie.

Sa boîte aux lettres est pleine à craquer. Journaux divers, cartes d'amis, notes à payer, réclames, un... quoi ? Un télégramme ? Son cœur se met à battre. C'est bien la première fois qu'elle en trouve un dans sa boîte ! Et... si c'était Marc ? Son imagination s'emballe et se perd dans un rêve incroyable. Vite ! elle laisse le paquet de journaux épars dans la boîte, saisit le télégramme, le déchire et dévore son contenu. Que voit-elle ? D'abord quelques coupures de papier grossièrement collées sur lesquelles des lettres écrites en caractère gras sont mises en évidence. Qu'est-ce que c'est que ça ? Un doute l'étreint. Ses mains tremblent. L'émotion gagne son visage. Quelques gouttes de transpiration affleurent à ses tempes. Elle lit distinctement : « TU N'ES QU'UNE ILLUMINÉE. RAMBERLAIN SE FOUT DE TOI ! » Par exemple ! Elle tourne, retourne ce télégramme et s'aperçoit qu'il est faux. Il n'a pas été envoyé par la poste. Quelqu'un la déposé dans la boîte. Relisant ces mots, des idées étranges dansent dans sa tête. Qui a bien pu écrire une chose pareille ? Qui lui veut du mal ? C'est une plaisanterie de fort mauvais goût, finit-elle par penser et d'un geste désinvolte elle déchire le papier, jette les morceaux dans sa corbeille et commence à défaire sa valise. Elle ne connaît aucun ennemi autour d'elle, personne qui soit susceptible de lui en vouloir. Sa voisine de palier est une adorable jeune femme qui l'invite de temps à autre à boire une tasse de thé ; le couple âgé du rez-de-chaussée ne cesse de la saluer chaleureusement chaque fois qu'elle passe devant la porte ; la concierge la tient toujours aimablement au courant des divers événements de l'immeuble ; non, vraiment, elle ne comprend pas.

Le placard de la cuisine est vide. Demain, elle ira faire les courses pour la semaine. En attendant, elle grignote une biscotte et va s'étendre sur le canapé.

Tout à coup le téléphone sonne. Qui peut bien l'appeler à cette heure ? Elle n'a qu'un geste à faire : étendre le bras pour saisir le combiné placé juste à sa portée.

— Allô ?

Silence.

— Allô ?

Quelqu'un est au bout du fil, retient sa respiration, reste muet.

— Allô ? Qui demandez-vous ? dit-elle agacée, la voix troublée.

Silence.

Elle raccroche. Cinq minutes passent et le téléphone retentit à nouveau. Cette fois elle décroche mais ne prononce pas un mot. Toujours le silence. Elle raccroche. Dix minutes plus tard, autre sonnerie, autre énigme au bout du fil. La peur commence sournoisement à l'étreindre et pour ne pas subir d'autres désagréments, elle le débranche.

La réception du faux télégramme et ces coups de téléphone anonymes lui font immédiatement penser qu'une personne s'amuse à l'effrayer. Ce genre de plaisanterie stupide ne lui plaît pas et commence à semer le trouble dans sa tête. Elle se lève, va chercher les morceaux de papier dans la corbeille, examine à nouveau, scrupuleusement, la phrase à la lumière de sa lampe. Ne trouvant aucune explication, elle reste interdite, contrariée, froisse une dernière fois ce pseudo-télégramme, le jette définitivement dans la corbeille. Demain, un autre jour se lèvera, pense-t-elle. Je vais dormir...

Et la vie reprend, avec ses hauts et ses bas, le quotidien parfois triste, les malades qui vont et viennent, les stages éreintants, les cours difficiles et... les surprises désagréables au bout du fil ou dans la boîte aux lettres...

Depuis le retour des vacances, chaque fois, à la tombée de la nuit, trois sonneries de téléphone retentissaient dans l'appartement puis, subitement, laissaient la place au silence. Claire, au début, décrochait et attendait. Maintenant, terrorisée, elle laissait la sonnerie retentir et ne décrochait que lorsque celle-ci continuait a égrener son timbre strident. Cela signifiait que ses parents ou ses amis désiraient lui parler. Elle répondait d'une façon agressive, sans donner d'explications et tout le monde de se demandait pour quelle raison la charmante Mlle Avrilliers réagissait ainsi. Parfois elle raccrochait brusquement, sans parler.

Ninou, inquiète, l'appela plusieurs fois de suite et la crut malade. Sans prévenir, elle vint, un soir, à l'appartement. La porte s'ouvrit tout doucement et avant de réaliser ce qui lui arrivait, elle recevait dans ses bras une Claire, amaigrie, en pleurs, toute frémissante de peur. Son intuition de mère ne l'avait pas trompée. En quelques minutes, elle apprit toutes les calomnies adressées à sa fille. Un odieux personnage lui souhaitait du mal, gratuitement, pour le plaisir, et celle-ci, morte d'angoisse, se terrait dans l'appartement comme un animal traqué. Hier encore, un pseudo-télégramme avait été déposé dans sa boîte aux lettres mais, contrairement aux précédents, il avait été mis dans une grande enveloppe afin de ne pas attirer l'attention. Tout un programme était soigneusement respecté et étudié. La concierge, ne voyant pas Claire, pensant lui rendre service, glissait elle-même toutes les lettres sous la porte. Une nouvelle phrase, cette fois, était ajoutée : RAMBERLAIN A UNE MAÎTRESSE. Et plus bas, en petits caractères : À toi de la trouver !

Peu à peu, le sommeil et l'appétit commencèrent à lui manquer ; l'angoisse l'étreignit ; le goût d'étudier diminua ; ses stages l'intéressèrent moins et une asthénie progressive la gagna. Voilà plus de cinq jours qu'elle n'était pas sortie de son appartement et des questions tournaient sans cesse dans sa tête : Qu'est-ce que j'ai fait ? Pourquoi cette haine ?

Ninou resta coite devant tous les faux télégrammes étalés devant elle. Au bout d'un moment, pour toute réponse, elle prit tendrement sa fille dans ses bras, lui parla doucement, la berça comme un enfant. Claire était prise pour cible mais sa conscience limpide la mettait hors de danger. La présence de sa mère lui fit du bien puis la sortit de sa torpeur. Ces quelques jours passés enfermés dans son appartement l'avaient anéantie mais, ayant acquis la connaissance des lois immuables de la création, sachant qu'une de ces lois fondamentale était fondée sur la relation de causes à effets, elle n'avait aucun soucis à se faire : sa conscience était aussi limpide que le ciel couleur d'azur. Le choc passé, elle se mit à chercher d'où provenait la cause de ces déboires et remonta, en pensée, à la source. Les malades l'appréciaient et la réclamaient ; ses amis étudiants et ses professeurs ne lui avaient jamais donné une impression désagréable ; ses stages lui permettaient de mettre en pratique la théorie apprise dans ses études et lui donnaient une certaine assurance. Alors... qu'est-ce que tout cela signifiait ? En dehors de son lieu de travail, qui pouvait deviner son lien affectif envers M. Ramberlain ? La cause ne pouvait provenir que de l'hôpital !

Et Claire commença à chercher la source de ses tracas dans cette direction.

Le lendemain, la tête haute, elle reprenait ses cours à l'école et ses stages à l'hôpital.

* * *

— Avez-vous des nouvelles de Mlle Avrilliers ?

— Non, aucune, professeur

— C'est tout ce que vous avez à me dire ? Vous n'avez pas cherché à savoir la raison de son absence ?

— Elle n'est que stagiaire et la responsabilité en incombe à l'école d'infirmières, professeur.

Ni la surveillante ni la directrice ne semblaient préoccupées par les cinq jours d'absence de la jeune femme. Il se passait des choses bizarres dans l'hôpital. Le professeur Malville fut surpris de constater un laxisme évident et demanda une explication. La réponse de Jeanne le stupéfia.

— Elle reviendra peut-être au retour de M. Ramberlain...

Que dénotait cette allusion ridicule ? Que voulait dire Jeanne, exactement ?

Claire revint le lendemain dans le service et personne ne reconnaissait l'éclatante jeune femme pleine d'idéal et d'allant des jours précédents. Danielle et toutes les collègues du service furent stupéfaites de constater un tel changement. Le professeur Malville et les chirurgiens du bloc furent à leur tour consternés. Jeanne et la directrice, indifférentes, continuaient leur train-train quotidien sans manifester le moindre intérêt. Curieuse attitude qui confirmait la suspicion et les doutes d'événements mystérieux ! Ceux-ci, en effet, se reproduisaient tous les jours et Claire n'osait plus rentrer chez elle. La situation devenait insupportable. Le dernier télégramme en date était signé d'un point d'interrogation et donnait libre cours à toutes sortes de pensées maléfiques. Bientôt, quelqu'un allait pénétrer dans l'appartement en passant par la fenêtre et viendrait l'étrangler...

Claire est là. Mlle Jeanne la toise, lui parle sèchement et lui ordonne de soigner une malade atteinte de sida. Elle doit prendre les précautions nécessaires, mais une stagiaire ne sait pas encore maîtriser les gestes professionnels et le sida est une maladie grave.

— Allons... ne jouez pas à l'enfant, Mlle Avrilliers, ne me faites pas croire que vous ne savez pas ! Vous avez bien assisté à l'intervention d'Hélène Hardy l'autre jour ? Vous savez, celle où le Dr Ramberlain a oublié la compresse !

Stupéfaction.

— Alors vous devez être capable de vous débrouiller pour cette malade.

Claire la regarde, offusquée. Elle veut répondre mais aucune parole ne sort de sa bouche. Le silence étant le plus grand des mépris, elle se tait.

Vient à passer devant la cafétéria le professeur Malville en compagnie du Dr Blay, le remplaçant. Leur discussion a l'air sérieuse, peut-être parlent-ils de Marc ? La pensée de Claire s'évade et une petite douleur la poignarde au creux de l'estomac. La nouvelle année s'annonce mal : vie sentimentale déserte, coups de fils muets et lettres anonymes, autre lettre dont le contenu lui révèle la note de son examen blanc. À peine la moyenne. Maintenant la surveillante l'épie, l'exhorte à entreprendre des besognes déplaisantes. Quant à la directrice, elle l'évite et détourne la tête à son approche. Elle se pose de sérieuses questions mais garde le secret. Son enquête, elle la fera seule, sans l'avis de personne.

Le professeur Malville voit, à travers les hublots des salles, une nouvelle infirmière vêtue d'un large kimono bleu. Il ralentit sa marche, s'arrête. Cette silhouette élancée, amaigrie et à la courbe longue et gracieuse du cou lui rappelle étrangement Mlle Avrilliers. Son sosie est là, devant lui. Il hésite et la suit des yeux. Elle se retourne et un visage doux, aux traits tirés, pâle et osseux s'offre à sa vue. Et voilà que ce visage s'incline respectueusement et lui adresse un petit sourire triste. C'est elle ! Oui, c'est bien elle ! Que lui est-il donc arrivé ? Laissant subitement son confrère, il fait demi-tour et vient la rejoindre.

— Vous étiez malade ces jours-ci ? dit-il en la regardant fixement.

— Ce n'était rien... bafouilla-t-elle, gênée mais ravie de rencontrer enfin quelqu'un d'aimable et de courtois.

— Ne restez pas ici ! ordonna-t-il soudain. Sortons ! Venez dans mon bureau !

Fermement, il la saisit aux épaules et lui fit faire volte-face. Ces quelques mots prononcés à son intention lui prouvèrent combien le professeur lui portait de l'intérêt et cela la soulagea instantanément. Il s'adressa à la malade, se présenta, s'excusa et demanda l'aide d'une autre infirmière. Au moment de sortir, il jeta un coup d'œil sur le classeur et fut surpris de constater que cette malade, atteinte du sida, séjournait dans son service. Il réfléchit. Entre temps, Claire avait quitté la pièce sans regret et s'était retrouvée dans le couloir, désemparée. Jeanne la vit derrière la vitre, se leva promptement, prête à lui faire une remarque cinglante lorsque, soudain, elle s'arrêta net. Elle avala sa salive. Une haute stature protectrice se profilait derrière la longue silhouette de la stagiaire et le moment n'était pas propice aux reproches. Son regard dur se transforma immédiatement en un sourire doucereux.

— Oh ! Bonjour professeur

— Mademoiselle, qui vous a permis de laisser seule une stagiaire en présence d'une malade atteinte du sida ?

— Mais... Vous le saviez, n'est-ce pas ? dit-elle en lançant à Claire un regard faussement tendre.

— Je ne vous demande pas l'avis de la stagiaire ! J'ai interdit à toute personne non diplômée d'être en contact avec cette maladie. J'attends votre réponse !

Interdite, elle se mit à rouler de grands yeux étonnés et, ne trouvant rien à dire, bredouilla des mots incompréhensibles. Agacé, il répéta la question. Se sentant prise au piège, pétrifiée, elle resta muette.

— Je ne sais ce qui se passe ici, dit-il, exaspéré, mais croyez-moi, je le saurai ! C'est inadmissible, voire honteux !

Il prit Claire par le bras, l'entraîna dans sa course et la dirigea tout droit vers son bureau.

Jeanne, contrite, crut s'évanouir de rage. Le Dr Blay, seul à la cafétéria, regardait la scène, stupéfait. L'épaisseur des baies et l'éloignement l'empêchèrent d'entendre les mots aigres proférés contre la surveillante mais l'attitude du professeur lui suffit.

— Maintenant, dites-moi ce qui ne va pas !

L'œil scrutateur du professeur se posait sur le visage de Claire et rendait à ses joues blêmes une couleur rosée.

— Tout va bien monsieur

— Non !

— Mais... si.

— Non ! Vous avez maigri, vos pommettes sont devenues saillantes et vous vous êtes absentée sans donner d'explications. J'ai hésité à vous reconnaître tout à l'heure. Alors... J'aimerais bien comprendre.

La question était nette. Embarrassée, elle n'osait avouer tous les tracas qui l'assaillaient de toutes parts ni le vide affectif qui attristait son cœur. Personne ne savait l'amour qu'elle portait à Marc et personne ne se doutait à quel point elle en souffrait. Parler des coups de fils et des lettres anonymes, à la rigueur, elle en convenait, mais de sa vie privée, jamais ! Devant l'insistance du professeur, elle se hasarda à évoquer les messages sadiques reçus et les coups de fils mystérieux qui hantaient depuis plus de trois semaines à présent ses jours et ses nuits et avoua qu'elle en perdait l'appétit et toute envie de vivre. L'incompréhension de cette machination machiavélique achevait de la rendre agressive et une question revenait sans cesse à ses lèvres : Pourquoi ? Pourquoi ? Qu'ai-je fait de si monstrueux pour être traitée ainsi ? Maîtrisant avec peine l'émotion qui la gagnait, elle se mit à parler. Son front se plissait, ses beaux yeux noirs lançaient des éclairs, ses gestes pondérés devenaient saccadés et le professeur, saisi d'entendre ces aveux, l'écoutait sans l'interrompre. La douce Mlle Avrilliers dévoilait un tempérament de feu, une volonté d'acier et en même temps une vulnérabilité et une naïveté qui le désorientaient et l'attendrissaient. Pas une seconde il ne la quitta des yeux. Plus elle parlait, plus il avait envie de la prendre dans ses bras, de la bercer, de la cajoler. L'attirance n'était pas sexuelle, simplement affective, tendre, émotionnelle. La souffrance morale avait métamorphosé le visage devenu légèrement osseux, mais le cou de cygne amaigri avait gardé sa grâce naturelle : long, élégant, délicat. Elle ressemble à une princesse, pensait-il. Aurait-elle hérité d'une descendance royale ?

Réfléchissant aux paroles prononcées par Jeanne à propos du retour de M. Ramberlain et à tous ces événements imprévus qui bouleversaient la vie de la jolie Claire, il comprit que la jalousie uniquement était à la base de toutes ces agressions et que le « corbeau » ne pouvait que se trouver à l'hôpital.

Subitement, il posa ses mains à plat sur le bureau.

— Que font vos parents ?

Que venait faire une question pareille dans la conversation ?

— Mon père est à la retraite, dit-elle simplement. Quand je suis née, il était déjà âgé.

Il insistait. L'allure fière et le regard profond plongé dans le sien le troublaient. Bien qu'il s'en défendît, l'obsession l'envahissait et la même question se posait : Qui est-elle ? Ce fut à cet instant qu'il réalisa que toute l'affection qu'il lui portait n'était autre que celle qu'il aurait souhaité porter à sa propre fille, si le destin en avait décidé autrement. Elle correspondait à son idéal filial et il venait d'en prendre brusquement conscience.

Les minutes passaient vite. Avant de se séparer, le professeur parla du général Malville père et invita Claire pour un dîner. Elle accepta avec joie. Ils se mirent d'accord sur la date. Aucun mot ne fut prononcé sur l'absence de Marc Ramberlain.

Après leur entrevue, les lettres et les coups de fils anonymes cessèrent, mais plus que jamais les soupçons se tournèrent vers l'hôpital. Jeanne, sanctionnée par la direction se méfia et essaya de devenir plus courtoise, plus humaine. Les infirmières, aidées par le retour de leur stagiaire reprirent un rythme régulier. La directrice, hautaine et glaciale, continuait sa ronde quotidienne sans manifester la moindre attention.

Claire, à sa façon, menait son enquête. Mais, sans preuve, que pouvait-elle faire ?

Jamais Mlle Avrilliers ne se serait mêlée des affaires des autres si les circonstances ne l'y avaient contrainte. En effet, certains détails, auparavant futiles, attiraient à présent son attention : surprendre le geste tendre d'un médecin vis-à-vis d'une infirmière, une poignée de main trop prolongée, un regard envieux et « déshabilleur... » Sa vrai nature lui dictait de ne pas être aussi vigilante mais, depuis la réception des lettres et des coups de fils anonymes, elle se méfiait. Sa naïveté jusque-là préservée, elle perdait peu à peu ses illusions pour entrer dans une réalité qui la giflait de plein fouet. Un monde cancanier, mesquin, s'ouvrait devant elle, révélant certaines vérités qui la clouaient de stupeur. Ainsi : le maire de la ville partait en voyage avec sa jeune secrétaire, sous le sceau du secret ; les chirurgiens de l'hôpital, criblés de dettes, maniaient facilement le bistouri ; le professeur Malville, obsédé sexuel « coinçait » toutes les stagiaires de son service ; le nouveau remplaçant, homosexuel, recevait ses amis intimes dans son bureau ; le Dr Charles-Henri Modrack avait une maîtresse de vingt ans et la directrice avait une liaison avec l'interne M. Ramberlain...

Elle apprenait... l'invraisemblable ! Les gens disaient n'importe quoi dans les hôpitaux ! Mais... que venait-elle d'entendre ? Brigitte Modrack avait une liaison avec Marc Ramberlain ? Cette nouvelle la cloua sur place. C'était donc vrai ? Non ! Si c'était exact, Danielle le lui aurait dit et Marc serait le pire des goujats ! Un moment elle crut à un canular, sourit et haussa les épaules mais, très vite, son sourire disparut. Un flash traversa sa mémoire : ce matin, le regard glacial de la directrice s'était posé sur elle et l'avait littéralement paralysée. Cette femme l'épouvantait. La nouvelle lui fit si mal que son visage devint d'une pâleur mortelle et que le carrelage du couloir se déroba sous ses pieds.

— Qu'est-ce qu'elle a ? s'écria une infirmière en la soutenant dans le dos.

— Elle est très fatiguée dit une autre en venant à son secours. Ce métier n'est pas fait pour elle, jamais elle n'aura la force de l'exercer !

Danielle se précipita dans l'arrière-cuisine, prit un morceau de sucre, l'imbiba d'alcool de menthe et vint le déposer entre les lèvres de Claire. Celle-ci bougea la tête, ouvrit doucement les yeux et demanda d'une voix à peine perceptible « Où suis-je ? »

Au bout du couloir, la surveillante vit un attroupement et s'avança aussitôt. À peine eut-elle reconnu Claire que son sang ne fit qu'un tour « Toujours dans les pattes celle-là ! » pensa-t-elle en s'approchant et, d'un revers de main dédaigneux, elle écarta les infirmières groupées autour de leur collègue.

— Ne vous faites pas toujours remarquer, Mlle Avrilliers. Respirez un bon coup, ce n'est rien voyons !

Claire, soutenue par Danielle se remis sur pied en chancelant. La fatigue des derniers jours l'ayant épuisée, elle ne releva pas la réflexion perfide et se laissa guider jusqu'à la salle d'attente, vide à cette heure. Elle ne l'avait pas revue depuis le jour de l'attentat ou des blessés, atteints gravement par l'explosion, gémissaient, tous allongés sur des lits de camps, dans des sacs de couchages ou tout simplement à même le sol sur des couvertures. Elle s'assit dans un fauteuil et ferma les yeux. Désobéissant aux ordres de la surveillante, Danielle resta auprès d'elle et la surveilla en silence.

Au bout d'un moment...

— Tu aurais pu me parler de la liaison de la directrice avec M. Ramberlain, dit Claire à moitié engourdie, le coup aurait été moins fort.

— Quel coup ?

—Tu sais très bien ce que je veux dire.

— Mais non, explique-toi, je t'assure, je ne comprend pas.

Mais Claire en avait trop dit et ces quelques mots interpellèrent la gentille amie penchée sur elle.

— Tu ne savais pas que Brigitte Modrack et lui...

— Non !

Danielle était stupéfaite.

— Tout me déçoit Danielle. J'ai cru en une justice et je m'aperçois qu'elle n'existe pas. Je n'aurais jamais pensé que des hommes de valeur puissent jouer avec les sentiments. Finalement, vois-tu, ma première impression a été la bonne. Ramberlain est comme les autres ! J'ai cru en lui et... je me suis trompée. Voilà !

— Mais enfin, pourquoi dis-tu cela ? Tu as eu une aventure avec lui ?

— Non, j'ai simplement rêvé...

Jeanne passe dans le couloir et fait une remarque blessante. Danielle doit reprendre son service dans les plus brefs délais. Elle n'a pas le temps de bavarder plus longuement. Elle embrasse son amie et lui promet de venir lui rendre visite dans son appartement, à l'abri des regards curieux et des oreilles indiscrètes. Là, au moins, personne ne viendra troubler leur conversation.

— Attends-moi chez toi ce soir, Claire. Nous aurons bien des choses à nous dire.

Claire lui fait un signe d'assentiment puis, à son tour, se dirige vers le service et reprend son stage. L'obsédante pensée de Marc et de Brigitte Modrack résonne à chacun de ses pas. Les hommes sont finalement tous les mêmes ; leur mauvaise réputation se vérifie pleinement. Cela lui laisse un goût amer et lui ôte toute envie de vivre.

Elle est triste. La nouvelle apprise l'a, non seulement, brisée mais tout son idéal s'en trouve bouleversé. Ses études lui pèsent, le service l'ennuie, la surveillante et la directrice la toisent et lui parlent mal, sans compter tous les événements imprévus qui lui tombent sur la tête et qu'elle tait. Ce soir, tout va particulièrement mal, même l'ascenseur de l'immeuble est en panne ! Ses jambes, fatiguées d'avoir parcouru les longs couloirs du service peinent en gravissant chaque marche. « Vraiment, il y a des jours où on ne devrait pas se lever ! pense-t-elle, déprimée. »

Danielle lui a promis, ce soir, sa visite. Elle l'attend avec impatience, prête à lui dévoiler tout ce qu'elle a sur le cœur : les gens se mêlent de la vie privée des uns et des autres, déforment et racontent à leur manière ce qu'ils voient ou ce qu'ils entendent ; le comportement des médecins lui paraît arrogant et méprisant ; les établissements de santé manquent la plupart du temps d'humanité ; les patients n'ont jamais d'écoute et attendent leur chirurgien comme s'il s'agissait d'un Dieu ; l'hôpital ne donne pas une image de marque aux malades ; l'ambiance est tendue ; le personnel débordé, parfois, peu aimable ; personne, naturellement, ne trouve son épanouissement ; les chirurgiens sont toujours pressés ; la direction austère... etc., etc.

Danielle vient d'arriver. L'état de son amie, cet après-midi, l'ayant fort inquiété, elle n'avait qu'une hâte : être auprès d'elle le plus rapidement possible et partager ses états d'âme. À peine s'est-elle assise sur le canapé que Claire, dans un débit de paroles intarissables, lui fait part de toutes ces remarques acerbes. Pour terminer son récit, elle ajoute :

— N'as-tu pas remarqué que les chirurgiens font la roue lorsqu'ils passent dans les couloirs ? C'est une des choses qui m'a le plus choquée !

Danielle semble foudroyée et se prend la tête entre ses mains.

— Qu'est-ce qui t'arrive ? c'est... c'est toi qui dit ça Claire ?

— Oui. Et tu le sais aussi bien que moi !

— Mais... je n'ai jamais pensé une chose pareille !

Claire se rebellait et plus elle parlait, plus elle s'excitait.

— Ils ne frappent pas quand ils entrent dans une chambre, ils se font toujours priés pour faire la visite, ils emploient des mots savants auxquels les pauvres patients ne comprennent rien. Allez... ne fais pas l'autruche. C'est toi-même qui me l'a dit !

— Si j'ai dis ça, Claire, c'était parce que j'étais fatiguée. Tu sais, mets-toi à leur place, ils sont surchargés de travail.

— Ah ! C'est facile de faire un effort !

Ce reproche était parfois fondé, mais, tout de même, les visites s'effectuaient une fois par jour. La douce stagiaire laissait éclater une colère sans limite et livrait, sans retenue, tout ce qu'elle avait sur le cœur. Jusqu'ici, la vie l'avait protégée ; elle appartenait à un autre monde, un monde aisé ; elle vivait cachée et enviée par la plupart de ses collègues, mais cela ne l'empêchait pas de constater la misère qui sévissait, un peu partout, autour d'elle et d'y compatir. Bien au contraire !

Et de continuer, toujours agressive et mordante...

— Tu vois, si ces hommes avaient une dimension spirituelle ils n'auraient pas ce comportement stupide. Ils se mettraient à la portée de leur malade et là, ils deviendraient des êtres complets, extraordinaires. As-tu été à l'écoute d'un malade ? As-tu ressenti son angoisse, sa peur, son désir de parler à celui qui lui a ouvert le ventre ? Il est à l'affût d'un geste amical, d'une parole de réconfort, d'espoir...

— Claire...Tu n'es pas dans ton état normal. Qu'est-ce qui te tracasse ? D'où te vient cette aigreur ?

— Tu le sais ! Vous saviez tous que Marc Ramberlain avait pour maîtresse Brigitte Modrack et la seule qui ne le savait pas, c'était moi !

Et voilà. Elle venait d'avouer la cause de son tracas.

Le rouge monta à ses joues et elle s'effondra en pleurs, sur le canapé. La liaison, apprise l'après-midi l'avait complètement renversée. Oui, l'interne lui plaisait à en perdre la tête ; sa subite disparition troublait ses pensées et la rendait malade.

— Mais... dit Danielle, hésitante et de plus en plus étonnée, lui as-tu fais comprendre que tu avais une certaine attirance pour lui ? Ne l'as-tu pas découragé plusieurs fois, notamment le jour où il a voulu te raccompagner chez toi ? Souviens-toi...

En effet, ce procédé, vis-à-vis de l'interne n'avait rien d'encourageant. Elle l'avait repoussé, en lui faisant comprendre que son attitude déplacée l'agaçait. C'était vrai à ce moment-là, mais depuis la conversation échangée (où elle n'avait pas mâché ses mots) et l'erreur professionnelle à laquelle elle avait assisté, quelque chose de profond s'était déclenché et des sentiments avaient commencé, peu à peu, à pénétrer dans son cœur. Tombée sous le charme et sentant l'attrait que Marc avait pour elle, elle s'était mise, tout simplement, à l'aimer.

L'amour peut être source de joie, mais également source de souffrance, de doute et de déception.

— Pardon pour tout ce que je viens de dire, Danielle ; j'ai exagéré, c'est vrai. Tu vois, j'entends tant de méchanceté, je vois tellement de malades que j'en suis moi-même malade ! Je ne suis pas parfaite bien sûr et ma sensibilité me joue de sacrés tours. Nous sommes tous différents, personne ne réagit de la même manière. Je suis une femme et ce monde dans lequel je vis me touche beaucoup, tu comprends ? Maintenant que tu connais toutes mes pensées, avoue que j'ai raison !

— Un peu mais pas tout à fait, répondit Danielle en lui souriant à moitié.

* * *

Pelouse grandiose à l'aspect hivernal ; multiples arbres dépouillés ; fontaine en marbre d'ou jaillit un splendide jet d'eau et enfin, petit sentier bordé d'acacias d'où l'on aperçoit, cachée tout au fond, une splendide villa parée d'immenses baies. Le chemin pour y accéder n'est pas facile. Le conducteur hésite, puis enfin s'engage. Une fois le petit sentier traversé, un large portail en fer forgé, largement ouvert, l'invite à emprunter une allée de gravier. La Mercedes du professeur est placée juste à l'entrée, près d'un garage. C'est bien là !

Deux souliers fins à bride et des jambes galbées sortent de la voiture et une silhouette élégamment vêtue d'une longue robe noire se déploie et apparaît au crépuscule naissant. La silhouette frissonne, se retourne, se baisse à nouveau gracieusement et prend une veste en laine. Les épaules couvertes, elle hâte le pas et se dirige vers les marches du perron. À peine est-elle arrivée au sommet que la porte s'ouvre et le professeur, souriant, lui tend les bras. Elle s'apprête à lui donner la main, mais il la serre contre lui et l'embrasse.

— Mlle Avrilliers ! enfin vous voilà !

Marie Malville vient de pénétrer dans le salon et tient dans ses mains un large plateau où sont posés des coupes en cristal et un seau à champagne. Embarrassée, elle sourit, s'excuse, pose le plateau au pied de la cheminée et se redresse. Au même instant apparaît derrière elle le général Malville, vêtu d'un splendide costume, décoré de la légion d'honneur. L'homme fixe Claire de ses yeux sévères puis, tout à coup, il ouvre tout grands ses bras et s'écrie

— Vous, mademoiselle ? J'ai du mal à vous reconnaître. Vous êtes splendide, mon fils me l'avait dit !

Il s'avance et referme ses bras sur la longue silhouette qui vient de se pencher vers lui. Claire, touchée, se laisse faire. À son tour, Marie Malville s'approche, tend ses mains. Ce sont de belles mains longues, où sont parsemée des taches de rousseur, qui lui rappellent celles de sa grand-mère. Elle les serre avec chaleur. Mme Malville a le teint halé, des yeux d'un noir de jais et des cheveux grisonnants, tirés sur la nuque. À ses doigts, brillent des bagues ; à ses poignets cliquettent des bracelets ; à son cou pendent plusieurs chaînes. Pourquoi tant de bijoux étalés à la vue ? Ils ne sont pas indispensables pour la rendre attirante, pense Claire tout en la regardant. La femme est plantureuse, sereine et semble plus âgée que son mari...

Leur rencontre est sympathique ; le champagne se boit bien ; l'euphorie gagne les esprits ; la conversation n'en finit pas et les mots, quelquefois, dépassent les pensées. Le général fait une cour assidue à la jeune femme qui lui a sauvé la vie. Son fils lui jette des coups d'œil fulgurants et Mme Malville se cache pour rire. Le bavardage devient volage, l'ambiance brûlante. Claire a l'impression que sa venue et sa jeunesse apportent la lumière dans la maison et ses angoisses fondent comme neige au soleil.

Le succulent repas se passe dans la gaieté. Mme Malville va et vient de la cuisine à la salle à manger. Aujourd'hui, son employée de maison est en congé et elle en est fort aise. De temps en temps, particulièrement aujourd'hui, elle a envie de se retrouver seule à la maison. Claire parle de sa vie d'étudiante à la faculté de droit, dit qu'elle a obtenu son diplôme d'avocate pour faire plaisir à son père, mais que cette profession ne lui convient pas. Elle appartient à un milieu aristocratique où les femmes se marient, ont des enfants et n'exercent pas d'activité professionnelle. Deux fois déjà, au grand regret de ses parents, elle a rompu des fiançailles. Son avenir est ailleurs.

La conversation, dissipée jusque-là, devient grave, soudain. Subjugués par ces confidences, les deux hommes, suspendus à ses lèvres, l'écoutent attentivement. Le ton sérieux, elle dit :

— J'ai une mission à accomplir professeur.

Claire redevient la jeune femme pondérée, posée, réfléchie, celle qui suscite tant de jalousie dans le service. Le général ne lui fait plus la cour soudain.

— Ma mission sera de me mettre au service des plus malheureux et de soigner leur plaie et leur esprit, c'est-à-dire de comprendre leurs angoisses et leur donner l'espoir et la tendresse.

Marie Malville boit son café à petites gorgées et regarde tour à tour son mari et son beau-père captivés par la conversation. Le feu flambe allègrement dans la cheminée ; la pendule du salon marque doucement les minutes ; un train siffle quelque part, dans le lointain.

— Vous avez tendance, vous, les chirurgiens, à ne vous occuper que du cas médical. Vous apportez votre compétence, c'est bien, c'est très très bien, mais ce n'est pas suffisant. Vous oubliez souvent que l'homme, qui est face à vous, souffre et veut comprendre le pourquoi de sa souffrance. Il a soif de vos visites, de vos paroles, même si, parfois, vous ne leur dites pas la vérité. Un être humain, quel qu'il soit (et surtout s'il est gravement malade) a droit à des égards et, quelquefois, messieurs, vous avez tendance à l'oublier...

Ces surprenantes paroles dans la bouche de la belle Claire sidèrent le professeur mais, en même temps, lui font hocher plusieurs fois la tête d'un air approbateur. Quelqu'un ose enfin dire certaines vérités et, loin de se révolter, il écoute attentivement. Mme Malville se met à observer les trois personnages : Le général, accoudé sur la table, plisse les yeux, tend l'oreille. Le professeur se mord les lèvres et se tait. Claire parle naturellement comme si elle s'adressait à des amis de longue date. Les mots sont choisis, justes, conformes à ses pensées. Aucun n'ose interrompre ses propos.

— J'ai encore quelque chose à vous demander, dit-elle en relevant fièrement la tête. Saviez-vous que Mme Modrack avait une liaison avec M. Ramberlain ?

Elle vient de parler d'un trait comme si elle voulait se délivrer d'un poids qui l'oppresse depuis longtemps. Le professeur se souvient alors de la perfide réflexion de Jeanne lors de l'absentéisme de Claire. Il répond tout de go :

— Oui ! Cela nous mettait tous mal à l'aise.

Mme Malville revient de la cuisine portant sur un plateau deux bouteilles de liqueur. La question de Claire la surprend.

— Vous savez, jeune fille, personne ne sait exactement ce qui se passe dans la vie d'un couple. Le mariage, parfois, ce n'est pas aussi facile qu'on le prétend. Je connais bien Brigitte, elle est capable du pire comme du meilleur.

La phrase clef vient d'être prononcée « capable du pire comme du meilleur ». Mais alors... le pire aurait-il été ces coups de fils et ces lettres anonymes ?

Claire n'est pas au bout de sa surprise. Les « Malville » sont de très grands amis de Brigitte et de Charles Henri Modrack. Le délicieux repas, le vin et le café invitant aux confidences, elle entend Mme Malville s'exclamer à nouveau :

— Brigitte est jeune, elle joue avec le feu, mais elle ne sait pas que le feu brûle. Cette idylle ne pouvait pas durer, voyons ! Ce n'était qu'une simple amourette ! Les « Modrack » sont mariés et ils s'aiment. Enfin... j'espère, à présent, que la maternité va épanouir notre Brigitte...

Claire reste bouche bée. La directrice, enceinte ? Mais... de qui ? ne peut-elle s'empêcher de penser. Presque deux mois s'étaient écoulés depuis le départ de Marc, donc le père de l'enfant pourrait très bien être Marc Ramberlain !

Le général Malville allume un cigare et tousse. Selon son habitude, le professeur pince les lèvres. Marie Malville verse les liqueurs. Une légère gêne s'installe.

Et la conversation continue.

— Marc était un garçon sérieux, secret, au caractère...

— Était ? Vous... vous voulez dire qu'il... qu'il ne reviendra plus ?

La voix de Claire se met à trembler et son regard semble perdu. Le professeur s'interroge et comprend tout à coup son émoi.

— Non... non... Je ne vous apprends rien : la compresse oubliée dans l'abdomen de sa patiente l'a extrêmement affligé, il a préféré partir, tout oublier. Personne ne connaît sa destination, sauf, peut-être M. Hardy, mais nous n'avons aucun droit de le lui demander. Le Dr Blay assure le service jusqu'à la fin du mois d'avril. D'ici là, nous aurons bien de ses nouvelles.

Claire avoue. Elle est amoureuse de M. Ramberlain et ne peut cacher sa déception. Et le grand professeur, admiré et respecté de tous ne s'est aperçu de rien ! Marc avait délaissé Brigitte par amour pour Claire, mais Claire, le savait-elle ? Certainement pas, puisqu'elle était dans le doute, et le professeur, croyant Marc toujours amoureux de Brigitte lui avait confié l'attrait qu'il éprouvait pour Claire. Une histoire de fou ! Deux hommes, sans le savoir, attirés par la même femme ? Il comprend à ce moment-là toute l'étendue de sa maladresse et aussi tout le mal commis, involontairement, à l'amoureux transi.

Claire n'a qu'un souhait : oublier Marc Ramberlain, obtenir son diplôme d'état d'infirmières et partir, un jour, dans le tiers monde pour soigner les souffrants.

Ce soir-là, par sa grâce, sa franchise et son naturel, à sa grande surprise, elle avait conquit définitivement le cœur du général, du professeur et celui de Mme Malville.

* * *

Samedi. Jour de détente pour Claire. Dans un demi-sommeil, allongée sur son lit, elle se laisse aller à la rêverie. La clarté qui filtre à travers les rideaux lui fait ouvrir un œil. Elle resterait bien encore à rêvasser, bien au chaud, enroulée dans le drap et les couvertures mais le programme de sa matinée est chargé : En trois heures elle doit d'abord faire ses courses, puis aller chez le pédicure, ensuite prendre rendez-vous chez le coiffeur et passer à la poste chercher une lettre recommandée. Hier soir, en lisant l'avis de passage laissé par le facteur, son cœur s'était mis à battre. Il y avait longtemps que le « corbeau » ne s'était pas manifesté. Qu'allait-elle encore apprendre ? Cet avis la priait de bien vouloir se présenter à la poste, au guichet N° 3 vers midi, munie d'une pièce d'identité.

Tout à coup, la sonnerie de sa cafetière électrique la fait sursauter et une odeur de café frais envahit aussitôt la cuisine. Elle se lève, regarde sa montre : 8 h 30 ! Vite ! ce n'est plus le moment de flemmarder. Quel temps fait-il dehors ? Ce début de mois d'avril s'annonce agréable. Les arbres sont en fleurs, les mimosas embaument les jardins et le ciel, aujourd'hui, est d'un bleu limpide. Ce magnifique spectacle aperçu de sa petite terrasse lui donne une bouffée de bonheur. L'après-midi, Danielle vient la chercher pour aller faire une balade en forêt, à travers des sentiers récemment balisés. Son cor au pied enlevé, elle pourra aisément marcher sans douleur.

Elle ne sait pas encore la tenue qu'elle va mettre. Son jogging blanc molletonné fera parfaitement l'affaire mais son jean classique et son pull-over serré à col roulé la font hésiter. Pour l'instant elle boit son café à petites gorgées, enfile sa robe longue, met ses bas, chausse ses bottes noires et saisit sa cape. Son panier d'osier réservé pour les courses est là, suspendu à une poignée. Elle le prend, ouvre la porte, la referme à clef et se retrouve dans l'ascenseur.

Dehors, c'est le bruit des voitures, des motos, des mobylettes ; c'est aussi le bruit familier du petit marché aux tentes diverses et colorées qui se tient tous les samedis matins au pied de l'immeuble. Les commerçants connaissent bien Claire. Un sourire, une parole aimable, parfois un clin d'œil coquin l'incite à s'arrêter un moment, mais aujourd'hui elle a trop de choses à faire et n'a pas le temps de s'attarder ni de faire son choix en légumes fruits et fleurs.

Le regard soucieux, elle se presse, remplit son panier, passe à la caisse.

La visite à la poste la préoccupe. Elle a bien lu, sur l'avis de passage, le mot du facteur. « Je me suis présenté à votre domicile et n'ai pu vous remettre une lettre recommandée. Motif : absence. Nous vous demandons de venir la retirer vous-même l'après-midi, à la poste centrale, au guichet N° 3, munie d'une pièce d'identité ».

De quelle lettre s'agit-il ?

Son panier rempli, elle n'a qu'une hâte : revenir à l'appartement et le déposer sur la table de la cuisine. Tout à l'heure elle rangera toutes ces victuailles, ses fruits et ses légumes à leur place respective mais, en attendant, elle doit redescendre, sortir sa voiture du garage, allez chez son pédicure et se rendre à la poste centrale. L'heure tourne. Déjà onze heures. Tant pis pour son coiffeur ! Elle téléphonera de son appartement.

Midi. Elle sort de chez le pédicure et court comme une gazelle. Midi quinze. Fébrile, elle pousse la porte d'entrée de la poste. La salle est immense ; le bruit résonne ; la chaleur et des odeurs de transpiration la prennent à la gorge et la font suffoquer. Les guichets sont tous occupés et les clients impatients attendent leur tour, serrés les uns derrière les autres en soupirant. Le guichet N° 3 a moins de monde. Une chance !

Au moment où Claire se glisse derrière une personne, elle tourne instinctivement la tête vers la droite et aperçoit Mme Modrack qui arrive au guichet N° 4. Pâle et les yeux cernés, celle-ci s'apprête à ouvrir son sac lorsqu'un malaise la fait chanceler et elle tombe de tout son poids sur une dame placée derrière elle. Dans son évanouissement, elle entraîne le sac qui bascule, s'ouvre et Claire aperçoit une enveloppe de couleur beige ouverte, dont l'intérieur pointillé de noir lui rappelle immédiatement les enveloppes envoyées par le corbeau ; mais elle n'a pas le temps de réfléchir. Aussitôt, c'est la panique. Des cris s'élèvent, un attroupement se forme, une voix demande d'ouvrir une fenêtre...

— Ce n'est pas étonnant, il fait une chaleur insupportable ici et l'odeur est intenable !

— Allongez la, c'est un malaise vagal

— Appelez une ambulance. vite !

— Y a-t-il un médecin ?

Tout le monde s'affole. Tandis que Mme Modrack est allongée sur le sol, quelqu'un ouvre une fenêtre, téléphone à police secours mais, dans son égarement, se trompe de numéro. Claire, subitement, se souvient que la directrice est enceinte. Elle s'approche, écarte calmement les gens, se baisse et, d'un geste professionnel, relève la tête du corps étendu, tâte le pouls et desserre la ceinture.

— C'est la chaleur dit-elle. Je vais téléphoner à l'hôpital.

— Non madame ! il vaut mieux appeler les pompiers ! ils la transporteront à la clinique St Louis

— À votre aise, monsieur, mais cette dame est Mme Modrack, la directrice de l'hôpital. Je vous aurai prévenu...

Stupéfaction dans la salle.

— Eh bien ! dit un postier agacé par l'événement, je téléphone à l'hôpital. Allez...au suivant !

Chacun reprend sa place, l'un derrière l'autre, et recommence à former les trois files parallèles du début. Les commentaires vont bon train. L'attentat du mois d'octobre, loin d'être oublié, remue à nouveau les cœurs et l'hôpital devient le sujet de la conversation. L'accueil, l'organisation, la compétence, la propreté, tout l'établissement est passé au peigne fin. Chacun parle de l'équipe chirurgicale, des infirmières, donne son avis, relate l'horreur éprouvée ce jour-là par tous les mutilés étendus dans la rue. Une femme se met à pleurer et raconte le sauvetage de ses deux fils grâce au sang froid d'une jeune femme inconnue qui n'avait pas hésité à s'engouffrer dans la fournaise. Claire, suffoquée, écoute ses bavardages et n'avance plus.

Mme Modrack vient d'ouvrir les yeux. L'air frais provenant d'une fenêtre ouverte lui redonne des couleurs. Aidée par quelques personnes, elle se lève et va s'asseoir sur un des fauteuils placés à l'entrée de la poste.

— C'est pour quoi ? demande le postier caché derrière sa vitre.

Claire tremble, son cœur cogne fort dans sa poitrine. Ce qu'elle vient d'entendre l'a littéralement soufflée. Fouillant dans son sac, elle sort l'avis de passage, sa carte d'identité et les présente sous les yeux de l'homme qui la scrute.

— Voilà ! Deux chéquiers, madame. Veuillez signer ici, S'il vous plaît.

Par exemple ! La lettre recommandée, ce n'était... que cela ? Le stylo à la main elle essaie d'écrire son nom mais sa main tremble trop. Elle s'excuse, se met à l'écart et cède sa place. Le postier s'impatiente. La maman des deux garçons la regarde curieusement, croit comprendre son émoi et lui sourit.

Le Dr Modrack sort subitement de sa limousine garée sur un passage clouté et monte quatre à quatre les escaliers de la poste. Les gens s'écartent, le regardent, certains le reconnaissent et le saluent. Brigitte, remise de son malaise, le voit arriver et vient à sa rencontre.

— Qu'y a-t-il ? Tu n'as rien ? Le... le bébé... pas d'ennui au moins ? lui dit-il en la prenant dans ses bras.

Rien de ce qu'il redoute ne vient de se passer. Rassuré, il enlace sa femme, l'entraîne vers la sortie, jette un coup d'œil furtif autour de lui, voit les files d'attente et fait un signe de remerciements à tout le monde.

Dissimulée derrière la file du N° 3, Claire n'a pas été vue. Ces extraordinaires événements se sont déroulés si vite qu'elle reste encore sous le coup de l'émotion. Dans son esprit se succèdent simultanément l'image de l'évanouissement, celle de l'enveloppe ouverte, sortie du sac. À ses oreilles résonne une voix grossière qui veut appeler les pompiers, puis l'ahurissante narration de la mère de famille. Elle regarde sa montre. Une heure moins le quart. En vingt-cinq minutes exactement, il vient de se passer des événements inouïs dont le plus poignant lui a rappelé le sauvetage des deux enfants.

Il est écrit quelque part dans la bible « ce que donne ta main droite, que jamais ta main gauche ne le sache »...

Remise de ses émotions, le pas résolu, elle pousse la porte principale et se retrouve dans la rue.

Sans aucun doute, le corbeau vient de se dévoiler. Cette fois, Claire en a la certitude.

Danielle est en retard.

Deux coups de Klaxons annoncent sa présence au bas de l'immeuble. Des rideaux se soulèvent aux fenêtres, des visages aux sourcils froncés apparaissent, interrogateurs, regardent, hésitent puis se retirent. Claire se penche sur le rebord de la terrasse et fait un signe de connivence. Vêtue de son jogging blanc molletonné, chaussée d'une solide paire de baskets et une veste posée négligemment sur l'épaule, elle dévale les escaliers, pousse la large porte du hall et se retrouve sur le bas-côté de la rue près de la *Fiat*. Danielle ouvre la portière, la regarde en souriant et note immédiatement une attitude anormale.

— Qu'est-ce que tu as Claire ? C'est bien aujourd'hui que nous devions aller faire une marche ?

En effet, Claire a l'air bouleversé.

— Oui, oui, avance sinon nous allons arriver trop tard.

Inquiète, Danielle démarre en lui jetant un coup d'œil furtif. L'air qu'a son amie ne lui plaît pas. Quelque chose de grave, qu'elle n'ose avouer, vient certainement de se passer.

— Tu as vraiment envie d'aller faire cette marche, Claire ?

— Oui, s'empresse de répondre celle-ci, c'est plus qu'une envie, c'est une nécessité !

Sortir de la ville est, chaque fois, une pari irréalisable. Aux coins des rues, les feux n'en finissent pas de changer, les uns clignotent, les autres passent du rouge au vert, puis du vert au rouge provoquant ainsi des coups de freins ou des accélérations brusques. Des C.R.S, cachés, postés aux carrefours lancent des coups de sifflets stridents et se mettent à la poursuite des fraudeurs et c'est une pagaille épouvantable qui s'ensuit...

La forêt est située à environ une vingtaine de kilomètres de la ville. Pour y accéder, la route, sinueuse demande, de la part du conducteur, une concentration particulière, aussi Danielle garde-t-elle le silence. À présent la lisière de la forêt atteinte, la *Fiat* s'engage dans un petit chemin bordé d'acacias, ralentit, freine puis s'immobilise près d'un ruisseau envahi de ronces. Quelques voitures sont garées, plus loin, sur le bas-côté. Apparemment l'endroit semble connu. Danielle, agacée par le mutisme de Claire, l'interroge brusquement :

— Décidément, je n'arrive pas à te comprendre. Tu devrais, au contraire, être heureuse de ce qui arrive.

Commence alors entre les deux jeunes femmes une conversation cocasse qui les laisse interdites. Chacune croyant parler de la même chose s'exprime librement, sans se rendre compte qu'un quiproquo est à l'origine d'un énorme malentendu. Danielle pense que le retour de Marc Ramberlain, prévu pour le lendemain sera le plus beau jour dans la vie de Claire, et Claire, n'ayant pas été prévenue, pense que Danielle a déjà été mise au courant du malaise de la directrice.

— Comment le sais-tu ? dit Claire étonnée par la rapidité avec laquelle la nouvelle s'est répandue.

— Mais... tout le monde en parle dans les services. Le Dr Modrack en premier nous a avertis. Tu ne peux pas savoir à quel point il est libéré.

— Je m'en doute. Après une telle peur !

— Attends. Je ne comprends pas. Quelle peur ? Je ne suis pas dans les secrets des Dieux ! Je ne pensais pas que cette nouvelle te mettrait dans un tel état !

Les interrogations et les réponses sont incohérentes.

Un fax a été envoyé du Caire par M. Ramberlain lui-même et la nouvelle de son retour s'est aussitôt répandue dans tout l'hôpital. Le Dr Modrack, le Dr Blay et le professeur Malville, qui doutaient de son retour ont éprouvé un immense soulagement. Le futur associé revient, enfin !

Et Danielle trouve le bavardage de Claire stupide.

À son tour, les réponses évasives de Danielle troublent Claire dont la pensée reste fixée à la perte de connaissance de Brigitte Modrack à la poste. Pourquoi doit-elle être heureuse de ce qui est arrivé ? La question que lui avait posée Danielle l'interpelle soudain. Il y a quelque chose d'anormal dans la conversation.

Toutes deux déconcertées, sortent de la voiture et commencent à se dégourdir les jambes en sautillant sur un pied puis sur l'autre avant d'attaquer leur promenade à travers les sentiers balisés. C'est alors qu'une simple phrase vient subitement sortir les deux jeunes femmes de l'impasse dans laquelle elles se sont engagées.

— C'est lundi, à 16 heures que Marc Ramberlain doit reprendre son service. Tu te rends compte ? Trois mois d'absence, c'est pas rien !

Claire, suffoquée, arrête immédiatement de sautiller et s'appuie sur le tronc d'un énorme chêne pour ne pas faiblir. La forêt semble soudain l'écraser et l'entraîner sous terre.

— Que dis-tu ? articule-t-elle.

Danielle se précipite vers elle, la retient de justesse, la secoue. Comment ? son amie n'avait pas été avertie ? La surveillante avait été chargée de divulguer la nouvelle et avait envoyé des lettres à tous les médecins traitants. Un lunch d'adieu au Dr Blay était prévu pour le mercredi 6 avril, à dix-sept heures. Hier soir, Claire avait croisé Jeanne dans le couloir du bloc. Elles s'étaient saluées d'un bref mouvement de tête. D'habitude Jeanne passait son chemin et l'ignorait ; là, elle avait daigné la regarder dans les yeux et Claire avait perçu comme une hésitation, voire une colère sourde. Jeanne savait déjà que M. Ramberlain avait donné signe de vie. Pourquoi le lui avait-elle caché ?

Claire se met alors à raconter l'épisode de la poste, sa surprise de constater les enveloppes beiges pointillées de noir et l'inquiétude du Dr Modrack pour la santé de sa femme. Beiges, blanches, vertes ou rouges toutes les enveloppes sont les mêmes ! Encore un malentendu, pense Danielle, qui ne comprend pas la panique qui s'empare de son amie.

Les oiseaux volettent en toute liberté dans les arbres en fleurs, mais ni l'une ni l'autre n'écoute ces chants joyeux. Devant l'incompréhension de Danielle, Claire avoue, sans retenue, tout ce qu'elle a gardé et caché dans son cœur : Les lettres anonymes, les coups de fils, l'agressivité de Jeanne et celle de la directrice. Travailler dans ces conditions avait été au-dessus de ses forces. Chaque jour, ces deux femmes, odieuses et jalouses, avaient employé des ruses et avaient tout mis en œuvre pour la chasser. Et les femmes, dans ces cas-là, peuvent être terribles...

— Tu comprends maintenant le motif de mon absence ? Je ne sais pas encore qui est le corbeau, mais je touche au but. J'hésite entre Mlle Jeanne et Mme Modrack, seulement, le dernier télégramme reçu crée un doute. Si c'était la direc-

trice, pourquoi aurait-elle écrit : Ramberlain a une maîtresse, à toi de la trouver ? Tu sais, des accusations anonymes, c'est terrible ! Enfin, n'en parlons plus. Demain, je ne
reviens pas à l'hôpital. Le directeur envoie la plupart de ses
élèves à la clinique St Louis et j'ai été sélectionnée pour
terminer tous mes stages là-bas. Est-ce une coïncidence ?
Peut-être est-ce à cause de ce départ que la surveillante ne
m'a rien dit ?

Claire parle par saccades et Danielle, époustouflée, la
laisse faire sans l'interrompre.

Les violettes, les jonquilles et les primevères, fraîchement écloses, s'épanouissent au pied des chênes et dégagent
une agréable odeur. Une image enfantine traverse l'esprit de
Claire. Son père, à la « Treille », lui apprenait le nom des
arbres, des fleurs et de tous les oiseaux qui piaillaient au
printemps. Le roitelet par exemple était le plus petit des
oiseaux, les geais avaient des couleurs multicolores et mor-
dorées, les merles se reconnaissaient à leur bec jaune sans
compter les pies bavardes, à la queue longue et cunéiforme,
les moineaux aux ailes et au dos brun roux rayé de noir, les
rossignols, les rouges-gorges, les mésanges... Le soir, avant
de s'endormir, elle passait en revue tous les arbres : les
ormeaux, les acacias, les frênes, les châtaigniers, les cèdres,
les chênes et les érables... et d'autres encore dont le nom lui
faisait défaut. La nature dévoilait ses mystères et la rendait
heureuse.

Comme elle était loin de toutes jalousie, perfidie et méchanceté humaines !

Danielle lui prend la main, l'entraîne dans le sentier.

—Viens, lui dit-elle calmement, allons chasser nos idées
noires.

Et toutes deux, à petites foulées, s'enfoncent dans la
forêt.

CHAPITRE 11

Un point noir à l'horizon. L'avion transperce les nuages sombres, descend, s'approche peu à peu, devient imposant et se pose sur l'aéroport de Toulouse-Blagnac, ruisselant de pluie. M. et Mme Ramberlain attendent leur fils avec une grande impatience. L'avion a déjà une heure de retard. Ce n'est rien en comparaison des trois mois que Marc vient de passer en Égypte. Peu de temps avant son retour, un car de touristes allemands avait explosé au Caire et provoqué la mort d'une vingtaine de personnes. Lorsque le pays où se trouve un être cher subit des attentats, l'incertitude et l'angoisse gagnent le cœur des parents, amis et connaissances diverses. Chacun pense aux siens, imagine le pire, à plus forte raison lorsqu'il s'agit d'un fils qui n'a donné de ses nouvelles que trois semaines après son départ ! Une fois, cependant, il avait téléphoné à ses parents pour les rassurer. Depuis... plus rien.

La croisière achevée, un besoin vital de se retirer loin du monde s'était imposé à l'esprit de Marc et il avait décidé de passer deux mois seul, dans une petite hutte, située près du rivage du Nil. La méditation, la lecture et l'écriture suffisaient à ses désirs. Ici, dans la profondeur du silence, les paroles de M. Hardy résonnaient à ses oreilles et le sens qui s'en dégageait et qu'il percevait, maintenant, avec une incroyable lucidité, lui donnait une grande leçon de morale et d'amour. Il était parti dans l'espoir d'oublier et de se débarrasser de tout ce qui avait encombré sa vie et voilà que, face à lui-même, il se rendait compte que ses pensées et ses actes revenaient, nets, à sa conscience : Il avait agi comme un mufle vis à vis de son futur associé en lui prenant sa femme ; la compresse oubliée dans l'abdomen décuplait sa culpabilité ; son orgueil et sa fierté le blessaient ; les remarques désobligeantes de la belle Claire Avrilliers et l'attirance particulière qu'il éprouvait envers elle faisaient battre de plus en plus son cœur. La croisière sur le merveilleux « Boat secret » lui avait déjà permis de faire une sérieuse analyse de son passé mais plus encore ici, assis tout le jour sur la petite marche de la hutte et la nuit, la tête levée vers les étoiles qui émaillaient un ciel profond et sombre...

Bien que le temps fût déplorable, il y avait beaucoup de monde à l'aéroport de Toulouse-Blagnac. Les avions atterrissaient, les uns à la suite des autres, roulaient lentement sur la piste détrempée puis venaient s'immobiliser, chacun à sa place respective, près des immenses baies. On pouvait apercevoir, de l'autre côté, à l'abri, une foule impatiente qui attendait et regardait de tous ses yeux l'arrivée des voyageurs de tous les coins de France ou du monde.

L'avion s'immobilisa. Les voyageurs attendirent quelques minutes puis ils commencèrent à sortir et à pénétrer dans un long couloir transparent qui menait jusqu'à l'intérieur de l'aéroport. Au dehors, la tempête faisait rage et balayait à grande eau toutes les pistes d'atterrissage.

Un homme élégant, grand, mince, au visage bronzé, avançait parmi la foule. Mme Ramberlain remarqua immédiatement son fils et lui fit de grands gestes pour attirer son attention. Lorsqu'il la vit, il eut un sourire radieux. À peine eut-il franchit la barrière qu'il se précipita vers elle, la prit dans ses bras et l'étreignit avec amour. M. Ramberlain, resté en retrait, assis sur un fauteuil, se leva avec difficulté et vint les rejoindre. Éberlué par l'élan du fils vers sa mère, il s'arrêta, se mit à l'écart et les laissa seuls, goûter à l'intense plaisir du moment. Il regardait la scène sans oser faire un geste.

De tous côtés les gens riaient, pleuraient, parlaient à voix haute ou à voix basse, s'embrassaient et laissaient éclater à la ronde leur joie des retrouvailles. L'émotion gagnait le cœur de tous, même des plus endurcis. Le moment d'effusion passé, les yeux larmoyants, Marc chercha son père. Il l'aperçut à moitié caché dans la cohue. Se frayant un passage, il alla vers lui, lui tendit les bras et lorsqu'ils furent très près, il l'étreignit subitement et le serra très fort.

Marc avait maigri, mais une lueur nouvelle brillait dans ses yeux et donnait de l'éclat à son regard.

— C'est bon de vous revoir, dit-il en desserrant son étreinte. Je suis heureux d'être en France. J'avais envie de sentir le froid sur ma peau, de voir le ciel gris, la pluie et d'entendre le vent dans les arbres.

Tous les trois se retrouvaient, éperdus de bonheur. Marc, à sa droite, prit sa mère par la taille ; à sa gauche, il donna le bras à son père puis, émus, ils sortirent de la cohue et allèrent au bar du premier étage.

Le départ précipité de Marc avait accablé M. et Mme Ramberlain. Impuissants devant cette étrange attitude, ils s'étaient repliés sur eux-mêmes et s'étaient réfugiés dans la prière. Ce fut une lettre, envoyée trois semaines plus tard... d'Égypte ! qui les sortit de leur angoisse. Marc donnait libre cours à ses pensées, s'excusait et racontait toutes les raisons qui l'avaient poussé à partir de l'hôpital.

Dehors, la pluie tombait toujours et le vent courbait les branches jusqu'à terre. Les giboulées de mars, cette année, étaient en retard et prenaient leur revanche au milieu de la tempête. Soudain, un faible rayon de soleil surgit entre deux nuages sombres et un magnifique arc-en-ciel fit une subite apparition sur l'immense parking bondé de voitures.

— À propos mon chéri, dit Mme Ramberlain, tu sais ton ami Gérald, celui qui habite près des Saintes-Marie-de-la-Mer, figure-toi qu'il était en instance de divorce. Il était si malheureux qu'il est parti faire une retraite spirituelle chez les moines. Eh bien ! Quand il est revenu, il est allé trouver sa femme, lui a demandé pardon et depuis, ils sont revenus ensemble...

Oh ! l'agréable nouvelle !

* * *

— M. Ramberlain est de retour !

Ce ne fut qu'un cri. Mlle Jeanne, par l'intermédiaire de la directrice, avait fait passer une circulaire dans tous les services et tout le personnel, au courant de la nouvelle, attendait ce retour avec une grande curiosité. Le professeur Malville, prévenu quelques jours auparavant par Marc, avait alerté le Dr Modrack lequel à son tour, avait averti spécialistes, médecins traitants, bref ! toute la gent médicale et chirurgicale de l'hôpital. Les infirmières, soucieuses, ne laissaient pas éclater leur joie, pas plus que les lingères, les cuisinières ou les secrétaires. Des paroles désobligeantes, dites à voix basse et sous le sceau du secret fusaient de tous côtés.

— Pourquoi revient-il ? On était bien sans lui !

— Et Mme Modrack ? Quelle va être sa réaction ? Le manège va recommencer !

Rires sous cape ; allusions perfides ; évocations de rendez-vous clandestins, le soir, dans les couloirs où sous les escaliers de la lingerie...

— Vous saviez qu'elle était enceinte ?

— Oui, mais... de qui ?

Les mauvaises langues allaient bon train et ne cachaient pas leur déception de voir revenir celui qui leur avait laissé un si mauvais souvenir par sa frivolité, son autorité et sa morgue. Ce retour, visiblement, n'était pas souhaité par tous. Pour les uns, Marc Ramberlain était dérangeant, pour les autres, admiré et respecté. Son charisme lui avait attiré beaucoup de jalousie, aussi son départ, pour certains, avait-il été bien accueilli.

Le matin même, la femme de ménage nettoya sa chambre, son bureau et sa salle de bains. En vérité, elle n'eut pas grand chose à faire. Jeanne, rendant visite au Dr Blay chaque jour, elle avait veillé sur la propreté du petit studio qui n'avait pas cessé un instant de luire et de sentir l'eau de lavande.

Une voiture blanche franchit l'entrée principale de l'hôpital, avança lentement et vint se garer sur une des places réservées. Marc ouvrit la portière, saisit deux valises posées sur le siège arrière et fit face au bâtiment. Il avait l'impression qu'il découvrait son lieu de travail pour la première fois. Il resta un instant immobile, à l'examiner. Le soleil qui illuminait toute la façade l'obligea à cligner les yeux et l'empêcha de voir les visages collés aux carreaux, derrière les fenêtres. Personne ne sortit pour l'accueillir. Élégant dans son costume gris, il gravit les marches et se retrouva dans le hall comme un quelconque individu venu rendre visite aux malades. Secrétaires et standardistes, assises à leur poste, le virent arriver mais, gênées, elles n'osèrent se lever ni venir à lui. Ce fut lui qui prit l'initiative de contourner les bureaux et qui vint les saluer avec un franc sourire. Auparavant, il aurait été extrêmement vexé de passer inaperçu ; jamais il ne se serait abaissé à faire lui-même le premier pas. Chacun à sa place, aurait-il pensé. Là, à la surprise générale, il posa ses valises par terre, tendit la main à chacune et adressa des paroles aimables. La glace fut rompue soudain. Les visages se déridèrent, les voix s'élevèrent. Avez-vous fait bon voyage docteur ? Vous êtes en pleine forme... Oui, nous savions que vous deviez arriver aujourd'hui... Oui, merci, tout va bien...

Entendant ce remue-ménage, Mme Modrack ouvrit la porte et apparut à son tour. Interdite, elle s'arrêta net. Et ce fut encore Marc qui vint vers elle, les bras grands ouverts

— Brigitte ! Bonjour.

Il referma ses bras sur elle et l'embrassa avec gentillesse. Stupéfaite, elle ne put que lui rendre ce baiser à la vue de tout le monde puis, elle recula et le dévisagea des pieds à la tête. Ce retour avait été tellement appréhendé qu'elle restait sans voix. Marc remarqua un laisser-aller dans sa tenue, un empâtement de sa personne mais il se garda bien de le lui dire. Au contraire, il lui parla avec affection, sans la brusquer, lui demandant des nouvelles de son mari, des confrères et de tous leurs amis communs. Quel miracle avait eu lieu pour que personne ne reconnût l'homme direct et si désagréable qui avait abandonné, du jour au lendemain, ses fonctions et ses responsabilités sans donner d'explications valables ? Tout le monde en connaissait la raison mais se serait bien gardé d'en parler à qui que ce fût.

D'ailleurs, pourquoi le faire puisque tout le monde savait !

Il retrouva son petit studio non sans éprouver un certain plaisir, prit une douche et recommença à vaquer à ses occupations comme s'il avait quitté l'hôpital la veille.

Charles-Henri Modrack, le professeur Malville et le Dr Blay l'accueillirent avec plaisir. Ils bavardèrent longuement, le mirent au courant de l'état de chacun des malades et lui laissèrent, avec soulagement, la garde de la nuit.

L'image d'un cheval gambadant en liberté le long d'une plage déserte passa devant ses yeux. Une pointe de regret lui pinça le cœur mais il savait très bien que sa véritable place n'était pas là-bas. Le dressage des chevaux avait été une échappatoire mais la vie l'avait doté d'atouts bien plus importants. Pourquoi aurait-il donc fait toutes ses études de médecine si c'était pour tout interrompre stupidement, sur un coup de tête? Certes ! Les concours hippiques et la conquête de l'animal lui plaisaient, mais ce n'était pas une raison suffisante pour rejeter sa profession. Ses profondes réflexions quotidiennes en Égypte avaient largement contribué à lui faire comprendre que sa destinée n'était pas de s'occuper des chevaux mais de se consacrer à l'être humain, de le soigner et de le guérir avec patience et volonté. La victoire sur le mal lui procurait une joie immense. Voilà où se trouvait sa vocation ! Et s'il en était arrivé à faire cette halte dans sa vie, ce n'était pas un hasard : simplement un besoin, une nécessité pour lui faire entrevoir l'essentiel : sa profession. Intuitivement, il le savait mais jamais il ne l'avait approfondi. Ce fut en Camargue, avec son ami Gérald, qu'il avait commencé à étudier sérieusement les conséquences et les répercussions de sa vie affective et professionnelle.

Et ce fut le début d'une révélation.

La vie lui avait tout donné : le physique, l'intelligence, la volonté, la santé, la réussite... mais il avait tout gâché à cause de l'intransigeance de son caractère et ce fut cette compresse oubliée dans un corps qui, tout à coup, le fit douter de son infaillibilité. Maintenant, il pouvait comprendre que d'autres, tout comme lui, pouvaient se tromper ; désormais, il serait capable de pardonner aux autres leurs erreurs. Sa relation avec autrui devint plus sensible ; alors, pour se libérer de ce lourd fardeau et pour goûter au bonheur, il avait décidé de changer.

Il se remit à lire les évangiles, pensa très fort à M. Hardy et comprit que la doctrine du Christ incluait le véritable sens de la vie.

Les préoccupations professionnelles reprenaient leur véritable place et la vie recommençait, plus légère de conséquences et plus digne d'intérêts que jamais.

Personne, dans le service, ne reconnaissait le Dr Ramberlain. Il frappait aux porte des chambres avant d'entrer, parlait doucement et avec respect aux malades, expliquait chaque intervention avec attention et sollicitude. Quelques jours après son retour, ne voyant pas Claire, il se mit avidement à sa recherche dans tout l'hôpital. Personne ne l'avait vue ni même aperçue. Désespéré, il fit une dernière tentative et s'adressa à une aide soignante qui poussait un chariot dans le couloir. Il n'obtint aucun renseignement. Son regard devint sombre. Danielle et Mlle Jeanne discutaient dans un bureau et entendirent la question. Aussitôt elles arrêtèrent leur conversation et se regardèrent, embarrassées. Le moment tant attendu venait d'arriver.

— Mlle Avrilliers fait ses stages à la clinique St-Louis, docteur.

— Comment ? Mais... pour quelle raison ?

Danielle s'avança et prononça devant Jeanne pétrifiée:

— C'est l'école qui la envoyée là-bas. Elle était ravie parce que, ici, elle a passé des moments terribles. Aujourd'hui, elle est en vacances, chez elle, à la « treille ». Je dois aller la retrouver, voulez-vous que...

Marc n'en crut pas ses oreilles. Frissonnant comme si une douche froide était déversée dans son dos, il répondit brusquement :

— Non. Ce n'est pas la peine. J'irai me renseigner moi-même.

La peur étreignit le cœur de Jeanne. Assurément, Claire avait informé Danielle de ses tourments et Danielle était à cent lieues de soupçonner Jeanne d'être le « Corbeau ». Plus tard, elle avouerait ses actes diffamatoires, mais pas encore. Non ! Elle n'en avait pas le courage.

Chagriné, le regard sombre, Marc s'éloigna lentement dans le couloir, sans se retourner. Danielle et Jeanne, navrées, se regardèrent en soupirant. Marc Ramberlain avait été, était et serait toujours amoureux de Mlle Claire Avrilliers !

Avant l'arrivée du Dr Blay, Jeanne était jalouse de tous les amoureux de la terre. Elle avait tellement envie de connaître l'amour ! Ce bonheur lui paraissait sublime, inaccessible, et surtout pas fait pour elle. Lorsque le Dr Blay fit sa première visite dans le service, ils échangèrent quelques mots et ce fut comme si la terre s'était dérobée sous leurs pieds. Un fulgurant coup de foudre venait de s'abattre sur eux. Ils s'épièrent, se cherchèrent, se trouvèrent un soir, seuls, dans un couloir et tombèrent dans les bras l'un de l'autre.

Maintenant, Jeanne connaissait la joie, le doute et les peines de l'amour.

— Je ne suis pas fière de moi, dit-elle en prenant Danielle par les épaules, allez... Venez... Je vous offre un thé à la cafétéria.

Stupéfaction.

Dernier jour du week-end de Pâques. Claire était à la « Treille » pour goûter le silence de la nature et sentir les effluves du printemps. La pluie des derniers jours avait légèrement rafraîchi l'atmosphère, rendu la pelouse verdoyante et redonné vigueur aux branches des arbres. Au mois de février, le parc et le bois de chêne dénudés lui avaient donné une image nostalgique, monotone et morose. Elle se souvenait, en effet, d'avoir ressenti de la mélancolie en regardant le ciel gris à travers le squelette des arbres. Ce jour-là, une brume flottait dans l'air accrochant son écharpe dans les buissons, et le froid avait provoqué des frissons sur tout son corps. Le doute et l'absence de Marc commençaient lentement à lui déchirer le cœur. La télévision venait de repasser l'attentat des Galeries Lafayette qui avait eu lieu quelques mois auparavant en retransmettant quelques images horribles. N'en pouvant plus, elle était sortie et avait calmé son angoisse en respirant profondément l'air frais de sa chère région et en regardant un nid perché sur une haute branche.

Aujourd'hui, en contemplant cette même ramure, elle s'aperçut que les petites pousses vertes commençaient à s'épaissir et cachaient, en partie, le nid à son regard insistant.

Les vacances de Pâques se terminaient et lundi, elle devrait reprendre ses stages de chirurgie à la clinique de la ville. Un changement définitif d'établissement figurait au programme de l'école d'infirmières. La chance lui souriait. Elle aurait, certes, d'autres problèmes à affronter mais elle allait connaître d'autres visages, d'autres lieux, acquérir une autre méthode de travail et changer d'ambiance.

Le téléphone sonna soudain. Claire se précipita dans le salon. Danielle l'informait de sa venue à la « Treille » parce qu'elle avait des tas de choses à lui apprendre. Elle prendrait l'autoroute et arriverait dans une heure trente environ.

— Arrive vite mais je te préviens, l'hôpital ne m'intéresse plus !

— Même... le Dr Ramberlain ?

— Ne me parle plus jamais de cet homme !

Elle vaqua à des occupations futiles, puis s'habilla en jardinière et entreprit de sarcler la terre, trop ferme, du potager. Ce travail lui plaisait, lui changeait les idées et la vie, en plein air, sous le soleil, lui redonnait de la vigueur et une certaine joie de vivre.

Ce fut dans cet état de bien-être, au moment où elle terminait le sarclage, qu'elle aperçut Danielle qui sortait de sa voiture. Elles ne s'étaient pas revues depuis leur promenade à travers la forêt c'est-à-dire depuis le fameux jour où Claire avait appris le retour de Marc. Cette venue rapide n'était pas anodine. La rencontre provoqua une explosion de paroles et de rire. Claire prit la valise, indiqua la chambre puis elles se dirigèrent vers la cuisine et prirent gaiement un thé.

— Quand as-tu repris ton service ?

Cette question directe signifiait : Que se passe-t-il depuis mon départ ? As-tu revu Marc Ramberlain ? Comment va-t-il ?

Claire savait que Danielle avait repris son travail, mais elle fit semblant de l'ignorer pour provoquer la conversation et obtenir des renseignements précis sur ce retour tant souhaité. Danielle répondit simplement

— Depuis deux jours. Oh ! rien de spécial, la routine...

— Oui, mais...

— Quoi donc ?

— Tout va bien là-bas ?

— Là-bas ? Que veux-tu dire ?

Claire bredouilla.

— Enfin... oui... non... Tu sais bien !

Danielle l'épiait et faisait semblant de ne pas comprendre.

— De quel endroit parles-tu ?

— Oh ! rien dit Claire vaguement. Pardonne-moi, je dis toujours des choses que je ne devrais pas dire.

Elle devint grave soudain et dans son regard passa un voile de tristesse. Alors, Danielle se leva, vint vers elle, la prit par le cou.

— Tu meurs d'envie d'en savoir davantage, pas vrai ? Tu veux que je te dise la vérité ?

— Non ! Je ne veux rien savoir !

— Mais si ! M. Ramberlain est revenu méconnaissable, transformé, tout à fait différent de ce qu'il était, et sais-tu ce que furent ses premières paroles en reprenant son service ? Il a dit : Comment se fait-il que Mlle Avrilliers ne soit plus ici ? Je ne la vois pas. Pouvez-vous m'en donner la raison ? Il te cherchait partout, dans les chambres, dans les services, dans les couloirs, dans les blocs, de la cafétéria jusqu'aux bureaux et même dans celui de Mme Modrack ! Je ne te raconte pas d'histoire, je l'ai vu ! Et sais-tu qui lui a dit où tu te trouvais actuellement ? Mlle Jeanne !

Claire se raidit et devint blême. Danielle continuait, imperturbable :

— Il a maigri et son visage est, comment dirais-je, plus viril. Oui ! C'est ça ! L'expression de son regard est douce et quand il parle aux patients, tu n'en reviendrais pas ! Il est devenu plus poli. C'est incroyable !

— Tu me dis n'importe quoi, articula faiblement Claire. Je ne te crois pas.

— À ton aise ma belle, répondit Danielle. Bon ! Qu'est-ce qu'on fait ? On mange ? J'ai faim !

Le thé était un peu trop léger pour son estomac qui criait famine, aussi s'affaira-t-elle à sortir d'un sac du pain frais, du saucisson, une boîte de pâté et des œufs dont l'un, brisé, laissait échapper la glaire à travers son papier d'emballage. Puis, il y eut des gâteaux, un paquet de café et des fruits divers. En une seconde, la longue table de la cuisine fut recouverte d'une toile cirée et encombrée de toutes sorte de provisions. Claire, malgré son trouble, ne put s'empêcher de sourire. Une poêle, avec un peu d'huile, posée sur le gaz commença à chanter agréablement. Vite ! deux œufs furent cassés et immédiatement saisis.

Claire gardait le silence mais elle éprouvait une grande frayeur. Ce qu'elle s'interdisait d'avouer était que, toutes les nuits, Marc traversait ses rêves. Il apparaissait, souriant, avançait vers elle les mains tendues, la prenait dans ses bras, l'étouffait de baisers et lui murmurait des mots tendres, délicieux qui n'en finissaient pas de s'épancher à son oreille. Et si c'était vrai ? si un jour il venait sonner à sa porte et lui dire « je vous aime, vous me rendez fou, venez avec moi », quelle serait sa réaction ? Refuserait-elle une fois encore la magnifique opportunité qui s'offrait ? Dans sa tête résonnaient les paroles de Danielle « il te cherchait partout, même dans le bureau de Mme Modrack... » Qu'est-ce que cela signifiait ? Danielle l'agaçait par ses sous-entendus, ses yeux malicieux et maintenant son appétit féroce. Mine de rien, elle lui lançait des boutades et l'obligeait à sortir de ses gongs, elle, si calme, si résignée depuis sa décision !

Tout à coup, sortant de son silence, elle s'écria :

— Et les coups de fils et les lettres anonymes, ça aussi il l'a appris ? Peut-être est-ce Mme Modrack qui le lui a dit ? Ou alors est-ce la surveillante qui se mêle de tout ce qui ne la regarde pas, hein ?

Danielle arrêta de saucer son pain dans l'assiette et la regarda, l'air soucieux.

— Pourquoi ? Tu en as eu d'autres ?

— Depuis l'événement de la poste, non ! Écoute Danielle, si tu veux me faire plaisir, ne me parle plus jamais de l'hôpital et encore moins de Marc Ramberlain, d'accord ?

* * *

M. Hardy, confortablement installé sur son canapé, regardait les dernières nouvelles du monde à la Télé. Apparemment, il semblait y porter un grand intérêt. Pendant ce temps, sa femme qui épluchait des pommes de terre à la cuisine, l'entendit pousser de petites exclamations furieuses : Quelle monstruosité ! Oh! la ! la ! la! mais... où allons-nous ! Ils ne vont tout de même pas commercialiser le clonage !

— Que dis-tu Victor ?

— Je dis que le monde est fou ! Nous dansons sur un volcan sans nous en rendre compte. C'est insensé !

Mme Hardy ôta son tablier de cuisinière et vint rejoindre son époux sur le canapé. Les images sur l'écran montraient des progrès scientifiques effrayants et tous les malheurs de la terre. Ici la guerre en Afrique. Là, la famine. Ailleurs un accident de chemin de fer. Partout de la douleurs, des cris, des gémissements.

—L'homme fait son propre malheur Élisa. Nous avons essayé de semer quelques graines mais, hélas ! nous n'étions pas assez nombreux pour apporter la paix.

Mme Hardy hocha la tête, appuya sur la télécommande et changea de chaîne. Le retour des vacances de Pâques annonçait une grande affluence de voitures sur les routes de France et les prévisions météorologiques n'étaient guère réjouissantes. Des hélicoptères sillonnaient le ciel et photographiaient l'encombrement des routes. Sur des kilomètres, les voitures avançaient sous la pluie, à la lenteur d'un escargot. Écœuré, M. Hardy appuya à son tour sur l'interrupteur de la télécommande et le salon fut plongé dans un profond silence.

—Tu vois Élisa, je ne prétends pas être un saint, tu le sais. Si j'ai quitté la soutane, c'était parce que le but de ma vie était d'apporter aux hommes, sur le terrain, une certaine ouverture d'esprit pour leur permettre d'accéder à la paix intérieure. À quoi ai-je servi, dis-moi, si ce n'est qu'à constater partout des échecs ? La réussite, je ne l'ai eue qu'avec toi et Hélène. Le reste, ce ne fut que quelques gouttes d'eau noyées dans la mer...

Les images désastreuses de ce monde l'accablaient, le désorientaient et le rendaient si malheureux qu'il ressentait une impression de défaite face à sa propre conscience. L'angoisse l'oppressait ; une sensation d'inutilité troublait son âme. Le sens de la vie, pour lui, avait toujours été la compassion, l'échange, l'encouragement et l'amour d'autrui. Qu'était-il advenu de toutes ces bonnes intentions ? La parabole du semeur lui revenait à la mémoire. Ce symbole, si pur, avait toujours été la source d'une profonde réflexion métaphysique. Où donc étaient tombées les graines qu'il avait semées avec tant d'amour et tant de force au cours des années ? Peut-être simplement sur le bord d'une route stérile ? Sur un chemin pierreux, aride ? Avaient-elles été mangées par les petits oiseaux des champs, ou bien étaient-elles ensevelies sous une couche de limon et attendaient-elles sagement de germer dans un cœur avide de changement ?

Une fois ; une fois seulement il aurait souhaité que ses conseils soient entendus, compris et mis en pratique, mais rien de ce qu'il avait espéré ne s'était produit. Désillusionné, il avouait, sans agressivité, son désenchantement et laissait deviner une peine profonde.

Le soleil, doucement, déclinait derrière les toits et plongeait la ville dans une demi-pénombre. L'appartement peu à peu s'assombrit et la nuit fit son apparition. Une lumière, à peine visible, que diffusait une lampe discrète, voila les murs du salon d'une teinte grise et une mélancolie soudaine se glissa dans le cœur silencieux des deux époux. Aucun n'eut le courage d'allumer la grande lumière du salon.

La soirée s'annonçait particulièrement morose.

Soudain, la sonnerie de la porte d'entrée retentit si fort qu'ils sursautèrent et se regardèrent, interloqués.

— Hélène ? Non, ce ne pouvait être elle puisque elle avait pris le train pour aller rejoindre une amie à Paris. Elle tenait trop à ce week-end de Pâques.

— Tu attends quelqu'un Victor ?

— Non. Personne.

À nouveau un bref coup de sonnette résonna. Mme Hardy se leva, alluma le hall, se dirigea vers la porte d'entrée. La chaîne de sécurité réduisait l'ouverture mais elle reconnut, très surprise, une grande et svelte silhouette cachée par la porte. Ce ne fut qu'un cri.

— Dr Ramberlain !

À ces mots, M. Hardy se dressa. Avait-il bien entendu ? Mais il n'eut pas le temps de se lever. Marc était là, devant lui, le visage bronzé, le sourire aux lèvres, une lueur de bonté dans les yeux.

— Pardonnez-moi de venir chez vous sans m'annoncer, mais... je ne pouvais attendre plus longtemps. J'ai... j'ai besoin de vous parler M. Hardy.

« J'ai besoin. » Ce mot si espéré venait de jaillir d'une bouche hésitante, un mot qui ne demandait qu'une écoute attentive, peut-être un conseil. Le jeune Dr Ramberlain de l'hôpital, celui qui avait eu le cran d'avouer l'erreur professionnelle venait de faire une subite apparition et quémandait la présence d'un guide, d'un soutien. Presque en baissant la tête, il ajouta comme une imploration :

— Vous seul, cher monsieur, pouvez par votre exemple, venir à mon secours. C'est une nécessité. Je vous en prie...

Jamais, M. Hardy n'aurait pensé que ses graines semées trouveraient un terrain propice à l'épanouissement de Marc Ramberlain ! Il se souvenait, en effet, de leur conversation, de leurs confidences, de l'abattement et du désespoir qui minaient cet homme. Il lui avait même suggéré de partir en Orient pour oublier sa cruelle erreur mais, de-là à croire que ses conseils avaient été retenus, il y avait un monde ! Marc était là, devant lui, anxieux, à l'affût d'une réponse aux questions fondamentales de l'existence qu'il se posait depuis longtemps. Sortant aussitôt de sa tristesse, M. Hardy le salua chaleureusement, l'invita à s'asseoir et à nouveau, tous deux ressentirent une merveilleuse vibration les envahir, la même que celle qu'ils avaient perçue lors de leur première rencontre. Le regard intense, Marc dit :

— Vous aviez raison de m'inviter à partir. J'ai beaucoup réfléchi en Orient.

Heureux de trouver un écho à ses aspirations, M. Hardy se prêta volontiers, ce soir-là, à l'écoute. Ce moment inespéré, propice aux échanges, venait de rompre d'un seul coup sa grande lassitude. Aussi, Mme Hardy, ravie, se retira-t-elle pour laisser les deux hommes seuls, face à face, et l'appartement si triste se transforma soudain en un lieu lumineux.

— Pourquoi avez-vous quitté Dieu ?

Cette subite et surprenante question fit tressaillir M. Hardy mais, très vite, il se ressaisit. Calmement il répondit :

— Je n'ai pas quitté Dieu, je l'ai simplement retrouvé dans l'être humain.

Un temps d'hésitation, puis...

— Voyez-vous, plus l'être est humain, plus il a le sens du divin. Je m'explique : nous avons tous une partie du divin en nous. Si nous marchons sur les traces du Christ, nous sommes tous frères, donc, nous nous rapprochons de Dieu. C'est très simple, n'est-ce pas ?

Marc prit une cigarette, l'alluma d'un geste d'automate et le regarda intensément.

— Pour vous, oui. Pour moi, c'est très difficile.

— Il n'y a rien de plus facile que cela. Avez-vous essayé de rester auprès d'un malade en lui tenant fraternellement la main ?

— Non. Je n'ai jamais le temps

— Eh bien ! Essayez de le prendre ! Vous avez l'extraordinaire chance d'exercer une profession de foi, de soigner le corps ; songez que l'âme et le corps sont solidaires. L'un ne va pas sans l'autre. Si on ne cherche pas Dieu sur terre, on ne le trouve pas « là-haut ».

Le royaume de Dieu est en soi et autour de soi. Il suffit d'ouvrir les yeux. C'est une des clefs fondamentales que je vous donne pour trouver le bonheur. Vous voyez ? Là encore c'est très simple...

Cette réponse, prononcée sur un ton calme toucha Marc au cœur. Il avait un immense besoin d'entendre ces paroles, mais il ne voulait pas les entendre d'un parent, d'un ami ou d'un confrère. Il avait pressenti qu'un jour il aurait une conversation spirituelle avec M. Hardy. Cette pensée le poursuivait depuis son départ pour l'Égypte, comme le poursuivait le magnifique sourire de Claire dans tous les merveilleux paysages qu'il avait contemplés au bord du Nil.

— Comment soignez-vous le patient M. Ramberlain ? Le considérez-vous comme un être humain à part entière ?

— Eh bien ! répondit Marc, surpris, en général je traite immédiatement le cas.

M. Hardy se leva, s'approcha et posa amicalement sa main sur son bras.

— Vous devrez faire un gros effort parce que c'est exactement ce qu'il ne faut pas faire. Arrêtez-vous un instant sur cette remarque. Le malade doit être soigné globalement, vous devez respecter sa dignité, comprendre sa douleur et surtout ne jamais le brusquer. Avez-vous ressenti cette différence ?

Ces fraternelles paroles, dites sur un ton ferme, lui rappelèrent étrangement celles qu'avait prononcées Mlle Avrilliers le jour où elle avait assisté à la visite générale. Outrée de constater sa façon d'agir, elle n'avait pu s'empêcher de laisser éclater la colère qui montait à ses lèvres et Marc se rendit compte que cette jeune stagiaire inexpérimentée lui avait tenu les mêmes raisonnements que ceux qu'il entendait maintenant dans la bouche de M. Hardy.

— Si je puis me permettre cher Docteur, changez d'attitude. Un malade, vous le savez, a besoin d'amour et de compréhension. Essayez d'agir autrement ; une grande ouverture spirituelle vous sera offerte et vous vivrez une dimension beaucoup plus large dans votre existence.

Ces propos lui empourprèrent le visage. Jamais il n'avait pensé qu'il maltraitait ses malades ; au contraire, lorsque l'un deux l'inquiétait, il vivait dans l'angoisse et ne dormait pas de la nuit. Ces remarques l'étonnèrent et le froissèrent beaucoup.

Tout en faisant craquer les articulations de ses doigts entre ses mains croisées (manie acquise dans l'enfance lorsqu'il était puni), il écoutait attentivement ces conseils et livrait, à son tour, ses pensées les plus intimes. S'il agissait ainsi, c'est parce qu'il voulait occulter sa sensibilité. Un chirurgien ne doit pas être faible.

Il murmura cependant, à voix basse

— Je veux être heureux. Je savais que vous trouveriez les mots pour m'aider.

Attendri, M. Hardy, debout, immobile, le regardait, la main toujours posée sur son bras. Marc avait encore d'autres questions à lui poser, mais il se demandait s'il aurait le courage de lui avouer l'amour qu'il portait à Claire. Dévoiler son magnifique secret lui paraissait indigne. Personne ne devait savoir. Seul, M. Hardy pourrait lui venir en aide à condition, bien entendu, d'être informé, et ce dernier, sans le brusquer, attendait patiemment sa confession.

— Vous souvenez-vous de la charmante stagiaire venue auprès d'Hélène le lendemain de l'intervention ?

— Oui. Comment oublier un tel regard !

— Eh bien ! ... précisément, c'est... c'est ce que je n'arrive pas à oublier !

La peur de l'échec vint à nouveau le poignarder au creux de l'estomac et M. Hardy devinant sa faiblesse, eut un étrange petit sourire. Lui aussi avait éprouvé les mêmes sentiments.

— Ne perdez pas de temps ! Vite ! allez le lui dire !

— Quand ?

— Tout de suite

— Mais... il est trop tard ! C'est impossible ! Demain ?

Marc se leva d'un bond. Oui ! demain il franchirait la porte de la clinique et il irait retrouver Mlle Avrilliers. Elle troublait trop ses pensées et ses rêves, aussi avait-il besoin d'un appui moral pour accéder à ses désirs. Maintenant, il savait ce qu'il lui restait à faire.

Il regarda l'heure à sa montre et s'excusa d'être resté si tard. Élisa, discrètement retirée dans la cuisine vit un rai de lumière filtrer sous la porte du hall d'entrée et comprit que M. Ramberlain allait quitter l'appartement. Bruit sourd sur le parquet... dernières paroles échangées... encore une poignée de main... grincement de la porte... échos de pas rapides dans les escaliers, puis silence subit de la nuit.

— Élisa ?

— Oui ?

M. Hardy vint rejoindre son épouse dans la cuisine et passa ses bras tendrement autour de sa taille. Ses yeux brillants reflétaient une grande joie.

— Je suis l'homme le plus heureux de la terre, ma chérie. Viens...

Ce soir-là, il comprit l'amour immense que portait le créateur à l'humanité. Il eut honte de ses doutes, de ses découragements, de ses faiblesses, de ses révoltes. Il se mit à genoux, pria avec intensité, demanda pardon et remercia de toute son âme.

« Seigneur, aide ce monde en péril. Éclaire-le. Donne-lui le pouvoir de discerner l'importance de toute chose. Fais-lui prendre conscience que l'homme est responsable de ses actes et que les milliers de petites graines d'amour ou de haine qu'il sème chaque jour retomberont inexorablement sur sa propre destinée. Cela parfois, Seigneur, est difficile à croire pour celui qui se bat sans cesse pour le bien et ne récolte rien, mais qu'il ne désespère pas. Tes lois divines sont justes et immuables.

Oui, j'ai douté de toi Seigneur, j'ai mis ta parole en doute et pourtant, tu as illuminé ma route au moment où je croyais tout perdre. Tu m'as permis de me rendre compte que les petites graines semées avec amour ne tombent jamais sur un terrain stérile.

Merci, oh! mon Dieu !

Amen. »

CHAPITRE 12

Hôpital et clinique : deux univers, différents et semblables à la fois.

L'hôpital, établissement public, à but non lucratif, dont la recette, versée sous forme de budget annuel par l'état, quelle que soit son activité, a toujours son avenir assuré.

La clinique, établissement privé, à but lucratif (sans aucun apport de l'état et dont chiffre d'affaire dépend uniquement de l'acte) peut donc faire (ou ne pas faire) de bénéfices en fonction de ses activités.

Deux états d'esprit distincts et, en même temps, deux établissements offerts aux souffrants.

Claire, jeune novice depuis une semaine, a pris ses nouvelles fonctions dans le service de chirurgie et prend note des divergences qui séparent un établissement privé d'un établissement public. La clinique a une clientèle choisie ; en revanche, l'hôpital ouvre ses portes au plus riche et au plus pauvre. Chacun a le droit d'y entrer et d'être pris en charge. Claire se souvient : elle y avait découvert la misère la plus effroyable : celle d'une humanité cachée, souffrante et désespérée à laquelle personne ne voulait se vouer et qui aboutissait, inexorablement, dans les hôpitaux.

La clinique : importante bâtisse de deux étages, à l'aspect accueillant, surplombe le côté ouest de la ville. La partie sud est encore vétuste, promise à de grandes modifications. Aux alentours s'étendent plaines, vallons, larges prairies où paissent en liberté vaches et veaux, où gambadent des chevaux dans leur enclos et où coulent de petits ruisseaux chantant sous la mousse. L'air vivifiant, le calme de l'endroit et quelques fermes isolées, dissimulées par des bois de chênes, donnent à cette campagne si verdoyante les jours de pluie, des signes de vie et d'espoir aux malades avides de guérison et de paix. Les chambres sont toutes construites au premier et au deuxième étage. Chaque patient peut ainsi contempler à loisir le merveilleux spectacle de la nature.

La clinique laisse Claire indifférente. Les chirurgiens passent leur visite, donnent leurs instructions, regardent attentivement la nouvelle stagiaire et se retournent sur son passage. L'un d'eux la dévore des yeux et lui sourit. Les infirmières, exaspérées par ce manège ridicule commencent à toiser et à laisser de côté cette jeune et nouvelle « intrigante ». Personne, ici, n'apprécie la compagnie de la jolie fille et le professeur Malville n'est plus là pour la protéger et l'encourager dans ses études.

Ce matin, alors qu'elle s'apprêtait à revêtir sa tenue de stagiaire, elle surprit dans le vestiaire une conversation qui la cloua littéralement sur place. La nouvelle stagiaire, arrivée depuis peu, faisait la une des potins de la clinique.

Ne pouvant saisir toutes les phrases, elle perçut, néanmoins, l'essentiel. À l'hôpital, le bruit courait que Mlle Avrilliers avait profité de l'attentat pour faire parler d'elle, s'infiltrer dans le milieu médical et épouser le premier docteur venu. Marc Ramberlain s'était laissé piégé et pour se débarrasser d'un tel « fardeau », il était parti en

Égypte ; quant à Mme Modrack, folle de rage, elle avait employé tous les moyens pour la mettre à la porte.

Un poids énorme tomba sur ses épaules. La nausée au bord des lèvres, elle restait immobile, muette, paralysée de chagrin. Tout valsait autour d'elle, jusqu'aux murs qui lui donnaient le vertige. Ce n'était pas le moment d'abdiquer. Ce matin, précisément, une délicate intervention était prévue au programme et elle devait être détendue pour y assister et prendre des notes.

Mais l'heure tournait sans qu'elle ne put retrouver son équilibre. Sa petite voix intérieure oubliée depuis quelques mois, vint à nouveau lui parler à l'oreille, l'incitant à être au-dessus de toutes ces mesquineries et racontars de bas étages. Elle devrait faire face à la méchanceté et apprendre, désormais, à lutter, seule, contre tous les événements imprévus. Parce qu'elle était dotée d'un charme fou, les femmes l'enviaient, la fuyaient et la blessaient à souhait.

Dans le couloir, inconscientes du mal qu'elles venaient de provoquer, les deux infirmières se séparèrent gaiement et se souhaitèrent une bonne journée.

Claire, le regard sombre, poussa la porte de la salle d'opération, entra, se mit à l'écart et s'immobilisa. L'infirmière la salua correctement et lui montra, d'un geste discret, l'heure à la pendule. L'anesthésiste, à son tour, lui fit sévèrement la remarque. Claire la foudroya de ses grands yeux noirs et garda le silence. Les chirurgiens levèrent la tête, et regardèrent tour à tour, les deux femmes en proie à une colère froide.

L'intervention dura plus de deux heures. À travers les larges baies, on pouvait voir le soleil inonder la verte campagne, prélude d'une merveilleuse journée printanière. Claire ressentit une envie folle de s'évader, de fouler l'herbe sous ses pieds nus et d'oublier à tout jamais la conversation qu'elle venait d'entendre. Partir, courir dehors, respirer à pleins poumons l'air pur, ne penser à rien, vivre seulement le temps présent... Voilà ce qu'elle souhaitait ardemment depuis son arrivée dans la salle.

L'intervention terminée, elle n'eut qu'une hâte : mettre à exécution son projet et abandonner son stage. Plus rien ne l'attirait ici. Plus rien n'avait d'importance.

— Mlle Avrilliers, ça ne va pas ?

L'un des chirurgiens venaient d'ôter ses gants et lui lançait un regard interrogatif. Claire se retourna, les yeux brillants de larmes.

— Ici, monsieur, c'est pire qu'à l'hôpital. Vous devriez dire à votre équipe d'infirmières de surveiller son langage.

L'anesthésiste tendit l'oreille ; l'instrumentiste et l'infirmière en firent autant ; l'autre chirurgien se rapprocha de son confrère et prit part, à son tour, à la conversation.

— Demandez à Martine et à Anne-Marie ce qu'elles ont dit à mon sujet et vous comprendrez ma peine...

Le geste nerveux, Claire ouvrit la porte de la salle d'opération et disparut dans le bloc.

Le directeur de la clinique vit une longue silhouette traverser la parc et se diriger, d'un pas rapide, vers une voiture blanche garée à l'ombre du feuillage touffu. Stupéfait, il reconnut Mlle Avrilliers. Onze heures. Curieux ! ce n'est pas encore le moment de partir, pensa-t-il étonné. Il prit le téléphone et appela la surveillante générale. Coïncidence ? celle-ci venait d'avoir à l'instant une conversation téléphonique avec un confrère de l'hôpital, le Dr Marc Ramberlain qui désirait ardemment voir la jeune stagiaire récemment arrivéc.

— Comment ? répondit le directeur, elle vient juste de partir. En connaissez-vous la raison ?

La surveillante fut stupéfaite. Elle venait de fixer un rendez-vous au Dr Ramberlain parce qu'il voulait absolument rencontrer Mlle Avrilliers. Il serait là dans trois quarts d'heure.

Un confrère de l'hôpital qui se dérangeait pour venir à la clinique c'était rare, cliniques et hôpitaux étant parfois rivaux ! Le directeur fut flatté et décida sur le champ de recevoir lui-même ce jeune chirurgien dont la réputation, selon la rumeur publique, était bien établie. Bien souvent, secrètement, il avait souhaité rencontrer cet homme, en tête à tête, pour mieux le connaître et le jauger à sa juste valeur, mais la situation ne s'était jamais présentée. Voilà que tout à coup...

— Vous devrez donner une explication, dit-il sèchement. Tâchez donc de savoir pourquoi cette stagiaire est partie !

Puis, il ajouta :

— Dites à M. Ramberlain que je serais heureux de le recevoir moi-même.

Et, le geste preste, il raccrocha.

* * *

L'air sentait bon dans la magnifique campagne printanière. Déjà les roses en boutons commençaient à éclore ; de multiples fleurs déployaient leur corolle et s'épanouissaient au soleil ; les oiseaux volaient et gazouillaient dans les bois ; l'herbe, fraîchement poussée, ondulait sous la caresse d'un vent tiède. Tout autour, le calme, la paix, l'harmonie.

Claire réalisait son rêve : marcher nu-pieds dans la clairière, goûter l'instant présent, se laisser aller au gré de ses pensées, écouter le silence et sentir son cœur battre fermement dans sa poitrine. Moments privilégiés de la vie... Délivrée de ses entraves, elle sentait une terrible envie de vivre, de rire, de crier sa liberté à la terre entière. École d'infirmières, études, chirurgiens, docteurs, malades, souffrance et compassion, elle en avait assez et voulait s'en délivrer à tout jamais.

Les hommes se disaient spirituels, doués de raison et d'intelligence, quelle stupidité ! Ils étaient en réalité comme des châteaux de cartes, aussi légers qu'une plume, balayés par un petit coup de vent. La méchanceté, le mensonge, le mal, la calomnie et la malhonnêteté les rendaient vils et faibles. Maintenant, elle en avait assez ! Désormais, elle ne ferait plus confiance, vivrait à sa manière, jouirait de la vie, ivre de liberté. Voilà sa nouvelle devise !

* * *

Marc Ramberlain, courtoisement, se présenta et demanda à parler à Mlle Avrilliers. Son sourire franc et sa voix grave charmèrent immédiatement la surveillante, mais Hélas ! celle-ci ne put satisfaire ce désir. Pour une raison inconnue, la stagiaire avait quitté le service.

Le directeur accueillit dans son bureau le jeune interne mais ne put donner, à son tour, d'autres explications. Navré, il dit simplement l'avoir vue monter dans sa voiture, tourner vers la droite et s'engager sur la petite route départementale menant à la campagne.

— Vers le village ?

— Exactement.

— Y a-t-il toujours la petite église, près du pont ?

La bizarrerie de la question surprit le directeur.

— Une... une église ? oui, naturellement, mais elle doit être désaffectée depuis longtemps.

— Peut-on y aller facilement ?

Le Dr Ramberlain avait le droit d'aller prier dans une église s'il en ressentait le besoin. L'entrevue fut très rapide. Quelques mots échangés à la hâte et Marc se leva, salua et prit la porte. Vexé et déçu, le directeur ne put le retenir.

Le moteur de la voiture s'emballa sous la pression excessive de l'accélérateur. Démarrant au quart de tour, les pneus crissèrent sur le gravier, écrasèrent les touffes d'herbe et imprégnèrent la route d'une désagréable odeur de gasoil. Loin, derrière, une traînée de poussière se répandit le long de l'allée, s'éleva dans l'air puis se désagrégea au gré du vent. Marc s'engageait sur la petite route départementale et prenait la même direction que Claire. Avec un peu de chance, peut-être la rencontrerait-il ? Il n'avait qu'une envie : la serrer longuement dans ses bras, embrasser son gracieux cou de cygne, ce cou si voluptueux, si attirant, qui l'avait conquis la première fois, voir l'éclat de son visage et entendre le son clair de sa voix. Le cœur battant, l'esprit en éveil, il roula une dizaine de kilomètres, scrutant de ses yeux vifs le moindre recoin. Au sommet d'une côte, il vit, dressées devant lui, agrippées aux rochers, les maisons du magnifique village médiéval, s'échelonnant en pente abrupte, le long d'un ruisseau chantant. Dans un calme olympien, l'eau coulait, fraîche et limpide entre de gros galets. La vue, saisissante, le ravit. Tout paraissait intact depuis sa tendre enfance. Il chercha l'église, se rappela l'endroit : au cœur du village situé dans une enclave. Il suivit la courbe du ruisseau, traversa le pont St-André et se trouva dans le centre. L'église était là, à deux pas de la Mairie, face à la large place publique. Au fond, un unique café et deux hôtels restaurants. Mais... point de Claire Avrilliers.

Abandonnant sa voiture dans une impasse, il fit le tour de la place à pied, se promena dans la rue principale puis il revint sur ses pas et se dirigea vers l'église. Il gravit les

marches, poussa la porte. Un grincement retentit, se réper-
cuta en écho. Miracle ! Elle n'était pas fermée à clef.

Il s'avança dans une demi-pénombre, se signa, vit quelques tableaux, des statues, devina un harmonium placé à
droite, à l'entrée, puis une chaire, puis une allée centrale et
des bancs en bois situés de chaque côté. Face à lui, trônait,
bien en évidence, en plein centre du chœur, l'autel recouvert
d'une nappe blanche immaculée sur laquelle dansait une
lumière phosphorescente projetée par les rayons du soleil.
Ces rayons, filtrés par deux vitraux en forme de fleurs,
épousaient les teintes diverses et ressemblaient aux couleurs
de l'arc-en-ciel. La beauté de l'image le bouleversa. Il se
mit à genoux et pria.

Lorsqu'il eut terminé, il distingua une stèle où se consu-
maient de multiples bougies, et s'aperçut que les murs
étaient taillés à même le roc. Cette petite église était un lieu
insolite qui prenait l'aspect d'une grotte. Tournant le dos à
l'autel il se trouva face à un énorme rocher sur lequel était
gravé en lettres majuscules « Cantare amentis est », ce qui
signifie : Chanter c'est aimer. Un flash traversa son esprit.
« Si je me marie un jour, pensa-t-il, je veux que ce soit
ici ! » Et l'image de Claire, vêtue de blanc, passa devant ses
yeux...

Il se retrouva dehors, ébloui par la clarté.

Assise au café, elle le vit descendre les marches lentement et venir dans sa direction. Aveuglé par le soleil, il ne
l'avait pas encore vue. Frappée de stupeur, elle resta bouche
bée, le coude en l'air, sa tasse de thé à la main. Était-ce bien
lui ? Elle eut envie de partir. Trop tard ! Décontracté, tenant
son pull-over en équilibre sur l'épaule, il traversa la place,
l'allure fière et s'approcha de la tonnelle du café où quelques clients étaient attardés autour du bar. Poliment, il salua
l'entourage, commanda une bière et s'installa à une table

voisine. Ce fut seulement à ce moment-là qu'il tourna la tête et la vit qui le regardait intensément.

— Vous... ici ? dit-il comme électrisé.

— Mais... oui, c'est vous ! dit-elle en même temps, les joues écarlates.

Ils n'en revenaient pas. Mais oui, c'était bien elle, et lui, c'était bien lui ! Leur regard un instant s'accrochèrent, se dévorèrent, s'enflammèrent et le sol sembla se dérober sous leurs pieds. Marc prit subitement son verre, se leva, vint vers elle. Claire posa sa tasse, la main tremblante, le cœur en émoi.

— Bonjour...

— Bonjour...

Ils s'excusèrent mutuellement, se serrèrent la main mal-adroitement, toussèrent pour s'éclaircir la voix. Ne sachant que se dire, ils ne prononçaient que des phrases banales, insipides et stupides du genre : « Vous allez bien ? Nous avons un beau printemps, n'est-ce pas ? »

Autour d'eux les gens arrivaient, se saluaient, riaient, parlaient fort et se tapaient sur l'épaule familièrement. Le brouhaha les assourdissait et c'est à peine s'ils s'entendaient parler. Seules, leurs pensées se confondaient, se mélangeaient, s'unissaient quelque part dans l'invisible. Personne ne fit attention à l'émotion de ces deux êtres éperdus d'amour dont la joie illuminait leur visage. Leur regard n'arrivait pas à se détacher. Ils se dévisageaient, cherchaient à se deviner.

Que faisait-elle un jour de semaine, seule, à la terrasse d'un café ?

Et lui, que faisait-il sur la place du village, et pourquoi sortait-il de la petite église, ce matin-là ?

Il lui offrit une cigarette et alluma son briquet. L'odeur de la fumée l'incommodait. Elle refusa en souriant timidement. Il retrouva le charme de ce sourire, l'alignement et la blancheur des dents, les deux fossettes creusées au plis des joues et eut terriblement envie de l'embrasser.

— Vous permettez ?

Il pointa son index sur le bord de ses lèvres et lui entrouvrit délicatement la bouche.

— Je ne m'étais jamais aperçu que vos deux dents de devant, oui, ici, étaient écartées. Vous êtes belle. Je vous aime...

Immobile, elle se laissait faire, sans dire un mot. Que disait-il de si extraordinaire pour que son cœur fasse des bonds dans sa poitrine ? Elle avait l'impression que son chemisier se soulevait au rythme de ses pulsations et tout son corps vibrait d'un plaisir nouveau, inconnu, surnaturel. Il allait s'apercevoir de son trouble, surprendre son bouleversement. Que pouvait-elle faire pour les dissimuler ?

D'un seul coup les déceptions de la matinée s'effaçaient, cédaient leur place à l'enchantement, à la magie. Elle pensait rêver, voulait prolonger ce délice et n'osait bouger par peur d'un réveil trop brusque. Danielle lui avait dit que Marc n'était plus le même, qu'il avait, en quelque sorte, vieillit... Secrètement elle avait hâte de voir cette transformation, mais elle n'y croyait pas. Ce rêve la plongeait dans une bonheur total auquel elle se donnait pleinement, persuadée que ce qu'elle était en train de vivre n'était que factice, artificiel, trompeur. Et cependant...

Ces paroles qu'il venait de prononcer touchèrent son âme et la lumière tant recherchée dans les moments de tristesse, de désespérance, d'abattement, jaillit soudain. « Un jour, la lumière viendra à moi. Je le sais. Je le sens. »

De quelle lumière s'agissait-il ?

Il la prit soudain par le bras

— Venez. Ne restons pas là; Allons marcher dans la campagne.

Ils se levèrent d'un commun accord, se prirent la main comme deux amoureux et traversèrent la place inondée de soleil. Midi sonnait à l'horloge de la Mairie.

— Ensuite, je vous invite à déjeuner. Surtout ne dites pas non !

Elle prit place dans la voiture, près de lui. Le rêve merveilleux continuait à se dérouler aussi limpide et fluide que le ruisseau qui s'écoulait entre les galets. Le printemps prenait une dimension divine.

Ils roulèrent un moment sans parler. Les silences, quelquefois, valent plus que toutes les conversations du monde.

Près de la forêt, Marc arrêta sa voiture sur le bord d'un chemin, se tourna vers Claire et d'un geste plein de tendresse prit son visage entre ses mains. Confiante, elle ferma les yeux, tendit ses lèvres, attendit le baiser. À son grand étonnement, il ne l'embrassa pas tout de suite. Il la regardait, médusé, et caressait du bout de ses doigts ses paupières, ses joues, le contour de ses lèvres et son menton, comme s'il voulait graver à jamais l'empreinte de cet instant sublime. Sa peau était douce, si douce ! Ses doigts s'égarèrent et s'attardèrent sur le cou de cygne. Quelle délicieuse sensation ! Le rêve inaccessible, si souvent convoité, prenait forme, devenait concret, réel, aussi réel que cette merveilleuse journée qu'ils vivaient avec délice. Livrée à ces attouchements, frémissante, elle goûtait pleinement à la jouissance de l'instant. Enfin, leur souffle se mêlèrent, doucement leurs lèvres se rapprochèrent, s'effleurèrent, se touchèrent puis, finalement s'écrasèrent, donnant naissance à un magnifique baiser voluptueux.

Le temps parut se figer dans l'extase.

Ce fut le bruit d'un avion qui les sortit de leur ivresse. Après maintes arabesques dans le ciel, ce dernier venait de descendre brutalement et s'amusait, à présent, à survoler en rase-mottes le sommet des arbres. Le bruit amplifié résonnait de tous les côtés. Ils desserrèrent leur étreinte, prêtèrent l'oreille à ce jeu dangereux et ouvrirent la portière. Derrière eux s'étendait la forêt, de plus en plus dense et devant, s'étalait la clairière dans laquelle Claire s'était promenée, nu-pieds, une heure auparavant. L'air embaumait le lilas et le mimosa, l'herbe ondulait sous la caresse du vent et la nature invitait à la détente, au délassement, à la paix.

Et toujours ce bruit étourdissant qui n'en finissait pas de rompre l'harmonie...

L'avion, peu à peu, reprit de l'altitude, délaissa l'endroit et partit ailleurs faire ses prouesses.

— Claire... Claire... Que de fois j'ai prononcé ce prénom ! avoua Marc en prenant sa compagne par la taille.

Il s'arrêta, l'étreignit comme un fou et l'embrassa à nouveau. Elle ne repoussa pas l'étreinte, au contraire, elle la savoura, la dégusta, se délectant du contact de sa peau. Ce baiser la grisait de plus en plus et lui donnait des frissons de plaisir.

Tout autour, la nature entière semblait se réjouir de ce bonheur tout neuf et les appelait à s'étendre sur l'herbe fraîche. Se déshabiller là, et faire l'amour tout de suite ! Voilà ce qu'elle se permettait de leur suggérer tout en leur jetant des coups d'œil malicieux. Ce langage inaudible parlait à leurs sens, réveillait chacune des cellules de leur corps, les rendait réceptifs à l'intensité du moment. L'éducation de Claire lui interdisait de s'allonger sur l'herbe, de relever ses jupes et d'offrir ses cuisses et son sexe à la vue de Marc. En revanche, pour compenser et atteindre l'orgasme, elle n'hésita pas à se serrer davantage contre lui, à frotter son ventre contre le sien et à s'immobiliser pour mieux se délecter de l'étreinte. Trop tard ! Sans attouchement précis, sans d'autres baisers ni caresses, sa respiration s'accéléra, ses jambes fléchirent, son cœur changea soudain de rythme et, tout en gémissant discrètement, elle jouit pleinement dans les bras de Marc.

Marc, avait-il senti les imperceptibles contractions ?

Ils restèrent ainsi un long moment, enlacés au milieu de la clairière fleurie puis, ils se détachèrent lentement, se regardèrent encore, les yeux brillants d'une éclatante lumière et s'avancèrent, main dans la main, à travers la campagne bercée par la brise légère et le chant des oiseaux.

— Où m'amenez-vous ainsi ? se hasarda-t-elle à demander.

Il marchait vers un but précis, sans la brusquer, d'un pas naturel. À cent mètres de la clairière, autrefois, il y avait une petite auberge construite en bordure de la forêt. Les touristes s'y arrêtaient l'été et les chasseurs s'y donnaient rendez-vous chaque automne, à l'ouverture de la chasse.

— Promenons-nous encore un moment, je veux voir si l'auberge du « Père Louis » existe toujours, répondit-il.

Ils empruntèrent un petit chemin de terre sillonné de traces fraîches et aperçurent au loin un toit de briques rouges d'où sortait un nuage de fumée. Une odeur de grillade et d'herbes diverses commençait à se répandre dans l'air. Il y avait du monde là-bas et quelqu'un chantait au soleil. Quelques kilomètres à peine séparaient cet endroit joyeux de l'hôpital et de la clinique de la ville. D'un côté, des êtres en pleine santé riaient, mangeaient et buvaient à satiété ; d'un autre côté la tristesse, la douleur et la déchéance emportaient les êtres vers la tombe. Quel contraste flagrant ! Claire « balayait » ses études, ses stages, ses déceptions, ses tourments et la misère humaine. La conversation de la matinée était loin, très loin, presque oubliée. Une forte envie de plaire à l'homme qu'elle aimait la rendait heureuse, gaie, enjouée, motivait plus ses pensées que celles de sa petite voix intérieure, si souvent écoutée et mise en pratique. L'amour lui donnait des ailes et Marc s'envolait avec elle vers un ciel sans nuage.

Ils prirent un délicieux repas campagnard, dehors, à l'abri d'une charmille parsemée de roses dont les effluves embaumaient l'air. Le bonheur se lisait sur leur visage et le rêve fou, incroyable, se concrétisait maintenant dans toute sa splendeur. Le paradis !

* * *

Où était donc passé le Dr Ramberlain ?

Charles-Henri, ennuyé, terriblement contrarié, avait pris la garde et passé la visite à sa place. La veille, une urgence l'avait contraint à opérer une partie de la nuit, et maintenant, fatigué, il n'avait qu'une hâte : rejoindre sa résidence, retrouver sa femme, et s'allonger sur son canapé pour oublier toute la misère à laquelle, chaque jour, il était confronté. Brigitte venait d'arriver. La veste de son tailleur, suspendue au portemanteau et son foulard Hermès accroché à un cintre attestaient de sa présence. Il eut un petit sourire de satisfaction et pénétra dans le salon.

À peine revenu d'un long voyage, Marc Ramberlain recommençait ses frasques et avait délaissé, sans dire un mot, ses consultations de l'après-midi. La secrétaire, en émoi, avait renvoyé la clientèle et s'était excusée en inventant une quelconque histoire. Brigitte était furieuse. Le matin même, elle avait aperçu Marc dans le service et tout à coup, sans rien dire, il avait disparu. Son intuition féminine lui avait fait immédiatement comprendre qu'il était parti à la clinique à la recherche de Mlle Avrilliers. Le changement inattendu du programme de toutes les stagiaires avait circulé comme une traînée de poudre et tout le monde savait.

À peine arrivé dans le salon, Charles-Henri défaisait sa cravate, ouvrait sa chemise et, les yeux clos, s'affalait comme un poids mort sur le canapé. Brigitte le vit et se précipita pour ôter les coussins mais elle n'en eut guère le temps. Elle s'approcha et le regarda, inquiète.

Sentant sa présence, il la chercha de la main, toucha son bras, s'y agrippa.

— Ramberlain m'a joué un sale tour, dit-il, je me suis « tapé » tout le boulot

— Je m'en doutais, répondit-elle, agressive, j'ai téléphoné au directeur de la clinique qui m'a dit l'avoir reçu dans son bureau et...

— Quelle idée ! Qu'est-ce qu'il est allé faire là-bas ?

Agacée, Brigitte dégagea brusquement son bras et le repoussa.

— Ne m'oblige pas à te dire des choses que tu sais déjà ! Ne me pousse pas à bout Charles-Henri ! Tu connais la vérité, alors... n'insiste pas !

Charles-Henri depuis longtemps connaissait le petit manège amoureux de sa femme mais il n'en avait jamais parlé par pour de raviver un grave problème qui lui tenait particulièrement à cœur : Sa stérilité. Il savait qu'il ne pourrait jamais avoir l'extrême bonheur de donner un enfant à la femme qu'il épouserait un jour et Brigitte, qui ne désirait pas être mère, avait accepté ce handicap, sans sourciller. Lui, l'époux, souffrait en silence. Son vœu le plus cher aurait été de fonder une famille, malheureusement, vu les pénibles circonstances, il se gardait bien de faire partager sa détresse. L'arrivée de son confrère à l'hôpital avait déstabilisé son couple et il avait compru, très vite, le danger de la situation. De deux choses l'une : ou bien sa femme partait avec Marc ; dans ce cas, il devait divorcer ; ou bien elle restait avec lui et dans ce cas, elle l'aimait encore. D'un naturel pondéré et tolérant, il avait fermé les yeux sur ses fredaines et attendait patiemment le jour de sa délivrance. Il pensait, en effet, que la liaison ne durerait pas longtemps et que Brigitte se lasserait vite de l'intrigue amoureuse. En revanche, ce qu'il n'avait pas prévu, c'était la future grossesse. Problème qu'il avait cru, au début, insurmontable jusqu'au moment où la jeune Mlle Avrilliers fit son apparition dans le service.

— Viens ici, plus près, dit-il en fixant le ventre de Brigitte, tu t'arrondis beaucoup en ce moment et je suis l'homme le plus heureux de la terre. Cet enfant que tu portes, c'est le plus beau cadeau que tu puisses me donner parce que Ramberlain ne pourra jamais t'épouser. Tu es à moi et je t'aime... Tu m'écoutes mon cœur ?

Brigitte regardait fixement à travers la baie du salon les arbres ondoyer sous une brise légère. Ce regard, en vérité, semblait perdu, lointain, presque égaré. Elle dit simplement, en mettant ses mains sur ses hanches :

— Si c'est un garçon, nous l'appellerons Paul. Si c'est une fille, ce sera Pauline...

Elle revint près de son mari, lui prit la main et la posa elle-même sur son ventre. Leurs doigts se croisèrent et restèrent soudés un long moment. Cette maternité inespérée, paradoxalement, renforçait et soudait une union en réalité aussi forte que le roc. Fallait-il que Charles-Henri l'aime pour accepter une telle situation !

— Personne ne doit savoir, mon cœur, personne. Ce sera notre secret ! Les enfants appartiennent toujours à ceux qui les élèvent et non à ceux qui les ont faits. Ce petit sera notre raison de vivre.

Le moment était propice à l'échange.

— Puis-je te poser encore une question chérie ? Étienne Malville croit que tu es l'instigatrice de lettres et de coups de fils suspects sur la personne de Claire Avrilliers. Est-ce vrai ?

Elle sursauta, indignée. Elle avait toutes les raisons pour « enfoncer » sa rivale ; elle en aurait même été capable, mais jamais elle n'avait pensé se venger ainsi. Loin d'elle cette idée ! Charles-Henri avait tout compris : elle n'aimait pas la stagiaire et maintes fois, en secret, elle lui avait souhaité du mal, mais de là à manigancer ce stratagème...

— Comment aurai-je pu faire une chose pareille ?

— Tu as bien des enveloppes beiges au rebord pointillé de noir ?

— Oui. Et alors ?

— Alors... c'est toi !

Brigitte continuait à le regarder avec des yeux éberlués. Son mari l'accusait d'un geste honteux qu'elle n'avait pas commis. C'était lui qui, à présent, lui prêtait des idées machiavéliques. Offensée, elle s'exclama à haute voix, sur un ton autoritaire qui lui allait si bien lorsqu'elle était en colère :

— Qu'est-ce qu'elles ont à voir dans cette histoire mes enveloppes ? Je te dis que ce n'est pas moi ! Tu dois me croire. Je t'ai toujours dit la vérité !

Devant cette affirmation, qui ne demandait pas de réponse, Charles-Henri acquiesça.

— Alors, si ce n'est pas toi, qui est-ce ? murmura-t-il pensif.

Marc, le visage rayonnant, monta quatre à quatre les escaliers de l'hôpital et se précipita vers son bureau. Les infirmières de jour avait cédé leur place aux infirmières de nuit et le planning des urgences, affiché dans l'entrée du couloir principal indiquait une hernie étranglée, opérée dés son arrivée vers 16 heures par le Dr Modrack. Nom d'un chien ! mais c'est moi qui devait assurer la garde, pensa-t-il alarmé ! Il fit demi-tour et se dirigea directement vers la chambre du malade. Celui-ci se réveillait, se plaignant de douleurs vives et réclamait, entre deux gémissements, des calmants. Il l'apaisa, donna des ordres puis rejoignit rapidement son bureau et téléphona à Charles-Henri. La conversation fut brève. Celui-ci avait opéré en urgence, terminé tard ses consultations et annulé son cours de tennis en nocturne... par sa faute ! Comme s'il s'adressait à un ami, Marc, embarrassé, avoua tout simplement la vérité : la belle stagiaire de l'hôpital travaillait à la clinique ; l'ayant retrouvé, il avait passé toute la journée en sa compagnie. Le bonheur lui avait fait perdre la tête, mais aussi lui avait fait oublier toutes ses obligations professionnelles. La confidence laissa Charles-Henri coi, mais, secrètement, il éprouva un immense soulagement. Les situations, avec ce confrère « rival », paradoxalement, avaient toujours été franches. Sa profession, ses idées, ses engagements politiques avaient fait couler beaucoup de salive lors des longues conversations de salon, mais une qualité essentielle le caractérisait : la droiture, et Charles-Henri, malgré toutes les allusions, les cancans et les attaques lancés contre son couple, oui, à cause de cette qualité primordiale, ne lui en voulait pas. Pour que la liaison cesse, il n'aurait eu qu'un mot à prononcer, mais Marc ne savait pas que... Charles-Henri savait !

— Allez, on passe l'éponge vieux ! Tu sais, on ne peut rien contre l'amour. Je te félicite parce que cette jeune femme est ravissante et j'ai souvent pensé qu'elle était faite pour toi. Tu prends la garde ? O K. Je suis rassuré. À demain.

— Qui est-ce ? demanda Brigitte, curieuse, en revenant de la cuisine.

— Ramberlain. Il vient de s'excuser. Il est tellement amoureux qu'il en a oublié sa garde de l'après-midi. Il a eu du pot que je sois là. Je vais enfin pouvoir dormir en toute quiétude.

Brigitte pinça les lèvres et retint un cri. La réponse l'avait crispée.

Son intuition, hélas ! ne l'avait pas trompée.

* * *

Jeanne ouvre sa boîte aux lettres. Une enveloppe, à son nom, glisse entre ses doigts et elle reconnaît aussitôt l'écriture du Dr Blay. Elle éprouve une joie immense. Vite, un bref tour de clef dans la serrure et la voilà, pénétrant dans son salon, tremblante d'émotion. Elle l'ouvre, la lit avidement. Le Dr Blay lui voue un véritable culte et une admiration sans borne, et il l'attendra tout le temps nécessaire pour l'avoir à ses côtés. Quelle preuve d'amour !

Mlle Avrilliers a quitté ses stages à l'hôpital et le Dr Ramberlain ressent un grand chagrin. Ce même chagrin, Jeanne l'avait ressenti en l'absence du Dr Blay, aussi le remords commence-t-il sournoisement à ronger ses jours et ses nuits.

Brigitte Modrack se montre plus affable, l'ambiance devient plus agréable, le travail s'effectue dans de meilleures conditions.

Mais Jeanne ne trouve plus le repos de son âme.

Et le temps continue de s'écouler, impassible, indifférent à tous les événements de la vie...

* * *

Le corps de Brigitte se transforme de jour en jour et laisse deviner une grossesse avancée. Jamais elle ne dit un mot à ce sujet. Est-elle heureuse ? Elle continue à vaquer à ses occupations multiples sans se plaindre ni donner un signe de satisfaction quelconque. Parfois, son regard s'assombrit, devient mélancolique, triste, larmoyant ; parfois elle semble optimiste, enjouée, sereine. Est-elle un ange ? un démon ? Un problème grave a l'air de la troubler, de la tracasser, de la ronger mais en même temps lui insuffle une énergie extraordinaire, inconnue. Une nouvelle Brigitte, pleine de contrastes, à la fois tourmentée et audacieuse se révèle et surprend son entourage. Même Marc ne la reconnaît pas.

Charles-Henri a l'air épanoui et montre, à la vue de tous, sa fierté d'être bientôt père de famille.

Jeanne devient aimable. Le Dr Blay occupe de plus en plus ses pensées et rend son regard brillant. Mais malgré ce bonheur, Jeanne n'est pas comblée. Une gêne freine ses élans et fait réfléchir Charles-Henri et le professeur Malville : Aurait-elle quelque chose à se faire pardonner ? Ils se posent la question et se demandent si, elle aussi, possède des enveloppes beiges au rebord pointillé de noir...

Claire est revenue travailler à la clinique. Les deux infirmières, contrites, sur l'ordre du chef de service, sont venues lui faire des excuses, mais elle semble si perdue dans ses rêves qu'elle en a oublié leur terrible conversation. Leur goujaterie, désormais, est loin dans ses souvenirs. Les deux collègues, stupéfaites, prenant cette attitude pour une grâce, l'embrassent et la remercient. Son imagination vole, dépasse les sommets, atteint le ciel et son cœur bat à tout rompre.

Elle nage dans le bonheur.

La vie est belle !

* * *

Le salon brille et sent l'eau de Cologne. Sur une nappe blanche, posée sur une petite table : deux coupes, quelques carrés de fromage à apéritif, un seau à champagne rempli de glaçons... l'invité de la soirée est impatiemment attendu.

Claire se prépare dans la salle de bains. Drapée dans une robe longue au décolleté plongeant, elle se regarde dans la glace et paraît satisfaite de son allure. Sa taille est fine, bien dessinée. Son dos cambré. Ses hanches, à peine rondes. Ses seins superbes, tendus, invitent à la caresse et aux baisers. Son corps vibre, s'enflamme, respire l'amour. Bientôt, sans retenue, il va s'offrir aux bras musclés de l'homme viril qui ne va pas tarder à la serrer tendrement, amoureusement, passionnément contre lui.

L'attente est fabuleuse.

Marc, nerveux, regarde l'heure. Dix-neuf heures. Le professeur Malville prend la garde de nuit. Un coup de fil, quelques mots échangés à la hâte et le voilà libéré de ses contraintes. Vite ! il passe les consignes à l'équipe de nuit, va rendre une dernière visite à ses patients puis, le pas décidé, traverse le couloir et regagne son studio. Claire absorbe ses pensées. La revoir, lui parler, l'étreindre est un enchantement. Ce soir il a l'impression d'aller à son premier rendez-vous d'amour et ressemble à un jeune homme timide, scrupuleux, hésitant. Il se ressaisit, s'enferme dans son cabinet de toilette, prend sa douche. L'heure tourne. Bientôt vingt heures...

Un coup de sonnette discret. Le voilà ! Claire s'immobilise, étouffe son tremblement, ouvre la porte. Poussé par un irrésistible élan, deux êtres embrasés de désir s'étreignent, s'embrassent, s'étreignent encore, s'embrassent à nouveau... encore et encore... Moments prodigieux de l'amour.

— Je vous aime Claire. Sans cesse je pense à vous. En Égypte vous m'accompagniez partout. Vous étiez dans chaque déesse, chaque divinité ; votre grâce, votre regard, votre voix me comblaient de bonheur les jours et les nuits. Là-bas, vous auriez été reine.

— Oh ! Taisez-vous !

— Attendez. Non, ne partez pas ! Restez encore dans mes bras...

La souplesse de son corps, la douceur de sa joue contre la sienne, l'odeur de ses cheveux et surtout la naissance de deux seins ronds emprisonnés sous la robe échancrée le rendait fou de désir. Il la retenait, farouchement serrée contre lui, la devinait toute nue, soumise à son étreinte, la « buvait » des yeux comme, si une fois encore, elle allait s'échapper de ses bras et l'abandonner brusquement, le laissant interdit et désemparé. Mais voilà qu'il entendit cette phrase magique

— Serrez-moi encore contre vous, Marc.

La porte d'entrée, mal fermée, grinça légèrement sous une faible secousse du vent. Surprise, elle voulut se dégager.

— Non !

À nouveau ils s'embrassèrent voluptueusement comme si ce baiser devait être, à jamais, le dernier. Enfin l'étreinte se relâcha et Claire alla fermer la porte. Marc jeta un coup d'œil circulaire sur le salon, fut ébloui par le décor, poussa un petit sifflement d'admiration.

— C'est très beau chez vous, dit-il en la prenant par la main.

Ils s'assirent sur le canapé.

— Votre appartement est fait à votre image : « tel est l'homme, telle est sa demeure » dit-on. Ici, tout parle de vous.

Elle répondit par un sourire :

— Si je me souviens bien, votre studio représentait absolument votre personnalité, des bouquins posés partout, un bureau encombré de radiographies, de photos, de lettres et de cendriers, des chaussures traînant sur le parquet, l'odeur de la fumée...

— Chut ! Stop ! Je suis très bohème vous savez...

Ils se regardaient longuement, riaient, se caressaient encore le visage du bout des doigts ; la passion gagnait leur corps ; leur cœur battait à l'unisson ; l'amour les retenait captifs dans ses filets. L'hôpital, la clinique, les malades, la jalousie et toutes les calomnies disparaissaient, se désintégraient sous l'intensité du merveilleux moment qu'ils auraient voulu retenir à jamais.

La soirée, la nuit étaient à eux.

Moments sublimes...

Deux âmes en harmonie, liées quelque part dans l'invisible ; deux corps nus serrés l'un contre l'autre sur le tapis du salon ; deux sexes soudés ; cadences voluptueuses des reins au rythme long, lent, délicieux, exquis...

Le vent, dehors, s'est levé et la baie du salon tremble légèrement. Quelle importance ! La terre entière peut s'écrouler, le sol s'ouvrir, le ciel se déchirer, rien ne peut empêcher la délectation de ces instants fabuleux.

— Claire... Claire... je t'aime...

La voix de Marc est à peine audible, méconnaissable, lointaine. C'est un murmure imperceptible, infime, si subtil ! Ces mots échappés de sa bouche viennent de jaillir à l'instant suprême de la félicité.

Claire pousse un petit cri et... c'est l'extase !

Détente. Apaisement. Joie.
Rire. Attouchements. Échange.

— Il pleut dehors ? demande Marc en levant la tête.

— Je ne sais pas, répond Claire, étonnée.

Marc se lève, s'approche de la baie ruisselante, regarde les lumières de la ville. Le tonnerre gronde au loin. Des éclairs sillonnent le ciel.

— Je n'ai rien entendu, dit-il.

— Moi non plus, répond-elle.

— Mais... il fait nuit ! s'exclame-t-il.

— Déjà ? remarque-t-elle.

Ils éclatent de rire et se serrent davantage.

— Et maintenant ma chérie, si nous buvions le champagne ?

* * *

Jeanne a rendez-vous avec Mme Modrack. Pour la première fois en quinze ans, elles vont bavarder en tête à tête dans le bureau principal. Leur entente est loin d'être parfaite mais depuis l'éloignement de Mlle Avrilliers, une nette amélioration dans leurs relations les a rapprochées et l'ambiance est plus détendue dans les services.

Brigitte l'attend, assise à son bureau. Jeanne anxieuse derrière la porte, hésite, puis décidée, frappe deux coups secs.

— Entrez !

Jeanne s'avance, la regarde droit dans les yeux. Son regard en dit long. Ce qu'elle a à dire est extrêmement délicat, mais elle a le courage d'articuler :

— Madame, j'ai tenu à vous voir personnellement, parce que je dois vous avouer une faute grave que j'ai commise en votre nom.

Brigitte tombe des nues. Grand Dieu ! Qu'a-t-elle donc fait ?

— J'ai volé dans votre bureau vos enveloppes beiges

À peine vient-elle d'avouer qu'elle se laisse choir sur le fauteuil et cache son visage dans ses mains. La honte l'envahit, le rouge monte à ses joues et ses yeux s'emplissent de larmes. Brigitte, figée derrière son bureau la scrute, ébahie, les lèvres pincées, comme si elle se forçait à garder le silence. Tout resurgit à sa mémoire : Charles-Henri l'avait accusée d'un acte odieux qu'elle avait fermement nié ; précisément, il s'agissait de ces enveloppes beiges, achetées en Amérique lors d'un voyage d'agrément. Elle désirait écrire. Manquant de papier à lettres, elle était entrée dans une papeterie, avait vu ces enveloppes et les avait trouvées... uniques !

Jeanne sanglote et, entre deux hoquets, demande pardon pour son geste infâme.

— Je ne comprends pas Jeanne. Pour quelle raison avez-vous agit ainsi ?

Jeanne en convient. La jalousie l'étouffait. Elle ne supportait pas de voir M. Ramberlain aimer Mlle Avrilliers et Mme Modrack. Elle se sentait si laide, si triste, si seule qu'elle avait voulu faire du mal et maintenant que le Dr Blay était entré dans sa vie, le remords la rongeait et l'obsédait.

Brigitte est assommée. Jeanne ressemble à une petite fille perdue, prête à tout pour se faire pardonner. Elle prend un mouchoir, se mouche, essuie ses larmes.

— Vous détestiez Mlle Avrilliers, n'est-ce pas ?

— Oh ! oui madame.

— Et moi, vous m'évitiez toujours dans les couloirs. Pourquoi ? Je vous faisais si peur que ça ?

Jeanne hésite, fait un léger signe de la tête. Brigitte se lève, contourne le bureau, vient s'asseoir sur un fauteuil, près d'elle.

— C'est vrai. Moi non plus je ne vous aimais pas. J'étais si gênée que vous me surpreniez dans les bras de M. Ramberlain ! Bien souvent j'ai désiré vous renvoyer, seulement voilà : vous étiez une surveillante parfaite et j'étais perdue sans vous. Vos qualités professionnelles sont exceptionnelles et le Dr Blay a une chance inouïe de vous avoir rencontrée.

Stupéfaction !

Et elle continue en lui expliquant que sa vengeance aurait pu être également la sienne parce qu'elle détestait, elle aussi, Mlle Avrilliers. Elle ne lui en veut pas d'avoir volé ses enveloppes. Elle comprend bien des choses. Peut-être que, si elle ne l'avait pas fait, mais... que se passe-t-il soudain ? Comme c'est bizarre cette sensation ressentie dans son ventre...

Brigitte devient pâle, s'arrête de parler, se lève, pose sa main sur son ventre. Une très légère secousse puis une plus forte la font frissonner... d'aise. Le bébé, pour la première fois vient de se manifester et continue à tressaillir sous ses doigts. Cette soudaine sensation vient de la surprendre, devient merveilleuse, intense.

— Tenez, ici, là. Doucement. Appuyez. Vous sentez quelque chose ?

Jeanne, touchée par la confidence sent très bien le bébé bouger. Les deux femmes se regardent troublées. Pensives mais également radieuses, elles se sourient. Il suffit de si peu de choses parfois pour rétablir l'harmonie ! Un geste, une simple parole de reconnaissance ou un sourire affectueux peuvent changer le cours d'une existence. Si Brigitte avait laissé entrevoir le moindre sentiment, la vie de Jeanne aurait été transformée et aucune pensée de vengeance ne l'auraient assaillie. Seulement la jalousie est une maladie néfaste qui détruit tout sur son passage.

L'essentiel, maintenant, est de donner la vie à ce petit être que Brigitte et Charles-Henri vont adorer et protéger. Pour Jeanne, ce sera peut-être d'être pardonnée et d'envisager une nouvelle vie à deux. Quant à M. Ramberlain...

La voix de Brigitte s'estompe, se casse puis s'arrête. Souhaiter à l'homme qu'elle avait aimé du bonheur avec Claire Avrilliers est au-dessus de ses forces. Sa vie affective, depuis son retour des Seychelles, avait basculée et la haine contre l'intrigante n'avait cessée d'augmenter. Elle lui avait prit « son » homme, « sa » joie de vivre, mais elle ne pourrait jamais lui prendre son enfant, cet enfant qui vient, pour la première fois, à l'instant même, de manifester son envie de vivre.

— Vous avez un mari, madame. Êtes-vous heureuse avec lui ?

— Mais oui, quelle idée ! seulement...

Brigitte aime deux hommes différents qui lui plaisent autant l'un que l'autre et qui ont un physique, un tempérament et une sensibilité totalement opposés. Charles-Henri représente la stabilité, l'équilibre, la certitude mais, très absorbé par son travail, il la laisse souvent seule. Marc lui apporte la fantaisie, la bagatelle, la tendresse, mais c'est toujours ambiguë. Elle avoue que le choix est difficile et que la situation lui plaît et l'excite. En quelque sorte elle se sent comblée, mais elle ne peut tout de même pas vivre avec deux hommes à la fois !

Elles rient. C'est bon de parler à cœur ouvert et de ne ressentir aucune animosité. Brigitte a de la chance ; Jeanne est restée seule jusqu'à maintenant et la solitude la rendait agressive, jalouse du bonheur des autres. À 35 ans, elle n'ose croire à ce qui lui arrive. Est-ce que ce bonheur inespéré va durer longtemps ? Elle sait que le Dr Blay n'est plus très jeune et qu'ils ont tous deux leurs habitudes.

— Eh bien ! faites vite un enfant !

Cette réponse spontanée ne satisfait pas Jeanne. Bien que le rôle d'une femme soit celui de porter un enfant, aucune ne peut se mettre à la place de l'autre, chacune a une conception différente de la maternité et chaque couple est unique. Brigitte pense que le sien l'est particulièrement. Sa réflexion est trop hâtive. Parce qu'elle vient de mûrir d'un seul coup, elle croit que tout le monde raisonne comme elle.

— Jeanne, soyez heureuse avec Le Dr Blay. Il est libre. Allez le retrouver et vivez avec lui.

Jeanne n'en revient pas. Elle est venue pour confesser un lourd secret et elle repart allégée, pardonnée, le cœur en joie. Elles se saluent chaleureusement.

Une fois dans le couloir...

— Jeanne ?

— Oui ?

— Vous savez ? la plus jalouse des deux ce n'était pas vous, c'était moi !

Stupéfaction !

* * *

La route est belle pour ceux qui ont trouvé l'Amour.

Le temps fuit, court, vole.

La première année de l'école d'infirmière s'achève. Les grandes vacances approchent, préparent les départ au soleil.

Marc et Claire ne se quittent plus. Le corbeau a cessé ses manœuvres et tout est rentré dans l'ordre.

Brigitte Modrack savoure chaque jour les soubresauts de son bébé dans son ventre et compte les jours jusqu'à sa délivrance.

Charles-Henri est le plus heureux des hommes.

Jeanne, libérée de son secret, embellit de jour en jour, mais sa faute est à moitié avouée. Il lui reste encore une démarche à accomplir.

Le professeur Étienne Malville, Mme Marie Malville et le général éprouvent une grande admiration envers leur fille « adoptive » qui les comble de joie par ses visites.

Louis, Ninou Avrilliers et l'oncle Édouard partagent le bonheur de Claire et attendent impatiemment le mariage…

* * *

Le ciel et le temps : même mouvement éternel, capricieux, inconstant.

La vie de l'homme est ainsi faite, à l'image du ciel et du temps...

En amour, les débuts sont toujours idylliques. À chaque rencontre, l'homme et la femme se montrent affables, attentifs, respectueux. Le ciel est bleu, le soleil brille, la nature s'éveille à la chaleur et le temps s'écoule comme l'eau limpide du courant.

À l'horizon, là-bas, voilà que quelques nuages sombres apparaissent. Ils commencent doucement à flotter dans l'espace, à affluer, à se grouper et à former une masse noire qui obscurcit le ciel.

Marc a quitté son studio et vit chez Claire. Ninou et Louis, informés, sont venus faire la connaissance de leur futur gendre, et l'oncle Édouard, « descendu » de Paris, en a profité pour passer quelques jours à la « Treille ». M. Ramberlain leur plaît et le visage rayonnant de Claire est la preuve de son nouveau bonheur.

Marc a gardé ses habitudes. Claire a retrouvé son naturel. Ils s'aiment mais l'entente parfaite du début commence peu à peu à se dégrader et dévoile au grand jour les défauts cachés.

Un soir, Marc, fatigué, entre tôt et décide de prendre une douche. Il est seul. Ne trouvant pas sa serviette au bon endroit, il peste, ouvre l'armoire de la salle de bains, fouille à l'intérieur, en prend une au hasard puis referme la porte. Un bout de papier froissé, coincé sous une pile de linge tombe sur le carrelage. Il se baisse, le ramasse et, tout naturellement, le déplie et lit :

Ma Claire chérie.

Je t'aime, je t'aime, je t'aime. Notre promenade à la campagne restera à jamais gravée dans mon souvenir et les mots me manquent pour te dire combien je suis heureux. À quand notre prochain rendez-vous ? Qu'importe si la pluie mouille notre visage comme aujourd'hui, l'essentiel est de nous retrouver, de nous embrasser, de faire l'amour où bon nous semble et de ne plus jamais nous quitter.

Je te serre contre mon cœur.

Thierry

Troublé, il réfléchit. Qu'est-ce que c'est que cette lettre ? L'entête accroche son regard : M. Thierry de Coudray. Résidence les « Arcades », 3, rue Avenue du cinquième régiment... Le papier semble froissé, comme si quelqu'un en colère l'avait écrasé dans ses mains. La date est illisible.

Le geste nerveux, il se sèche en vitesse, met son pyjama, sa robe de chambre, enfile ses sandales puis prend une revue et va s'asseoir sur le canapé du salon. Depuis ce matin il n'a cessé d'opérer et la légère collation prise tard, entre deux consultations, semble maintenant bien loin et il commence à ressentir des crampes à l'estomac. Il regarde l'heure : Vingt heures trente. Claire n'est pas encore rentrée. Le doute s'infiltre dans ses pensées ; la faim, la fatigue, la jalousie le rendent violent. En un éclair, la beauté, la sérénité et l'indolence du Nil passe devant ses yeux et l'apaise un instant. Il se souvient... Là-bas, en Égypte, il avait appris à prier, à faire le point sur son comportement impétueux et à ressentir la merveilleuse paix intérieure. La rencontre d'éminents personnages lui avait fait prendre connaissance des réelles valeurs spirituelles de l'Orient, mais ces valeurs, en vérité, avaient eu beaucoup de mal à pénétrer dans le cœur et dans la tête d'un Occidental. Il s'était fait le serment d'acquérir la maîtrise de lui-même quelles que soient les situations et de mettre tout en œuvre pour garder son calme, prendre du recul et discerner l'essentiel de chaque chose. Et là, que faisait-il ? La théorie était facile à assimiler mais la mise en pratique demandait des efforts permanents ; le temps lui avait manqué pour s'imprégner et s'adapter à cette antique civilisation pharaonique et il n'était qu'un... Occidental !

La sonnette de l'appartement le sortit de ses pensées. Enfin... la voilà !

— D'où viens-tu ? lui dit-il en ouvrant la porte.

— Bonsoir, mon amour, dit-elle en s'approchant pour l'embrasser. Le directeur nous a invités à un lunch surprise pour fêter la fin de l'année scolaire. Je suis très gaie. Je crois que... que j'ai un peu trop bu de champagne !

— Avec...Thierry de Coudray ?

Elle se figea.

— Que dis-tu ? Tu... Tu le connais ?

—Tu étais avec lui, OUI ou NON !

Il se tenait droit, les lèvres pincées, le regard perçant. Suffoquée elle allait lui répondre lorsqu'il la prit brutalement par le bras.

— Qu'est-ce que c'est que ça ?

— Ça ? mais... je ne sais pas ! dit-elle en prenant la lettre froissée qu'il lui tendait avec insistance. Attends... oui, en effet, c'est la lettre d'un ami. Lâche-moi. Tu me fais mal.

Il relâcha la pression et poussa un soupir d'exaspération. La jalousie l'oppressait, son cœur battait follement. Jamais Claire ne l'avait vu dans cet état.

— Et tu en as combien dans ce genre ?

L'altercation prenait la tournure d'une importante dispute. Le ciel limpide venait brusquement de se charger d'une masse menaçante de nuages noirs, lesquels, poussés par un vent inconnu, s'amoncelaient à une allure étonnante, obstruant les quatre coins de l'horizon.

— Allons, tu m'as caché bien des choses. Je ne te croyais pas si aguicheuse. Combien d'aventures as-tu eues avant de me rencontrer ?

La foudre venait de s'abattre sur l'arbre et d'un seul coup l'avait déraciné.

Claire, muette, le sanglot dans la gorge, ôta son gilet, accrocha son sac au portemanteau et alla dans la cuisine préparer le repas. Un silence de mort régna dans l'appartement. La belle histoire d'amour de la princesse et du prince charmant se brisait, s'envolait dans le vent avec les nuages noirs et emportait tous les rêves, tous les souvenirs, tous les projets d'avenir dans... le néant.

Marc restait debout, contrarié, fautif, tourmenté.

Claire, retrouvait l'homme odieux qu'elle avait connu la première fois et sa déception fut si forte qu'elle eut un haut le cœur qui l'obligea à se pencher au-dessus de l'évier.

— Allez... viens ici. Dis-moi qui était ce Thierry et nous n'en parlerons plus.

Silence.

Il insistait.

— Tu m'entends ? J'ai passé une journée fatigante et cette lettre m'a mis hors de moi. Mets-toi à ma place !

À peine avait-il prononcé ces paroles que l'image de M. Hardy traversa son esprit et la honte l'envahit comme une traînée de poudre. Que venait-il de se passer dans sa tête pour qu'il tienne de tels propos ? M. Hardy n'aurait jamais agi de cette manière, il aimait trop sa femme ! Si la même situation s'était glissée dans son couple, il aurait posé des questions calmement puis, en fonction de la réponse, il aurait pris une décision. Bien que Marc se soit juré de rester digne dans n'importe quelle situation, voilà qu'il se montrait impulsif, tranchant, agressif.

Des bruits suspects vinrent de la cuisine. Il vit Claire très pâle, pliée en deux au-dessus de l'évier et comprit que les mots acerbes qu'il avait prononcés l'avaient blessée jusqu'au plus profond d'elle-même. Il voulut la prendre dans ses bras.

— N'approche pas ! Pars à l'hôpital et va rejoindre Brigitte Modrack !

— Quoi ?

— J'ai su ta liaison par des personnes bien informées ; j'ai subi des insultes, des remarques, j'ai même reçu des coups de fils et des lettres anonymes à cause de toi ! À l'hôpital j'étais toujours commandée, toisée, jamais remerciée ni encouragée. Une seule personne m'a aidé : le Pr Malville. Tu vas me dire, c'est normal puisque j'ai sauvé son père de la fournaise, peut-être, mais il a toujours eu de la gentillesse à mon égard, et ça, vois-tu, je ne l'oublierai jamais ! Mais tu vas me dire que tu as été AUSSI jaloux du professeur, non ?

Tout ce qu'elle avait sur le cœur depuis longtemps, elle venait de le lui « lancer » à la figure, d'un seul trait. Elle se tenait raide, tendue, le visage défait et lui parlait durement en soutenant son regard et Marc découvrait une nouvelle Claire furieuse, déterminée, sûre d'elle. Les sanglots étranglaient sa gorge mais elle gardait la tête haute, et ses yeux fixes, rivés sur les siens, sans une once d'hypocrisie, l'obligèrent à reculer d'un pas.

Lequel des deux étaient le plus en colère ?

Marc, écrasé par les responsabilités était très fatigué, ce soir. Il avait besoin de calme, de paix et cette lettre le mettait dans un état d'excitation effrayant.

Claire avait un peu trop bu au lunch et ses mots dépassaient sa pensée.

La conversation prenait des proportions inquiétantes et leurs paroles n'avaient plus de limites.

— Eh bien... être cocu n'a jamais été ma tasse de thé !

Il saisit les clefs de sa voiture, ouvrit la porte et dévala les escaliers. Dans le garage, il se rendit compte de sa tenue : pyjama, robe de chambre et les babouches glissées aux pieds. Tant pis ! Il ouvrit la portière, mit le moteur en route et enclencha la marche arrière. Une fois dans la rue, il prit la direction de la campagne et la tiédeur de l'air, l'odeur du foin et le crépuscule naissant lui firent du bien. Il roulait vite, toutes vitres ouvertes. Le vent soulevait ses cheveux ondulés, des papiers, posés sur le siège avant s'envolaient ; l'un d'eux, passant à travers la vitre, disparut au dehors, qu'importe ! Il plana un moment au-dessus de l'herbe et finit par atterrir dans un champ pendant qu'il continuait sa route, les sourcils froncés, le front plissé, perdus dans de profondes réflexions. Qu'avait voulu dire Claire au sujet des lettres et des coups de fils anonymes ? Qui lui avait appris sa liaison avec Brigitte ? Un moment, il évoqua la belle femme svelte, intelligente et attirante qui l'avait tant séduit à son arrivée à l'hôpital. Il crut regretter ce temps mais il avait rencontré Claire, une fille formidable, libre, qui ne lui avait jamais fait un quelconque reproche et dont la carrière ressemblait étrangement à la sienne. Tout de suite, il était tombé amoureux fou de son physique, de son charme, de sa voix. Adieu, Brigitte ! Jouer avec le feu ne pouvait pas durer éternellement et Charles-Henri aurait fini par apprendre leur liaison. Il avait très mal agi envers son futur associé. Il était temps que cette malhonnête histoire cesse.

Lorsque Claire et lui avaient commencé à vivre ensemble, ils avaient envisagé de se marier et de fonder une famille. La vie s'écoulait merveilleusement et l'entente était parfaite. Il y avait bien quelques petites disputes parfois, mais très vite ils en riaient puis ils s'embrassaient et tout s'arrangeait sur l'oreiller ; mais ce soir...

Qui était ce Thierry de Coudray qui écrivait cette lettre d'amour à sa future femme ? Une folle envie de se tenir assis sur le dos d'un cheval, de galoper et de tout oublier le reprit et, s'il en avait eu la possibilité, il aurait pris la direction de Montpellier et serait allé rejoindre Gérald en Camargue, mais le voyant rouge du niveau de l'essence s'alluma, et il n'avait pas d'argent sur lui. Juste son pyjama et sa robe de chambre. Des gouttes de sueur perlaient à son front et le remords commençait à l'assaillir. Il venait de se comporter comme un type ignoble.

Il freina, subitement, fit demi-tour et revint sur ses pas.

De son côté, Claire, tremblante, se demandait par quelle aberration cette lettre se trouvait entre ses mains. Elle datait de l'année dernière, deux mois avant sa rupture avec Thierry. Un vague souvenir lui revint. Elle avait trouvé cette lettre, le jour où il était venu chercher ses affaires et n'avait pu, devant lui, la jeter au panier. Vite, elle l'avait froissée et mise dans l'armoire de la salle de bains. Par la suite, peinée par la rupture, elle l'avait oubliée.

Marc n'avait jamais su qu'elle était sur le point de se marier. Pourquoi le lui aurait-elle dit ? Sa vie privée ne regardait qu'elle.

Elle se rappela soudain qu'il était en pyjama et en robe de chambre. La rage passée, il allait revenir. Lui ouvrirait-elle la porte ?

Elle avala un calmant, prit une infusion, fit couler un bain. Ses jambes étaient fatiguées d'avoir arpenté les couloirs. Et l'eau savonneuse dans laquelle elle se plongea lui apporta un grand soulagement, mais son cœur était d'une tristesse infinie.

Pendant les vacances, ils devaient aller se reposer à la « Treille » puis partir pour l'océan. Elle en avait rêvé de cette balade sur la longue plage de Biscarosse où les vagues géantes viennent s'écraser et s'étaler jusqu'aux chevilles lorsque les pieds s'enfoncent mollement sur le sable mouillé. Main dans la main, ils auraient marché, sans parler, sur des kilomètres, sans fin le long du rivage et seraient revenus à l'hôtel, ivres d'air, le visage rosi par le vent du large. La pluie n'aurait pas été un obstacle ; bien au contraire ! Elle aurait été encore plus belle avec les cheveux plaqués sur ses tempes, le corps aspergé par les embruns de la mer et le goût de sel imprégnés sur sa peau. Marc l'aurait dévoré le soir, sous la clarté des étoiles, dans le silence de la nuit d'été...

Ce magnifique projet venait bêtement de se briser et son cœur saignait toujours.

Un grincement se fit entendre et la porte d'entrée s'ouvrit. Claire, dans son chagrin, avait oublié de fermer à clef. Marc, rassuré de pouvoir entrer sans sonner, s'avança à pas de loup. Il murmura :

— Claire, tu es là ?

Elle se dressa dans son bain, tendit l'oreille.

— Mon amour, raconte-moi. Que s'est-il passé à l'hôpital pendant mon absence ? Pourquoi a-t-on voulu te faire du mal ? Qui a osé s'en prendre à toi ?

La bourrasque s'apaisait, le vent se calmait, les nuages se dissipaient et le ciel reprenait une teinte couleur d'azur. Elle se leva, son corps nu recouvert de mousse, et resta derrière la porte de la salle de bains, muette.

— Ne me laisse pas dans l'incertitude. Dis-moi que tu m'aimes.

Elle se délectait de ces paroles qu'il ne lui disait plus depuis quelque temps, déjà. Elle se demandait même s'il l'aimait toujours avec autant de passion et voici qu'une simple lettre d'amour, écrite par Thierry auquel elle ne pensait plus, venait de déclencher une épouvantable dispute qui les laissait interdits, désemparés, malades de dépit. Le naturel reprenait sa place initiale et leur caractère affirmé venait de s'affronter avec violence. Marc n'attendit pas davantage. Il entra précipitamment dans la salle de bains, vit Claire en tenue d'Ève, la saisit dans ses bras et la serra jusqu'à l'étouffer.

— Je t'aime ma Claire... je t'aime... Pardon ma Claire, oh ! pardon...

— Ce n'est pas toi mon amour, c'est moi qui dois m'excuser... Je t'aime... je t'aime...

La voix tremblante d'émotion, ils s'accusaient mutuellement, s'embrassaient passionnément, pleuraient de joie, chacun caché derrière l'épaule de l'autre. Leur colère assouvie, Marc ouvrit sa robe de chambre, fit glisser le pantalon de son pyjama, souleva Claire et tous deux plongèrent, comme des fous, dans l'eau mousseuse du bain. Il y eut des murmures, des silences, des gémissements.

Ce soir-là, ils firent divinement l'amour dans la baignoire, puis sur le tapis du salon, puis dans le lit. Ils s'aimaient, vibraient à l'unisson, parlaient le même langage. « On est bien ensemble » se dirent-ils les yeux brillants d'une lumière intérieure.

Et Marc promit de ne plus la blesser de sa vie.

Bien qu'elle s'en défendît, Claire se laissa aller à des confidences et livra une partie intime de sa vie. L'existence de Thierry fut dévoilée ainsi que la date exacte de la lettre, écrite l'année précédente, accompagnée de la rupture de ses fiançailles deux mois plus tard. Cet aveu atténua les doutes, mais les coups de fils et les lettres anonymes laissaient Marc bouche bée. Claire avait apprit sa liaison, parlait de ses angoisses, racontait l'épisode de la poste. Brigitte Modrack était une femme possessive, mais Marc avait du mal à la croire responsable de tels actes. Ils cherchèrent, énumérèrent et accusèrent successivement Danielle, les infirmières, les laborantines, les radiologues, les sages-femmes et les aides soignantes ; les cuisinières, les lingères, les stagiaires ; la surveillante, les anesthésistes, les spécialistes, le professeur Malville et sa femme... La liste était longue et l'énigme difficile à résoudre.

— Même si tu en as la preuve, chérie, ce n'est pas Brigitte. C'est impossible. Si tu veux, j'irai le lui demander.

— Non ! sa grossesse est avancée... ce n'est pas le moment, mon amour.

— Mais alors... Qui est-ce ? Qui a pu faire une choses pareille ? Dis-moi... Qui ?

Ils s'étreignirent encore, s'embrassèrent et finirent par s'endormir, l'esprit rempli de d'incertitude et de vengeance.

* * *

Le week-end tant imaginé, tant attendu à l'Océan fut un enchantement. Ils oublièrent la vie et ses problèmes, goûtèrent l'instant présent, se baignèrent nus dans les vagues froides et se séchèrent aux doux rayons du soleil. Ils marchèrent des kilomètres, le long de la plage, parlèrent mariage, se jurèrent un amour éternel. De temps en temps, Claire se mettait à l'écart, levait la tête vers le ciel et laissait couler des larmes de joie. L'amour la grisait, l'air du large l'enivrait, le bonheur l'étourdissait. Des mots secrets sortaient de sa bouche, s'envolaient dans le vent et allaient se perdre dans l'oreille du Cosmos, avide de mystère. Marc connaissait ces petites manies discrètes, aussi la laissait-il s'éloigner dans la dune et s'exprimer à sa guise, mais très vite, par peur de la perdre, il courait la rejoindre. Elle s'esquivait plus loin. Il criait son nom. L'entendait-elle? Il essayait de la rattraper mais le vent freinait ses efforts, le bruit des vagues atténuait ses cris et il s'arrêtait, à bout de souffle, haletant. Elle s'arrêtait à son tour, le narguait, essuyait ses larmes. Il recommençait à courir vers elle ; coquine, elle continuait à lui échapper. Subitement, n'en pouvant plus, elle changeait de tactique, venait à sa rencontre, se jetait dans ses bras. Déséquilibrés, ils tombaient enlacés et roulaient dans le sable en riant aux éclats. Quelques touristes, amusés par le jeu, se retournaient et les regardaient. Jeunes, beaux, ils suscitaient l'envie, donnaient des idées égrillardes et provoquaient des regrets. La jeunesse parfois, sans le vouloir, pouvait être cruelle !

Le soir, après le dîner, ils goûtaient le calme de la nuit, regardaient les étoiles, s'embrassaient et se souhaitaient les choses les plus extraordinaires du monde. Ils auraient voulu retenir chaque seconde, chaque minute, chaque heure et restés ainsi, unis toute leur vie.

Pourquoi faut-il que le temps passe si vite lorsque l'on est heureux ?

* * *

Jeanne, maintes fois, a lu, relu, froissé et jeté la lettre. Elle recommence.

Dans deux heures, elle prend l'avion à l'aéroport de Toulouse-Blagnac et le temps, maintenant, lui est compté.

La lettre définitive est là, entre ses mains. Elle la tourne, la retourne, hésite encore. Sa fierté, son orgueil, sa jalousie sont mis à nu mais, si elle veut être libérée a tout jamais de son remords et goûter pleinement l'amour de son compagnon, elle doit l'envoyer à son destinataire.

Le prix est lourd. Très lourd.

Un dernier regard à son appartement dépouillé, une valise, un sac à la main et la voilà dehors, marchant en direction de la poste. Arrivée devant la boîte aux lettres, sa main tremble, son cœur bat, sa conscience lui crie : oui ! mais son amour propre refuse. Elle a attendu le dernier moment pour prendre la terrible décision ; maintenant, au pied du mur, elle ne peut plus reculer. Allez... un peu de courage... encore un effort... Vas-y ! Qu'est-ce que c'est que ce « pauvre » geste par rapport à l'éternité !

Elle hésite encore. Subitement, poussée par une force étrange, sa main soulève l'obturateur en métal de la boîte, y glisse l'enveloppe, la lâche et se retire aussitôt. La lettre tombe tout au fond avec un bruit sourd. L'obturateur se referme et résonne en écho.

Un coup d'œil à la ronde : personne ne l'a vue.

Pétrifiée, elle reste là, veut retirer la lettre. Trop tard !

* * *

Mois d'octobre. Vingt et une heures. Claire, assise à son bureau, étudie à la lueur de sa lampe. Le programme porte sur la surveillance des nouvelles techniques opératoires et sur l'étude de tous les instruments chirurgicaux. La liste est longue, les noms complexes, le rangement des boîtes délicat. Ses stages en chirurgie, lui ont été d'une aide efficace, mais le nombre d'instruments est considérable. Marc sera à ses côtés pour la guider. Elle croit qu'elle peut compter sur lui.

Vingt-deux heures. La sonnerie du téléphone la sort de ses pensées. Marc a une urgence et rentrera tard.

Minuit. Marc n'est toujours pas rentré.

Depuis son association avec Charles-Henri Modrack et le Pr Malville, les gardes de la nuit deviennent de plus en plus fréquentes et Claire a du mal à s'habituer à la solitude. Déçue, elle se déshabille, met son pyjama, va se coucher.

Minuit et demi. La porte d'entrée s'ouvre puis se referme sans ménagement. Marc, épuisé, se dirige vers la cuisine, ouvre le réfrigérateur, grommelle des mots furieux. « monsieur » ne trouve pas ce qu'il désire et a un accès de mauvaise humeur. Claire se lève, étourdie, encore dans premier sommeil et vient le rejoindre.

— C'est tout ce qu'il y a dans le frigo ? dit-il, d'un ton sec.

— Bonjour chéri. Tu as des œufs, de la saucisse et du jambon.

Il lui reproche ses menus, toujours identiques et réclame un plat mijoté. Il n'a pas déjeuné, meurt de faim et le naturel, dans ce cas-là, revient toujours au galop. Vexée, Claire sent monter des larmes de dépit. Toute la journée les stages et les cours ont été ses principales occupations et le temps lui a manqué pour faire les courses et préparer des petits plats en sauce. Sa seule hâte avait été de rentrer chez elle, de se détendre et de se blottir dans les bras de l'homme qu'elle aimait. Le reste pouvait attendre ; Peut-être iraient-ils dîner au restaurant ? Il y avait longtemps qu'ils n'avaient pas passé une soirée ensemble ; aussi, se réjouissait-elle à l'avance et rêvait-elle d'un dîner aux chandelles, loin du monde et du bruit.

Des urgences, des repas professionnels, des enseignements post-universitaires étaient souvent à l'origine de ses déceptions et Claire, dépitée, mangeait seule sur un coin de table. Marc, pris dans l'engrenage d'une profession libérale de plus en plus astreignante, la délaissait, rentrait tard et devenait exigeant quant à la vie quotidienne. Claire, maintenant, le lui reprochait souvent. La solitude commençait à lui peser, son examen de fin d'année l'angoissait et ni l'un ni l'autre ne faisait des efforts pour agrémenter leur vie. Le temps passait, la fatigue s'installait, la passion s'estompait.

— Tu n'as jamais le temps ! As-tu pensé si je l'avais, moi, le temps de te préparer les plats succulents que te fait ta mère... quand tu vas la voir ?

Il lui jeta un regard glacial.

Ce n'était pas l'occasion et encore moins le moment de parler.

Chacun se coucha dans son coin, sans un geste de tendresse.

À cinq heures, le téléphone les sortait de leur sommeil. L'hôpital réclamait d'urgence le Dr Ramberlain.

— Qu'est-ce que c'est ? dit-il, la voix pâteuse.

Quelqu'un parlait vite au bout du fil et semblait inquiet.

— Eh bien, j'arrive. Ce syndrome abdominal me paraît important. Le médecin traitant est là ? OK. Préparez la salle d'opération...

Claire fit semblant de dormir, mais elle entendit Marc se lever, s'habiller, ouvrir la porte et dévaler les escaliers.

Elle eut honte soudain de ne pas l'avoir compris.

CHAPITRE 13

Tu vois mon ange, en Égypte j'étais heureux. J'y goûtais un art de vivre conforme à mes souhaits et je prenais le temps de rêver...

— Comme tu le fais en ce moment ?

La brise légère soulevait les feuilles des chênes et le soleil, par petites touches successives, s'amusait à moucheter les deux corps nus, allongés sur les transats. À la « Treille », l'heure de la sieste était sacrée ; le silence régnait dans les champs ; les cigales jouaient de leurs ailes, entamaient leur concert quotidien, annonçant de fortes chaleurs et le murmure faible de la Garonne toute petite dans son lit, se perdait dans le lointain. Une vache, quelque part, meugla ; un chien se mit à aboyer, puis à gémir, puis se tut. Ce même tableau de la nature, accoiffée de pluie et de fraîcheur, se répétait à chaque saison, offrant aux vacanciers le plaisir voluptueux d'un assoupissement sans égal.

Depuis longtemps, Claire et Marc n'avait pas partagé un moment d'intimité aussi intense. La chaleur, le bon repas et le vin prit en tête à tête les incitaient à paresser et à oublier leurs fréquentes querelles de ces derniers mois ; querelles qui, en vérité, s'avéraient assez graves, au point de leur faire envisager une séparation définitive. Aujourd'hui l'occasion de se réconcilier se présentait ; il ne fallait surtout pas gaspiller ces instants précieux. Le visage tourné l'un vers l'autre, leurs mains soudées, ils laissaient aller leurs pensées et livraient, sans retenue, le fond de leur cœur.

— Je rêve, moi aussi, de partir travailler dans le tiers monde après mon diplôme d'état ; je le ferai mais pour un temps seulement.

— Comment ? Tu veux partir et... me laisser ?

— Tes exigences me pèsent souvent...

Les vérités ne sont pas toujours bonnes à dire et Claire, longtemps, avait gardé le silence jusqu'au jour où, excédée par les absences prolongées et trop souvent répétées de son compagnon, elle avait décidé de manifester sa déception.

Marc ne comprenait pas ces réflexions stupides. Voici plus de deux ans qu'ils vivaient ensemble ; les plaintes de se retrouver toujours seule, les évasions imaginaires, les chantages de séparation, auxquelles il ne croyait pas, l'agaçaient beaucoup. Il pensait que Claire finirait par s'adapter à leur vie de couple et accepterait le rôle de femme soumise ; aussi, la réponse qu'il venait d'entendre ne l'avait-elle nullement touchée. Sa petite femme chérie l'aimait trop pour l'abandonner ; Que ferait-elle sans lui ? il connaissait par cœur son caractère, ses réactions, ses faiblesses. S'il avait mis du temps à la conquérir et si elle l'avait fait souffrir au début, maintenant, les rôles étaient inversés : c'est lui qui la tenait à sa merci. Il savait les mots qu'il devait dire, les attouchements qui lui plaisaient, les caresses qu'elle réclamaient. Elle lui appartenait corps et âme et ne pourrait jamais vivre sans lui.

— Tu dors ?

La tête basculée en arrière, il avait fermé les yeux et sombrait déjà dans le sommeil. Aujourd'hui leurs disputes semblaient bien loin ; Claire avait envie de parler, de se blottir dans ses bras comme au temps de leurs premières amours, de rêver à un avenir plein de promesses et de projets. C'était le bon moment pour pardonner, se dire des mots doux et retrouver les élan de leur jeunesse. Si tous les deux faisaient des efforts, leurs querelles s'estomperaient et l'amour refleurirait plus fort qu'auparavant. Au lieu de tout cela, il venait de confesser la nostalgie éprouvée lors de son voyage en Égypte et, les yeux clos, sans égard pour sa chère compagne, il avait parlé de sa propre personne puis il s'était immédiatement endormi à l'ombre des chênes. Chagrinée, déçue et brimée, elle voyait son menton s'affaisser sur sa poitrine, entendait ses légers ronflements et se demanda, l'espace d'un éclair, si elle aimait toujours cet homme. C'était un étranger qui s'offrait à sa vue, un inconnu qui l'avait ébloui jadis par son physique, son intelligence, sa vaillance et sa réputation. Pour la séduire, il aurait affronté les pires situations et n'aurait pas hésité une seconde à partir au bout du monde juste pour avoir le plaisir de la serrer contre lui et lui dire « je t'aime ». Ce temps merveilleux, en réalité si proche, lui parut soudain terriblement lointain. Avait-il seulement existé ?

Pour la première fois, elle eut un mouvement de recul.

La naissance de la petite Pauline resurgit à son esprit et lui fit à nouveau se poser des questions. Jamais Marc n'avait émis le moindre commentaire à ce sujet. Enraciné maintenant dans sa vie de couple, pris dans l'engrenage et la responsabilité de sa profession, ce délicat « problème » le laissait indifèrent.

Le «corbeau» avait donné sa démission le jour où Mlle Jeanne avait quitté définitivement l'hôpital. En effet, cette dernière n'avait pas eu le courage de lui avouer en face sa machiavélique manœuvre et lui avait envoyé une lettre où, prise de remords, elle lui demandait pardon pour tout le mal qu'elle avait pu lui causer. La vérité avait éclaté dans toute sa lumière et Claire, époustouflée, (mais aussi soulagée) par un tel aveu, était restée abasourdie, la main tremblante, la lettre au bout des doigts. Marc ne s'était jamais véritablement préoccupé du « corbeau » ; pour lui, ce n'était qu'une histoire sans importance, créée par la jalousie féminine ; aussi, Claire préféra-t-elle se taire.

Et le temps fuyait, imperturbable.

Un pigeon vint tout à coup se poser sur la branche d'un arbre et roucoula tendrement. L'image la surprit et la sortit de sa mélancolie. Elle regarda un moment l'animal s'ébrouer et se tenir en équilibre sur ses pattes fluettes puis, elle se leva doucement du transat, s'approcha de l'arbre et leva les bras pour le saisir. Apeuré, il s'envola aussitôt dans un bruissement d'ailes.

Insensible au bruit, Marc dormait profondément.

La femme qui partage la vie d'un chirurgien doit bien réfléchir avant de partager sa vie. Il y avait eu d'autres jours heureux puis d'autres jours difficiles. Le ciel prenait des teintes étranges, balayées par des coups de vent imprévisibles qui lui redonnaient soudain toute sa pureté et son éclat, mais ces conditions pénibles ne correspondaient plus à une vie à deux harmonieuse. Claire commençait à se lasser de son rôle de femme soumise. Attendre tous les soirs l'homme de sa vie, le servir comme un prince et n'obtenir jamais un mot de remerciement finit par la rendre impatiente et agressive. Leurs moments d'intimités s'espaçaient, les conversations devenaient banales, les amis les fuyaient.

Seule chaque soir, accoudée à son bureau, elle étudiait et révisait ses cours sans relâche.

* * *

Jeudi 16 juin. Claire a 31 ans.

Les briques rouges qui recouvrent les toits de la « Treille » luisent sous le chaud soleil du mois de juin. « 3 ans déjà ! » Le diplôme d'état est prévu pour la fin du mois. Claire n'a qu'une idée en tête : obtenir ce diplôme et aller exercer sa profession à l'étranger.

Ninou, Louis et l'oncle Édouard, en pleine effervescence, préparent l'anniversaire avec amour. Une tente est dressée près du jet d'eau qui rejaillit en cascades. Les gouttelettes, emportées par un vent tiède et l'ombre des deux énormes chênes placés côte à côte, à l'entrée du parc, font une oasis de fraîcheur et invitent au délassement.

Six personnes sont conviées à la fête. Ninou scrute le ciel. Aucun nuage. La soirée s'annonce délicieuse.

La table ronde est recouverte d'une nappe blanche, brodée à la main, bordée de dentelle. Les assiettes sont en porcelaine, les verres en cristal, les couverts en argent. Chaque convive possède son chandelier à deux branches et une rose placée à sa droite. Sur les assiettes, sont posées des serviettes en tissu, assorties à la nappe.

Un superbe bouquet de fleurs répand une délicate odeur dont le parfum, emporté par la légèreté du vent, vient se mêler à ceux des bottes de foin éparpillées dans les champs.

Un coup de Klaxon sort Ninou de sa rêverie. Le traiteur arrive, porte les plats cuisinés sur la large table rustique de la cuisine. Il revient à nouveau, un plateau de melons à la main.

— Et les boîtes de foies gras ! s'exclame Ninou, inquiète.

— Attendez ! je ne peux pas faire deux choses à la fois, chère madame, dit le traiteur en riant.

L'ambiance est bonne. La chaleur lourde. L'homme refuse une coupe de champagne parce qu'il doit encore livrer d'autres plats et il n'est pas en avance.

Dix cartons portant le nom des invités sont déposés devant les verres en cristal. Ici, à droite et à gauche de Louis, seront placés Ninou et le général Malville ; là, M. et Mme Ramberlain et l'oncle Édouard ; enfin Claire prendra place près de Marc, du Pr Malville et de sa femme.

Ninou s'active dans la cuisine. Son frère veut l'aider mais il la gêne.

— Va rejoindre ton beau-frère dans le parc. Tu sais que j'aime être seule pour ce genre de réception. Aujourd'hui, ce n'est pas un jour ordinaire, tu comprends ?

S'agit-il d'une demande en mariage ? Tout le monde semble convaincu. Claire vit avec Marc Ramberlain depuis trois ans et Louis n'accepte plus cette situation bâtarde. Il veut gérer la vie privée de sa fille et attend, avec grande impatience, la demande officielle.

Tout est prêt pour la réception. Ninou a revêtu une magnifique robe longue, serrée, qui met en valeur des formes assez avantageuses, fort appréciées par son mari. Ce soir, des idées coquines le rendent frétillant et lui font tourner la tête. L'oncle Édouard « porte beau » dans son costume couleur mauve. Sa cravate assortie lui donne un air de jeune premier. Cherche-t-il une compagne ? Claire est éblouissante. Son pantalon large, « pattes d'éléphants », flotte à chacun de ses pas et lui donne l'allure d'une princesse. Un chemisier blanc, à peine ouvert, montre la naissance de deux seins ronds et fermes, et ses cheveux blonds, déliés, tombent en cascades sur ses épaules. Louis, habillé en gentleman regarde ses femmes avec des yeux admiratifs et pense que la vie l'a comblé.

Les « Ramberlain » arrivent au même moment que les « Malville ». Congratulations, baisemains, flatteries à outrances. Tous s'extasient sur la beauté du parc, la vue imprenable sur les champs, le murmure et la fraîcheur de la Garonne au loin. Le général Malville a revêtu pour la circonstance son costume d'officier et montre, sur le revers de sa veste, toutes les médailles accumulées lors de ses batailles. Son excentricité énerve Claire. Chacun apporte un cadeau, embrasse l'heureuse jeune femme et lui souhaite tout le bonheur possible. Marc s'avance, prend à la vue de tous, Claire dans ses bras, lui dit des mots doux à l'oreille et sort de sa poche un joli petit paquet entouré d'un magnifique papier.

— C'est pour toi mon amour...

Abasourdie par tant de prévenance, elle ne comprend pas toutes ces marques excessives d'affection, surtout lorsque, de ses doigts tremblants, elle déchire le papier, voit une boîte ronde et l'ouvre. Un collier étincelant de mille feux éblouit ses yeux.

— Mais... ce sont des diamants ! s'exclame-t-elle. Tu as fait une folie mon chéri ! c'est trop... vraiment trop !

Elle s'attendait à un cadeau mais pas d'une telle importance, et puis, ce ne sont pas des fiançailles que l'on souhaite, mais un simple anniversaire. Intriguée, elle remercie, prend Marc à part et lui avoue ne pas comprendre l'enthousiasme qui les gagne tous.

— Comment ? Tu ne le sais pas ?

— Quoi donc ?

— Ton père a voulu que ton anniversaire soit un prétexte pour que je demande ta main.

Stupéfaction ! Claire a un étourdissement. Son père a fait ça ! Sans lui en dire un mot !

— Il aurait fallu que je sois la première avertie il me semble ! C'est la moindre des choses tu ne crois pas ? Tu aurais pu m'en parler !

Marc la prend par la taille et veut la calmer par un baiser. Furieuse, elle refuse. Sa vie avait été protégée par des parents abusifs, bercée par des principes stricts, des réunions mondaines, des conversations de salon futiles. La vieille aristocratie ressortait dans toute sa splendeur et son père venait, une fois de plus, de diriger sa vie, à son insu.

— Mon collier ne te plaît pas ?

— Si chéri, c'est une splendeur ; ce qui ne me plaît pas c'est l'esprit rétrograde de ma famille qui se mêle toujours de ce qui ne la regarde pas. Aujourd'hui, j'ai 31 ans. C'est un anniversaire, non des fiançailles ! J'ai le droit de vivre avec toi sans être passée devant M. le Maire, que cela plaise ou non à mon père !

Elle s'excite. Si Marc ne la retenait pas, elle ferait un scandale. On la croit immature, prête à tout accepter, mais elle n'a pas l'intention de se laisser manipuler. Oh, non !

Ninou passe dans le couloir, voit les deux amoureux parler à voix basse, croit qu'ils se disent des mots d'amour et se retire pour les laisser seuls. Toute guillerette, elle revient sur ses pas. Ces enfants sont charmants et elle ne veut pour rien au monde les importuner.

Le champagne coule à flot. L'ambiance devient plus gaie. Déjà le général parle de ses batailles, Louis l'écoute, l'air admiratif. L'oncle Édouard évoque ses conquêtes féminines, sa sœur rit et lui fait signe de se taire. Les parents de Marc parle de leur fils avec amour, quant au professeur Malville, il proclame toute l'attirance affective qu'il a éprouvée envers Claire la première fois qu'il l'a vue et tous les remerciements qu'il lui doit pour son courage, le jour de l'attentat.

Et Mme Malville d'ajouter :

— Que voulez-vous, nous n'avons pas eu d'enfant, alors nous l'avons adoptée comme si elle était notre fille.

Une autre bouteille est débouchée. Louis, flatté par ces bonnes paroles, oublie le protocole, s'exprime d'une voix forte, sert une autre coupe. Ninou lui fait la remarque et lui demande de baisser le ton. Le repas n'est pas commencé et d'autres bouteilles de vin, d'une grande qualité, attendent à la cave le moment d'être dégustées. Les chandeliers allumés, les convives vont dehors se mettre à table. Les amoureux viendront lorsqu'ils en auront envie.

C'est une nuit de pleine lune et le parc se dessine, très net, dans tous ses contours. La brise légère fait vaciller la flamme des bougies mais, très vite, le toit de la tente apaise ce désagrément. Un bruit de pas sur le gravier attire soudain l'attention. Deux formes enlacées marchent dans la pénombre en direction de la Garonne. Décidément, les amoureux sont en pleine conversation, font des projets et manquent à leur devoir !

Que peuvent-ils se raconter de si passionnant qui les empêche de se mettre à table ?

Et tous de rire...

* * *

Claire est très en colère. Personne ne l'avait avertie de l'intervention de son père, même pas sa mère ! D'ailleurs... le savait-elle ? Son mari lui faisait toujours des coups en douce et la mettait au pied du mur au moment voulu. Claire est choquée par ce manque de tact. S'il s'agissait de quelques babioles, cela n'aurait pas d'importance, mais aujourd'hui, le cas est grave. La famille et les amis ont été réunis en cette délicate circonstance et ils attendent tous la demande en mariage.

De quel droit ?

— C'est honteux ! Non, rassure-toi, ce soir je ne vais pas créer le désordre, mais je t'interdis de parler de notre vie privée.

— Un jour ou l'autre, nous serons bien obligés de nous marier ?

— Pourquoi ? Est-ce une obligation d'après toi ?

Marc est atterré. Il y a bien quelques disputes de temps en temps mais, dans l'ensemble, ils ne s'entendent pas si mal que ça ! tous les couples ont des problèmes mais ces problèmes finissent toujours par s'arranger sur l'oreiller !

— Marc, il faut que je te dise...

— Quoi donc ?

— J'ai cru à l'amour et rien de ce que j'espérais ne s'est réalisé. Nos habitudes ont repris leur véritable place et vivre à deux, une fois l'enthousiasme passée, tu sais...

Il avait remarqué un changement subi dans les attitudes de Claire, mais l'hôpital occupait ses pensées et les urgences l'accaparaient trop pour qu'il puisse rester, le soir, à la maison, auprès d'elle.

— Ce n'est pas drôle de vivre avec un homme que je ne vois jamais...

La vie avec un chirurgien demande une résignation exemplaire et elle n'a pas l'âme d'une femme soumise. Elle n'ose pas lui dire que sa petite voix intérieure, revenue dans ses pensées depuis quelque temps, a recommencé à la hanter et à l'inciter à retrouver sa liberté. L'imperceptible phrase « être utile » reprenait sa dimension première, à savoir : mener sa vie à sa guise, sans entrave affective, obtenir le diplôme d'état et partir exercer sa profession d'infirmière dans un pays étranger. Là-bas, loin de sa famille, elle accomplirait sa mission : soigner les malades, soulager la souffrance, être à l'écoute. L'expérience d'une vie à deux ne lui a apporté qu'échecs et déception, alors, à quoi bon insister ?

Marc marchait à ses côtés, lentement, comme un somnambule. Ces paroles l'assommaient et le laissaient pantois. Jamais Claire ne lui avait parlé d'une façon aussi pondérée, aussi déterminée qu'elle le faisait en ce moment.

— Mais... je t'aime ! Tu le sais !

Elle aussi l'aimait mais d'une façon plus détachée, plus sereine. Sa destinée ne passait pas par le mariage; si elle subordonnait sa vie à la sienne, elle ne serait jamais pleinement heureuse.

Le bruit des verres de cristal, des rires et des exclamations de voix emportés par la brise venaient vers eux et couvraient le murmure de la Garonne dans la nuit. Leurs deux silhouettes rapprochées se profilaient nettement sous la clarté de la lune. Tous purent aisément les apercevoir qui revenaient, main dans la main sur le petit chemin de terre, mais personne ne pouvait discerner leur front soucieux ni deviner la gravité de leur visage. Ils avançaient lentement comme s'ils hésitaient à venir partager la joie de leur famille et de leurs amis.

— C'est une petite mort que tu m'infliges. As-tu pensé à la peine que j'éprouve ? Je ne pourrais jamais vivre sans toi, dit Marc en s'arrêtant au milieu du chemin.

— Oh... que si !

Ils étaient encore loin, lorsque Claire se hasarda à prononcer :

— Au fait... Brigitte Modrack, comment a-t-elle accepté la naissance de sa fille ?

— Que veux-tu dire ?

— Tu n'as jamais pensé à cet événement ?

— Non. Pourquoi ?

— Pour rien, dit-elle en se retournant.

Puis elle dit encore une dernière fois :

— Je te vois si rarement à présent que je n'ai pas pu t'en parler. Un jour ou l'autre, je te l'ai toujours dit, la vérité remonte à la surface, n'est-ce pas ? J'ai reçu, voici déjà longtemps, une lettre de Mlle Jeanne.

— La surveillante ? En quel honneur ?

— Elle me demandait de lui pardonner : le « Corbeau », c'était elle !

Ninou les appela. Tous applaudirent à leur approche.

Ils burent beaucoup, mangèrent peu et firent semblant de sourire. Marc ne prononça pas un mot sur la demande en mariage et tout le monde parut étonné. Louis fut le premier à pressentir un malaise, mais il ne souleva aucune question.

La soirée, si bien commencée, s'acheva sur une note de tristesse.

* * *

Et le temps, inlassablement accomplissait son œuvre. Hôpital, appartement pour Marc ; Clinique, appartement pour Claire. « Métro, boulot, dodo » disent à juste titre les Parisiens. Combien ils ont raison !

Trois ans s'étaient écoulés depuis le jour où Claire avait échappé à l'insoutenable attentat. Ce jour-là, sa vie avait basculé entraînant une série d'événements extraordinaires qui devaient littéralement changer sa destinée. Le choix d'un métier, le commencement d'une nouvelle carrière associée à la rencontre d'un homme « hors du commun » lui avait ouvert toutes grandes les voies de sa propre expérience et lui avait fait découvrir la réalité de la vie. Sa jeunesse insouciante, protégée par une famille aisée avait perdu son éclat et donné brusquement naissance à une maturité tardive qui l'avait désarmée. Toutes ses illusions de jeune fille s'étaient envolées, ne laissant qu'une petite place pour son imperceptible voix intérieure qui continuait toujours à lui murmurer, les jours tristes de son existence : « Sois utile... Remplis ta vie... » Partager la souffrance physique et morale des malades était devenu désormais le sens de sa vie. Mais... était-ce suffisant pour une jeune femme de trente ans ?

* * *

— Félicitations Mlle Avrilliers !

Claire avait brillamment réussi son dernier examen de troisième année et s'apprêtait, quinze jours plus tard, à passer son diplôme d'état. Heureuse, mais fatiguée, les traits tirés et l'angoisse de l'échec au creux de l'estomac, elle révisait le programme global de ses cours tous les soirs et une grande partie de ses nuits dans son bureau, à la lueur de sa lampe de chevet. À ses côtés, Marc lui posait les questions essentielles sur la profession et la guidait dans ses réponses. Depuis quelque temps, en effet, elle n'osait croire à ce miracle : Partager avec lui ce qui lui tenait particulièrement à cœur : son travail. Il avait été étonné de voir à quel point les contraintes et l'étude de ces trois années d'école étaient ardues et à quel point Claire l'épatait par ses connaissances. Il l'écoutait, béat d'admiration, la prenait dans ses bras, la berçait et l'encourageait de toutes ses forces en lui promettant une réussite certaine.

Il est vrai que ces derniers temps, écrasé de travail et prenant les gardes un soir sur deux, il n'avait pas eu le temps de lire cet incroyable et complexe programme demandé aux jeunes élevés. Maintenant, à son grand soulagement, le nouveau remplaçant du professeur Malville assurait les urgences, aussi avait-il l'esprit plus libre et était-il davantage à l'écoute.

La conversation échangée le jour de l'anniversaire l'avait profondément choqué et une foule de questions étaient montées à ses lèvres. Il n'était plus sûr de l'amour de Claire et la peur de la perdre l'avait ébranlé. Quelque chose de profond, d'irréparable, s'était brisé dans leur couple ce soir-là. En effet, il aurait dû l'avertir de la visite imprévue de son père, et ne pas l'avoir fait avait compromis leur avenir commun. Maintenant, s'il voulait la garder, il devait faire des efforts et prouver à nouveau son attachement par des attentions et sa présence quotidienne à l'appartement, sinon, la confiance s'altérerait et ce serait trop tard.

— Crois-tu que je l'aurai ce diplôme, Marc ? À ton avis, quel sujet allons-nous avoir ?

Rassurée par son aide, elle révisait le programme sous les encouragements de son compagnon qui avait l'impression de revenir sur les bancs de la faculté, durant ses deux premières années de médecine.

— Si je réussis, nous donnerons une grande fête à la « Treille ». Ce sera fantastique. Il y a si longtemps que je l'attends ce jour fatidique !

— Aussi longtemps que... celui de notre mariage ?

Elle fronça les sourcils, devint soucieuse et un pli se creusa sur son front. Au début de leur liaison, elle aurait poussé un cri de joie et donné, sans hésiter, une réponse positive à sa demande ; malheureusement (ou heureusement ?) il ne lui avait pas, à ce moment-là, posé ouvertement la question. Par la suite, vivre à deux était devenu un grave problème.

— Tiens, demain si tu veux ! dit-il en l'écrasant entre ses bras musclés.

— Quoi demain ?

— Eh bien... le mariage !

La ride sournoise inconnue se creusait de plus en plus profondément au niveau du front et donnait, sans paroles, la réponse redoutée. Ne voulant pas froisser son ami, elle lui laissait le soin de deviner ses pensées, par son silence. L'ambiguïté de la situation lui donna à réfléchir. Effrayé tout à coup il pensa : de deux choses l'une : ou elle obtient son diplôme et je la perds, ou elle ne l'obtient pas et elle reste.

Alors, de tout son cœur, il souhaita son échec.

* * *

Le visage transfiguré, la main tremblante, Claire brandit un simple papier blanc, tamponné par la Préfecture. Écrit en gros caractère, en plein centre, le nom de Claire Avrilliers, souligné d'un trait noir, y figure dans toute sa splendeur.

DIPLÔME D'ÉTAT D'INFIRMIÈRES
(Élève reçue avec mention Bien)

Les félicitations pleuvent. Tout le monde s'embrasse, rit, pleure, boit. Trois ans de labeur sont oubliés d'un seul coup.

L'avenir s'ouvre, plein d'espérance et d'idéal. L'imagination de Claire se perd dans des rêves incroyables : elle va sauver des êtres, panser leurs plaies, soulager leur souffrance. Demain, une aube nouvelle se lèvera et embrasera tout l'horizon.

La « Treille » ensoleillée chante avec le vent. La longue table en bois, dressée entre les deux chênes, croule sous les bouquets de fleurs et les cadeaux divers. Tout au fond, la Garonne continue inlassablement son parcours sinueux sous l'ombre des peupliers.

« Sois utile. Remplis ta vie ! » Semble-t-elle lui murmurer à l'oreille. Maintenant, oui ! L'infirmière qu'elle est devenue a le droit d'exercer, en toute légalité, sa fonction professionnelle. Elle est prête à se lancer dans la bataille.

Le portail de l'entrée grince. Le facteur apparaît, deux télégrammes au bout des doigts.

— Pour vous, mademoiselle.

Fébrile, elle les ouvre aussitôt. Que lit-elle ? Sur le premier : « Bonne route et tous mes vœux pour votre avenir. » Jeanne.

Sur le second : « Venons d'apprendre votre réussite. Sommes très heureux pour vous. » Hélène, M. et Mme Hardy.

Tout le monde pense à elle avec amour et délicatesse. Depuis son départ pour Amiens, Jeanne n'avait donné aucune nouvelle. Comment avait-elle appris là-bas le succès à son examen ? Cette missive lui prouve combien elle doit être heureuse dans sa nouvelle vie. Hélène et ses parents lui vouent également, une grande reconnaissance. Attendrie, elle reste un moment à relire ces télégrammes, les mains tremblantes.

Aujourd'hui, samedi, tout est merveilleux. Pas un nuage dans le ciel.

Les amis arrivent, les uns après les autres. Marc a été retardé par une urgence mais il le lui a signalé avant son départ ; Danielle lui a promis sa présence et s'apprête à l'instant même de partir de son domicile : elle a bien des choses à lui demander ; le Professeur et Mme Malville lui ont envoyé des fleurs accompagnées d'une carte de visite ; ils ne pourront malheureusement assister à la réception ce soir et présentent leurs excuses ; le général la comble également de mots affectueux en lui renouvelant ses félicitations. Jamais, il n'a douté de son succès. Maintenant, les camarades de l'école franchissent le portail, chacun une fleur à la main.

Le bonheur éclate à la « Treille ». La joie se lit sur tous les visages. Le monde est redevenu beau comme au temps de son enfance.

Marc est inquiet. Sous son regard fixe, défile à vive allure le paysage triste de l'autoroute. À la radio, des chants grégoriens purs, mélancoliques dont les intonations mystiques ne l'atteignent plus. Écoutés dans le silence d'une abbaye cistercienne lors de son retour d'Égypte, ils avaient touché son cœur et son âme jusqu'à lui faire verser des larmes de reconnaissance sur la belle vie remplie d'amour qui s'offrait à lui. L'achat de ces cassettes l'avait rempli de joie. Mais voici qu'aujourd'hui son esprit alarmé vagabonde, s'égare, se perd dans une rêverie étrange. Claire doucement l'abandonne, se détache de son univers et va retrouver sa liberté première, son autonomie, sa disponibilité, son indépendance. Ce diplôme obtenu achève de la libérer et de la conforter dans ses idées. Bien qu'aucune conversation ne se soit franchement établie entre eux à ce sujet, Marc sent une sorte d'indifférence s'infiltrer dans leur couple et la souffrance l'atteint au plus profond de lui-même. Elle ne lui a encore rien avoué. Non. Pas encore...

Ce soir, il n'a pas le cœur à se prêter au jeu de la comédie. Ce succès l'horripile et le force à contrôler son tempérament fougueux. Modrack, cette semaine, est de garde. Il ne restera donc pas sur le qui-vive de l'urgence bien qu'il l'aurait fortement souhaité ! Il a promis sa présence. À quel prix !

L'air préoccupé, il roule vite sans se rendre compte que son compteur est bloqué à 180 à l'heure. Il dépasse voitures après voitures, camions après camions. Attention ! il connaît l'endroit : un radar est souvent placé prés d'une aire de repos ! Quelqu'un lui fait un appel de phares. Il ralentit brusquement, se place derrière une petite *Fiat* et se met à son rythme. La chance lui sourit. En effet, les gendarmes attendent les victimes, bien cachés derrière un taillis reculé. Il l'a échappé belle !

La petite *Fiat* roule bien mais pas assez vite pour lui. Un changement de vitesse rapide et la voilà doublée. La conductrice tourne la tête et Marc reconnaît Danielle au volant. Ils ont juste le temps de se saluer. Le Dr Ramberlain a son visage des mauvais jours qui laisse deviner qu'il est en colère. Danielle note un regard soucieux, une conduite impatiente. Il est tout juste vingt heures et ni l'un ni l'autre n'est en retard. Pourquoi cet empressement ? Néanmoins, cette attitude ne l'étonne pas. Depuis quelque temps, Marc a reprit ses exécrables habitudes dans le service et ce comportement signifie un malaise dans sa vie.

À la « Treille » tous trinquent au sucés et au diplôme. Claire, rayonnante, magnifique dans sa longue robe noire, débarrasse la table des fleurs et des cadeaux et commence a déposer assiettes, verres, couverts et serviettes en papier. À son cou brille le collier de diamants offert par Marc le jour de son anniversaire. Ses parents étant absents au lunch, elle s'en donne à cœur joie et joue à la perfection son rôle de maîtresse de maison. Un coup de Klaxon... Voilà Marc ! s'exclame-t-elle en se précipitant vers lui. Ses yeux brillent d'un nouvel éclat. Ils se serrent, s'embrassent, se prennent par la main et vont retrouver les amis. À peine sont-ils tous réunis qu'un autre coup de Klaxon les avertit d'une nouvelle présence. C'est Danielle. À présent, personne ne manque à l'appel. Tout le monde est là.

Exclamations diverses, tintement de verres, d'assiettes et de couverts, conversations sur l'hôpital, la clinique, le déficit de la Sécurité Sociale, les pays du tiers monde en mal d'organisation et de soins. Marc ne quitte pas Claire des yeux et se méfie de ses réponses. Il sait le but qu'elle désire atteindre et refuse de l'entendre. Si elle prononce un mot, il se lève de table et fait un esclandre. Mais Claire, radieuse, ne dit rien de ses décisions. Elle rit, parle, montre les télégrammes et les lettres reçus, s'extasie sur les toilettes de ses amis, sert chacun d'eux avec grâce, se contente simplement de se délecter de l'instant présent et cela lui suffit. Une parole malheureuse, cependant, est juste lancée dans le tumulte de la conversation et perçue par Marc, dont les oreilles ne cessent d'être à l'affût. Quelqu'un, peut-être Danielle ? dit :

— Tu as reçu une réponse ?

Il frémit. Un petit oui timide sort de la bouche de Claire et vient se perdre dans le brouhaha. La signification est nette. Rapidement, il vient de voir un doigt discret posé sur ses lèvres qui incite au silence. Aucun doute : il se passe, à son insu, des choses terribles qu'il ne doit pas savoir. Le courrier, ces temps-ci, afflue anormalement dans la boîte aux lettres. Sans chercher à le lire, il a remarqué sur une enveloppe un tampon du Venezuela et sur une autre, celui de Calcutta. Claire, sans lui demander son avis, a posé sa candidature pour partir travailler dans un pays étranger. Son cœur chavire. Un malaise l'envahit. Tout son univers bascule. Séparée de Claire, la vie n'aura plus d'attrait pour lui.

Le champagne coule allègrement dans les verres ; les voix haussent d'un ton ; les rires éclatent. Tout le monde est joyeux. Danielle vient à côté de Claire et lui glisse quelques mots à l'oreille. Toutes deux se lèvent et vont à la cuisine. Marc les suit du regard.

— Ça y est ! mon départ est prévu pour dans un mois.

— Où vas-tu ?

— À Calcutta.

— Tu as bien réfléchi ?

— Oui.

— Et Marc ? Tu le lui as dit ?

— Pas encore. Je ne sais comment m'y prendre. Sa réaction me fait peur. Vivre avec lui est difficile. Vivre sans lui me parait impossible. Alors ? Où est la solution ? Écoute, j'ai signé un contrat pour 12 mois seulement, ensuite je reviendrai. Ce n'est pas la mer à boire tout de même, hein ?

— Fais attention Claire, Marc va très mal. Je peux te le dire puisque je travaille avec lui. Il recommence à être odieux.

Le regard de Claire se noie dans une brume intérieure. Elle l'aime mais partager sa vie avec lui au quotidien devient insupportable. Sa profession est astreignante ; son caractère emporté. Oh ! elle a passé des moments merveilleux avec lui, des moments sublimes qu'elle n'oubliera jamais. Les débuts sont toujours extraordinaires pour des amoureux, mais hélas ! par la suite, vivre ensemble demande des concessions et peu à peu, les défauts se dévoilent. Aussi, envisager toute une vie dans ces conditions lui demandera beaucoup trop de sacrifices. Elle ferme les yeux, se remémore ces trois années éreintantes, passées à accomplir ses stages, à courir le long des couloirs, à étudier à la lueur de la lampe et à attendre sa venue tous les soirs, venue toujours tardive qui la laissait dans l'incertitude et l'angoisse jusqu'au milieu de la nuit parfois. Jamais elle ne recommencera une pareille expérience. C'est un homme de cœur, doué d'intelligence, de charme, de qualités étonnantes, mais un homme imprévisible avec qui la vie au quotidien est très difficile. L'erreur fatale de Claire avait été de

vivre à ses côtés. Bien souvent, elle avait réfléchi au stratagème de Brigitte Modrack et en avait finalement déduit que
c'était elle qui en avait eu la meilleure part, mais elle était
déjà mariée...

Comme amant, Marc était parfait. Elle aurait dû en rester
là.

Soudain, elle demanda :

— Tu connais la petite Pauline ?

Danielle s'attendait à cette question. Depuis la naissance
de cette petite fille, Mme Modrack se montrait plus affable,
plus compréhensive envers le personnel. La maternité avait
transformé son corps, amélioré son caractère, allumé une
lueur de bonté dans ses yeux. Charles-Henri ne s'attardait
plus, le soir, à l'hôpital ou chez ses amis. Il n'avait qu'une
hâte, retrouver au plus vite sa petite fille, la prendre dans ses
bras, lui donner le biberon et la bercer au moment du sommeil. Et Pauline, devant les yeux émerveillés de ses parents,
riait ou gazouillait, selon l'humeur.

— C'est un magnifique bébé !

— Elle ressemble... à son père ?

— Oui... non... enfin... je ne sais pas !

Danielle était embarrassée. Comment dire à son amie
que la rumeur publique disait beaucoup de choses au sujet
de ce bébé, notamment qu'elle était la fille du Dr Rambor-
lain ? Ceux qui avaient connu l'idylle tenaient des propos
formels. La ressemblance avec le père biologique était frap-
pante : même regard, même couleur des yeux, même grain
de beauté derrière l'oreille. Si Claire apercevait cet enfant,
elle n'aurait plus de doute.

Claire secoua la tête, l'air de dire qu'elle avait tout compris depuis longtemps. En revanche, n'ayant jamais eu de
conversation sérieuse à propos de cette paternité, elle s'était

toujours demandé si Marc connaissait la vérité ou faisait semblant de l'occulter. Sincèrement, elle pensait qu'il l'ignorait. Une fois, elle s'était hasardé à lui poser la question, mais il était littéralement tombé des nues. Une de ses principales qualité était la loyauté; ce n'était donc pas son genre de mentir. Non, vraiment, il ne s'en doutait d'aucune façon.

— Si on mangeait maintenant ? cria quelqu'un à qui le champagne montait à la tête.

— C'est une excellente idée ! rétorqua un autre. Allez ! On commence ! Bon appétit !

Les deux amies arrêtèrent leur conversation et vinrent rejoindre leur place. La nuit venait de tomber d'un seul coup et les deux réverbères du parc s'allumèrent d'un commun accord. Marc, placé au bout de la table, rageait de ne pas être auprès de Claire pour la soirée. Jaloux du bonheur des autres et en particulier de celui de Claire, il se mordait les lèvres pour ne pas faire des remarques désagréables. Lui, toujours estimé, respecté, adulé, voici que personne ne prêtait attention à sa présence. Il en souffrait beaucoup.

Une collègue de travail s'approcha de Claire et lui offrit encore un cadeau.

— Tiens ! dit-elle en tendant un paquet, je crois que tu le regarderas souvent.

— Qu'est-ce que c'est ?

Un magnifique cadre transparent en bois d'ébène, luisait sous la lumière.

— Devine ! Donne-moi donc ton diplôme. Tu vois ? Je le glisse dedans, comme cela il sera toujours net et à l'abri. À mon avis, tu devrais le suspendre dans l'entrée de ton appartement. À tout moment, tu l'auras devant les yeux. Tu l'as bien mérité, pas vrai ?

Il y eut des applaudissements, encore des félicitations, puis, tous commencèrent à déguster le repas.

Marc fit la tête toute la soirée. Personne ne lui adressa la parole. Vers vingt-trois heures, au moment où tout le monde dansait, il se leva, prétexta la fatigue et salua prestement l'assemblée. Claire l'accompagna dans le parc et lui tendit amicalement la joue. Furieux, il la saisit brutalement.

— Qu'est-ce que cela signifie ? Tu ne m'embrasses plus ?

— Je crois que nous n'avons plus rien à nous dire, Marc. Tu viens de te comporter comme un goujat.

— Ah ! parce que tu crois que ton comportement est mieux que le mien ? Qu'as-tu dis à Danielle dans la cuisine ? Toutes ces messes basses, dites à mon intention ne me plaisent pas du tout ! Tu me caches quelque chose Claire !

Il tenait ses doigts crispés et enfoncés dans la chair de ses épaules et la faisait frémir de douleur. Voulant se dégager, elle subissait davantage la pression. Elle s'immobilisa.

— Lâche-moi s'il te plaît, dit-elle en gémissant. Tu me fais très mal.

Ses yeux restèrent un instant accrochés aux siens, puis elle les baissa en laissant couler une larme. Il desserra les doigts. Ils n'avaient plus rien à se dire si ce n'était encore quelques paroles blessantes qu'ils retinrent au dernier moment. Sans dire un mot, Marc, affligé, rejoignit sa voiture et laissa Claire, meurtrie, au milieu du parc.

« Il n'y a pas de gens méchants, il n'y a que des gens qui souffrent » pensèrent-ils ensemble…

* * *

Les rues de la ville, en ce mois de juillet semblaient désertes, écrasées sous un soleil de plomb. Quelques enfants, la plupart à bicyclette, longeaient le large boulevard François Mitterrand à sens unique, tournaient vers la droite et se dirigeaient vers la piscine municipale, seul lieu agréable où la jeunesse était au rendez-vous. Le bruit des plongeons dans l'eau fraîche, les cascades rejaillissantes et des cris de joie égayaient l'atmosphère et donnaient vie à la ville poussiéreuse et engourdie. Claire, un large chapeau de paille sur la tête, se penchait à la balustrade de sa terrasse et regardait avec envie ce spectacle situé à quelques mètres de son immeuble. L'emplacement et la hauteur lui permettaient de supporter ces journées torrides et lui rappelaient la sérénité des soirées africaines lors des grands voyages d'agrément effectués avec Louis et Ninou. Dans trois semaines exactement, elle goûterait des soirées semblables à celles-ci, mais dans un autre contexte, un autre endroit. Elle s'envolerait enfin vers Calcutta. Sa place était réservée, ses papiers en règle, sa conscience en paix. Sa petite voix intérieure semblait l'approuver et s'était tut.

Les parents sont fous de rage et se confondent en excuses auprès de M. et Mme Ramberlain. Leur attitude est ridicule, ils n'ont rien a voir avec la vie privée de leur fille. Marc, déprimé, a eu une longue conversation avec ses associés, puis est parti en Camargue rejoindre son ami Gérald. Au retour, M. et Mme Hardy, au courant de ses déboires, l'attendent et l'invitent à rester auprès d'eux tout le temps qui lui plaira. Seul, l'oncle Édouard, comprend sa nièce et accepte son départ.

La piscine vient de fermer ses portes et le soir décline sur les toits. Le silence vient de tomber d'un seul coup. Claire fait le tour de sa terrasse, voit les Galeries Lafayette au loin, les rues qui la bordent et la place Clément Marot tout au fond. L'attentat et toute son horreur resurgissent à sa mémoire. Là, près des poubelles, les gens étaient étendus, blessés, mutilés. Ici, le monsieur juif lui avait fait un signe d'adieu en disparaissant dans l'ambulance ; là, le général Malville et les deux enfants avaient été extraits de la fournaise et avaient subi la respiration artificielle ; là-bas, sur le banc du jardin des plantes, la dame, témoin de Jéhovah, avait été touchée à la poitrine par l'explosion. Se penchant un peu plus, elle voit la clinique St-Louis puis elle aperçoit le terrain d'atterrissage sur le toit de l'hôpital Modrack-St-Antoine et enfin, plus loin encore, la campagne, les collines boisées et la petite auberge du père Louis, où Marc lui a déclaré son amour.

« Tout cela est loin, pense-t-elle, mélancolique. Je sais que je laisse des êtres chers qui vont souffrir de ce départ prématuré, mais la deuxième partie de ma vie commence. Mon avenir est en jeu. La mission que j'aurais à accomplir sera souvent ingrate et difficile, mais les joies données en retour vaudront toutes les richesses et les satisfactions du monde. Envers et contre tous mes choix, Dieu m'a toujours aidé et montré le véritable sens de ma destinée. Personne au monde, maintenant, se mettra en travers de ma route. Oui. Je pars. Je veux être utile. Je vais enfin remplir ma vie… »

Son diplôme, glissé dans le cadre en bois d'ébène accroché dans le couloir, semble lui sourire et l'encourager.

Elle est infirmière diplômée d'état. Elle est libre. Désormais, sa vie a un sens et c'est merveilleux.

Au loin, une porte s'ouvre...